鎌倉燃ゆ

歴史小説傑作選

谷津矢車／秋山香乃／滝口康彦／吉川永青
髙橋直樹／矢野 隆／安部龍太郎
細谷正充 編

PHP
文芸文庫

○本表紙デザイン＋ロゴ＝川上成夫

鎌倉燃ゆ　歴史小説傑作選　目次

水草の言い条

谷津矢車

邸内の喧噪《けんそう》に顔をしかめつつ、北条義時《ほうじょうよしとき》は客人を奥の間に迎えた。

客人は今年で六十五、白頭巾《しろずきん》に黒の法衣《ほうえ》を纏《まと》った女人《にょにん》だった。尼にありがちな厭世《えんせい》の気配はまるでない。自信が全身から満ち溢《あふ》れ、相対する義時をも呑《の》む。尼というよりは、武功を誇る歴戦の坂東武者《ばんどうむしゃ》の如《ごと》き圧を覚えてならない。侍所《さむらいどころ》と政所《まんどころ》の別当《べっとう》を務め、鎌倉でも随一の地位にある義時をもってしても、気後《きおく》れを取り繕《つくろ》うことができずにいた。

己《おのれ》には、一個の人間としての強さはない──。詮《せん》なきことを思いつつ、大工道具を抱え持つ職人が忙しく行き交う庭先を眺《なが》め、義時は頭を下げた。

「すみませぬな、姉上。お恥ずかしながら、家中《かちゅう》が落ち着かぬのです」

槌音《つちおと》や人の声が外から聞こえる。修理の為《ため》に人を集めていて、今、邸《やしき》はどこも騒がしい。言い訳気味《ぎみ》に義時が述べると、目の前に座る客人は、にこりともせず、首を振った。

「当然のことよ。大惨事であったと聞いておるゆえな」

「恐れ入ります」

承久《じょうきゅう》三年(一二二一)六月八日、鎌倉の義時邸に落雷があった。母屋《おもや》の一部を焼く火事となり、下人《げにん》の一人が犠牲《ぎせい》となった。

「されど──、家中の重石《おもし》となるは惣領《そうりょう》の仕事ぞ」

義時は姉――北条政子《まさこ》に力なく笑いかけ、後ろ頭を掻《か》いた。

政子は眉《まゆ》一つ動かさず、息をついた。

「聞いたぞ。大江陸奥守《おおえむつのかみ》殿に落雷は凶事か否《いな》かと密《ひそ》かに相談したと。吉例ゆえ安心召されよと大江殿よりなだめられ、喜んで帰って行ったとも」

姉上は地獄耳か――。平伏した義時は、一体誰からこの話が漏《も》れたのかと思いあぐねたものの、心当たりがありすぎて、逆に誰の仕業《しわざ》か見当をつけることも叶《かな》わなかった。

さして神仏に帰依《きえ》していない義時も、自邸の落雷には衝撃を受けた。落雷は古今東西、神の怒りと解される。不安に駆られ、つい、大江を頼った。

話に出た大江陸奥守広元《ひろもと》は、鎌倉幕府の政所別当職にある。元は朝廷の役人であったが鎌倉幕府の創設者である源頼朝《みなもとのよりとも》に見出《みいだ》されて鎌倉に下向《げこう》。そのままずっと鎌倉に身を置いて、役人として培《つちか》った知識を坂東武者に授けている知恵袋である。今年七十四、親子ほどの年の差があるが、義時も何かあればこの男の智を恃《たの》みにしている。

政子は冷たい視線で義時を射《う》った。

「落雷程度で怯《おび》えては、北条家物領の名折れであろう」

北条家物領。ふと、姉の口から飛び出した五文字《いつもじ》を心中で転がした。未だ借り物のようなよそよそしさを感じてならなかったが、今の義時は、己の心中を欺《あざむ》く術《すべ》くらいは身につけている。なおも後ろ頭を掻きながら、かぶりを振ってみせた。

「仕方ありますまい。大勝負の時でござりますゆえ」

「大勝負。確かにそうやもしれぬ。が、怯えてばかりでは、勝てるものも勝てぬぞ。そなたは戦《いくさ》の総大将ぞ」

義時の胃の腑《ふ》に痛みが走った。

承久三年、日《ひ》の本《もと》が二つに割れた。

事の発端《ほったん》は、鎌倉殿であった三代将軍実朝《さねとも》が暗殺されたことに遡《さかのぼ》る。空位《くうい》となった鎌倉殿を巡り源氏を擁立《ようりつ》する意見もあったが、思うところあって皇族から迎えるべく朝廷に働きかけた。だが、後鳥羽上皇《ごとばじょうこう》がこれに難色を示した。鎌倉側が武威をちらつかせてもなお朝廷は皇族下向をよしとせず、結局公卿《くぎょう》の藤原家《ふじわらけ》から将軍を迎えることで妥結せざるを得なかった。

この一件で後鳥羽上皇は鎌倉に不信感——正しくは不快感——を抱いたようだった。承久三年五月、突如、後鳥羽上皇は諸国の兵を集めて京都守護《しゅご》の伊賀光季《いがみつすえ》を攻め、有力御家人《ごけにん》に義時追討の院宣《いんぜん》を下した。

己の喉元《のどもと》に突きつけられた追討の院宣——。心穏やかでいられるわけがなかった。

この院宣を、大江広元が読み替えた。

「これは、北条殿追討ではない。坂東武者追討の院宣と読むべきぞ」

元服《げんぷく》してこのかた涙を流したことがないことを自慢の種にしている大江は、変事のあらましを聞くや、浮き足立つ有力御家人を前にそう言い放ち、さらに御家人を鎌倉殿御所に集めた。

そして大江は、北条政子に御家人の説得を頼んだ。

「鎌倉をまとめるためには、奥方様のお声が必要でござる。なにとぞ、奥方様の鶴の一声で以《もっ》て、動揺する坂東武者をお収めくだされ」

政子はその期待に応《こた》えた。

庭先に溢れ返る御家人は、誰もが目を泳がせていた。これからどうなる。朝廷に弓を引くつもりか。北条義時の首を差し出せば、それで手打ちとなろう。様々な疑《ぎ》心暗鬼《しんあんき》や不安が渦巻く庭先を眺めた政子は、奥から現れるや、透き通った声で御家人の不安げなさえずりをひと薙《な》ぎにした。

「我が夫であった故右大将軍が朝敵《ちょうてき》を倒し、鎌倉を草創して以降、官位といい俸《ほう》禄《ろく》といい、その恩既《すで》に山よりも高く、海よりも深し」

政子は夫、源頼朝の事績を引き、亡き頼朝の御恩に報いるのは今ではないかと呼びかけた。その上で、此度《こたび》の戦は義時と朝廷の諍《いさか》いではなく、鎌倉と都の戦いであると明言した。

坂東武者は沸《わ》いた。先ほどまでばらばらだった御家人の心は打倒朝廷で一つになり、えいえいおうの鬨《とき》の声が轟《とどろ》き、渦を為《な》した。

かくして、大江の目論見《もくろみ》通りに事が運んだ。

だが、此度の功労者であるはずの大江は、総大将を固辞《こじ》した。

「拙者《せっしゃ》、元を正せば役人で、この通りの老齢。佩楯《はいだて》を巻くにも難儀する有様では、総大将などとてもとても。北条殿、ここは貴殿にすべてを任せましたぞ」

大江は義時の肩を叩《たた》いた。

かくして、義時が鎌倉方の総大将に上った。

既に鎌倉方の兵力を東海道《とうかいどう》、東山道《とうさんどう》、北陸道の三手に分けて進撃させ、義時自身は鎌倉で後背を守っている。

気が気ではなかった。

院宣、令旨《りょうじ》の類《たぐい》は、どう効いてくるものか測れぬところがある。これは、かつて以仁王《もちひとおう》の令旨を受けて関東で挙兵した武士団の一人であった義時の実感でもある。あの令旨をきっかけに、あれほど盤石《ばんじゃく》に見えた平家《へいけ》の世が倒れたのである。今は優勢かもしれぬ。だが、ある時、誰かが院宣を受けて挙兵し、鎌倉に攻め上がってこないとも限らない。駿馬《しゅんめ》に跨《また》がった武者たちが雪崩《なだれ》を打って己の首に迫り来る姿を想像する度《たび》、義時は吐き気を覚えた。

何より義時の気が咎《とが》めるのは、朝廷を敵に回すことそのものだった。

その思いを、義時は吐露《とろ》した。

「朝廷はこの国の中心でございます。この国において朝敵とされることは、八百《やお》万《よろず》の神を敵に回し、加護《かご》を得られぬことと同じでござるゆえ」

「大袈裟《おおげさ》ぞ」

泰然《たいぜん》としたままの政子を前に、義時は絞り出すように言葉を発した。

「わしは既に、一生分に一回しかできぬ大博打《ばくち》を打ってしもうたのです」

「何を言うておるのだ、そなたは」

「亡き兄上のお言葉でございました。〝人間、一度くらいは、己の分を越えて大きく飛ぶ時があってもよい〟と」

懐かしみとも呆《あき》れともつかぬ風に息をついた政子は、縮緬皺《ちりめんじわ》のある頬《ほお》に手を当て、なおも続けた。

「いつ、そんなことを兄上は仰《おつしや》ったか。亡き宗時《むねとき》兄のお言葉とすれば、三十年以上前のことであろうに」

義時は瞑目《めいもく》し、ふと、昔を思い起こした。侍所別当、政所別当という立場などなかった昔、それどころか、北条の人間ですらなく、江間小四郎《えまこしろう》と名乗っていた昔の記憶を――。

春先の森は、新緑が眩《まぶ》しい。木漏《こも》れ日も麗《うるわ》しい緑に変じ、地面を染め上げている。

そんな中、胡座《あぐら》を組んで地面にどっかりと座る鎧直垂姿《よろいひたたれすがた》の義時は、己を呼ぶ声に気づいた。

「小四郎」

振り返ると、同じく麻の鎧直垂に身を包んだ、兄、宗時の姿があった。

六歳年上であるから二十一。未だに子供らしさを残した義時とはまるで体格が異なる。鎧直垂の上からでもはっきりと見て取れる肩周りの筋肉は、日々の弓の修練によるものだろう。年若いのに、既に坂東武者の風格を身につけつつあった。かと思えば、優しげな笑《え》みはどこか稚《ち》気《き》があって、なんとなくちぐはぐだ。

「いかがしました」

「何がいかがしましただ。何をしておる?」

義時は手に握っていた木の葉を見せた。

「草笛を作っておりました」

ぴい、と吹いてみせると、宗時は苦々《にがにが》しい顔をした。

「そなたという奴は……。もう元服したのだ。そんな子供の遊びに現《うつつ》を抜かしておってはいかぬぞ」

この年、安元《あんげん》三年（一一七七）に元服した義時は、江間の地を与えられ、江間小四郎を名乗りとした。齢《よわい》十五にして武士として必要なものをすべて与えられた格好だが、義時は、未だ子供気分のままでいる。この頃の義時は、分家の主となった意味を十分には理解していなかった。

義時が兄の小言を聞き流していると、はたと思い出したように宗時は手を叩いた。

「おっと、そなたを叱《しか》る暇はない。これより評定《ひょうじょう》ぞ。早《はよ》う来い」

義時は兄の後ろについて、鬱蒼《うっそう》とした森の中をしばし歩く。獣道《けものみち》を進むと、やがて開けた処に出た。そこだけは木がほとんど立っておらず、切り株がいくつかあるほかは下草が茂っているばかりの原が広がっている。

そこには既に鎧直垂や革袴《かわばかま》姿の男たち十人あまりが屯《たむろ》していた。皆、和気藹々《わきあいあい》と声を掛け合い、談笑している。中には宗時や義時に親しげに話しかけてくる者もあり、宗時は笑みをもってそれらに応じ、義時は兄の陰に隠れてお追従《ついしょう》をした。

と、その時、場の奥手にいた男が声を張り上げた。

「さて、全員揃《そろ》ったか。これより、巻狩《まきがり》の評定と参ろう」

雷声《らいせい》一喝、武士たちは私語を止《や》め、奥の男に向いた。

この男は、義時たちの父、北条時政《ときまさ》である。

歳は四十だから、武士としては脂《あぶら》の乗った時期である。皆と同じく麻の鎧直垂にすり切れた革袴姿、腰には武用一点張りの箒鞘《ほうきざや》の太刀《たち》を佩《は》いている。その大福のような顔に笑みを浮かべて、屯する武士たちを眺めている。

時政の宣告を受け、原にいる武士たちは草の上に腰を下ろし、車座となった。宗時に従い、義時も車座の末席につく。

「さて、まずは皆々のアシ読みの成果を聞きとうござる」

時政がそう述べると、武士たちが声を上げ始めた。

義時は兄の脇を突いた。

「アシ読みって」

「先ほど、お前が遊んでいる間に、皆々で山を歩いて獣の足跡《アシ》を探しておったのだ。足跡をたどって、今、獲物がどこにおるのか見当をつける。これがアシ読みぞ」

武士たちが、時に難しい顔をして口から泡を飛ばし合っている。子供気分の抜けぬ義時も、大人の場に足を踏み入れた自覚を持つことができた。

集団で行なう狩りを、巻狩と呼ぶ。

巻狩は、獲物を追い立てる勢子《セコ》と、獲物を仕留める射手《タツ》の分担がある。勢子が三方向から音を立てて獲物を追い立て、一方向に動物を誘導する。その行く手に潜《ひそ》む射手が獲物を仕留めるのである。これを成功させるには、事前の評定による打ち合わせ、息の合った行動、個々人の資質といった様々な要素を撚《よ》り合わせなくてはならない。戦を生業《なりわい》とする武士にとっては、自らの武技を磨き、皆と息を揃えるコツを覚えるよい機会になっている。

この日の巻狩は、入魂《じっこん》にしている伊豆《いず》の武士を集めている。戦となれば皆で一致協力して事に当たる面々である。この巻狩には遊興以上の含みがある。

だが、いつの間にか、巻狩評定に険悪な気配が漂《ただよ》っていた。

評定の意見が割れている。ある者は足跡が東の沢に向かっていたと言って聞かず、またある者は西の谷に足跡が沢山あったと主張して憚《はばか》らなかった。当初は淡々と言葉を交わしていたものの、互いに引っ込みがつかなくなってきたのか、語気が荒くなってゆき、過去の巻狩の成果を引いての罵《のの》り合いに発展した。

そんな中、腕を組んで胡座を組んでいた時政が、双方に問うた。

「本当に足跡はくっきりと残っておりましたか」

「確かに新しい足跡でしたかな」

「途中で足跡が途切れてはおりませなんだか」

「糞《ふん》などの痕跡《あと》はあり申したか」

東の沢を主張する武士はすべて明瞭に答えられたのに対し、西の谷だと譲らぬ武士はところどころで逡巡《しゅんじゅん》があった。これを受け、時政は東の沢に軍配を上げた。

「此度は東を攻めてみることとしよう」

矢継ぎ早に、射手選びに移った。

「今回は、貴殿と貴殿と貴殿。この三名としよう」

時政は、東の沢を主張した側は元より、西の谷を主張した側からも射手を一人選出した。

「残りは勢子をお願いしたい。よろしゅう頼みますぞ」

時政は西の谷を主張した者たちにこそ言葉を尽くし、最後には全員を納得させた。

かくして、一時は荒れるかに見えた評定は、和《なご》やかな笑い声でもって終わりを告げた。

義時は初めての巻狩とあって、宗時につかされた。宗時に身の丈ほどの長さの竹の棒を持たされ、弓と鞆《とも》を背負わされた。そして、宗時と共に、所定の場所についた。受け持たされたのは、東の沢のさらに東の崖下だった。今回は沢の西、南、東から勢子が獲物を追い立て、上流に当たる北へと駆け上らせたところを一網打尽《いちもうだじん》にする計画である。

南中の頃、鏑矢《かぶらや》の音とともに狩りが始まる手筈《てはず》となっている。

まだ、かなり時がある。

自然、暇に倦《う》んで、木陰で兄との会話に花が咲いた。宗時に窘《たしな》められ、小声での会話となった。

「それにしても、初めてなのに勢子なんて面白《おもしろ》くありません。射手をやらせてくださってもよいのに」

「そう言うな。射手はあれで危ないお役目だ。経験なくば怪我《けが》をする。父上のご采配《さいはい》は、むしろ正しい」

「とは言うても、危ない危ないと言うておっては、いつまで経っても射手を覚えることはできませぬ」

「だが、よき射手となるためには、まずはよき勢子とならねばな」

「むう」

わかってはいるが、やはり射手の華やぎに惹《ひ》かれる義時がいる。北斜面に身を潜め、弓を用意する射手の姿を想像しては、なぜ己がその役に就《つ》けぬのかと歯噛《はが》みした。

宗時は勢子の竹棒を抱《かか》えたまま、それにしても、と口を開いた。

「父上は、実に鮮やかであられる。評定の際、獲物の居場所で諍いがあったろう。反目を上手く捌き、しこりのないように取り計らっておられた。さすがは、京で大《おお》番役《ばんやく》をお務めになられるほどのお方ぞ」

時政は伊豆国武士団の顔役であり、都にいる平家との繋《つな》ぎも果たしている。在地武士と平家の板挟みになる父は、子から見ても、報われぬ地《じ》味《み》な役回りを負わされているようであったが、それでも時政は武士たちの信頼を得ることに喜びを感じているらしかった。実直、とは、時政の為の言葉だった。

「まことに」

いつか父の如くなれたら――。そう心に期しつつ義時が頷《うなず》くと、半町《はんちょう》（約五十五メートル）ほど下にある茂みが突如、大仰《おおぎょう》な葉音を立てた。風か？　いや、吹いていない。あれは――？　目を凝《こ》らした瞬間、その茂みの中から、一頭の鹿が飛び出た。

落角《おちつの》こそしているものの、かなり大きい。小ぶりの馬ほどもある。険しい山道を駆け上がり、気づけばかなり距離を詰められている。事ここに至ってようやく危難を察した義時は、竹棒を捨てて背の弓に手を伸ばした。だが、手が震え、弓を取り落とした。

「まずい！　はぐれ鹿か」

兄の悲鳴じみた声も、耳を素通りした。

そうこうしている間にも、鹿が間近に迫り来る。圧に負け、尻餅《しりもち》をつく。

不覚。

義時は目を閉じかけた。

だが、刹那《せつな》、稲妻《いなずま》の如き一閃《いっせん》が鹿の眉間《みけん》を貫いた。

突如、身体《からだ》の均衡《きんこう》を崩した鹿は義時を避《よ》けるようにして、足をもつれさせ、地面に激突する形で崩れ落ちた。

振り返る。痙攣《けいれん》して泡を吹く鹿の眉間には、鷹羽《たかば》の矢が深々と刺さっている。

身体中に冷や汗が浮かび、鎧直垂をじっとり濡らす。

何があった？

「危ないところであったな」

振り返ると、後ろの斜面に、弓を構えて立つ一人の武士の姿があった。

年の頃は三十と少し。細面《ほそおもて》でいかにも優男《やさおとこ》といった気配を醸《かも》している。麻の直垂に革袴という粗末な姿だが、背の伸びた立ち姿、その菖蒲《しょうぶ》のような佇《たたず》まいには、どこか気品すら感じられた。

何も言えずにいる義時に代わり、宗時が頭を下げた。

「かたじけのうござる、三郎《さぶろう》殿」

「かまわぬよ。同じ勢子のよしみでござる」

人よさげに笑うこの男は、源三郎頼朝《よしとも》という。

京で平家討伐の乱を起こした源義朝の息子であり、本来ならば死を賜《たまわ》るはずであったが、取りなしがあって伊豆へと流され、北条家の監視の下で暮らしている。いわゆる流人《るにん》だが、ほとんど他の武士と変わらぬ扱いを受けている。こうして巻狩の際にも声が掛かっていることからもわかる通り、皆、流人だからといって頼朝を避《さ》けることもしない。

義時からすれば、自家で面倒を見ている客人ということになる。もっとも付き合いが深い相手のはずなのだが、人となりの印象はほとんどない。いつも一線引いた向こう側にいて、控えめに微笑を湛《たた》えている、というのが義時の持つ頼朝への印象だった。どんな場面でも自己主張することなく、まるで影のようにそこにいて、色々な人の側に身を置きつつもその場に染まらず、気づけばいなくなっている。そんな、風のような人だった。この日の巻狩の評定でも微笑を浮かべたまま、問われれば控えめに述べ、問われなければずっと黙りこくっているばかりだった。

その頼朝は、なおも腰を抜かしたままの義時に声を掛けた。

「まだ、肝《きも》が潰《つぶ》れたままか」

「違います。ただ、己の不手際《ふてぎわ》に震えておるだけです」

「それは重畳《ちょうじょう》。負けん気は上手《じょうず》の種ゆえ」

頼朝は一礼して叢《くさむら》に消えた。

その背を見送る宗時は、嘆息するように声を放った。

「さすがの弓使いよ。だが――、あれほどの腕を持ちながら、あのお方は一生、射手にはなれまい」

子供と大人の狭間《はざま》を行ったり来たりしている義時にも、宗時の嘆きの意味は理解できた。

誰も気にも留めぬ流人の肩書きは、まるで古傷のように、忘れた頃、突如として当人に祟《たた》る。きっとあのお人は、あれほどの武技と、血筋の良さを抱えながら、その一生を伊豆の地に埋没させていくのだろう。

地面に転がる義時の弓を、宗時が拾い上げた。

「わしは思うのだ。人間、一度くらいは、己の分を越えて大きく飛ぶ時があってもよいのではないかとな。小四郎、そなたは、大きく飛びたいと思うた時、躊躇《ちゅうちょ》してはならぬぞ」

宗時は弓を義時に差し出しつつ、苦笑した。

「むろん、巻狩の射手くらいの些事《さじ》ではなく、ここ一番の大勝負の時、跳《は》ねることができるかどうかの話ぞ」

義時は小首をかしげながら、弓を受け取った。

この頃の義時はあまりに子供だった。それゆえに、気づくことができなかった。兄、宗時がこの言葉に籠《こ》めたであろう、幾重《いくえ》にもわたる屈折を。

田舎《いなか》武者、江間小四郎として終わるはずだった義時の人生は、幾度かの段階を踏んで、その枠から逸《そ》れていった。最初のきっかけは、義時の一の姉、のちの北条政子と、源頼朝の祝言《しゅうげん》だった。

一の姉は北条の兄弟姉妹の中でも、最も坂東武者の心映《こころば》えを体現している。芯《しん》に強いものを持ち、ここぞという時には一切退《ひ》かぬ有様は、父時政をして男子《おのこ》に生まれておったらと嘆かせた。そんな剛勇《ごうゆう》の姉は、毎夜のように頼朝のもとに通い詰め、流人とその監視役の娘との恋という成り立つはずのない縁を、なし崩しに結んでしまった。欲しいものは力で奪うのだと言わんばかりの振る舞いは、まさしく坂東武者の習いを地で行くものだった。

かくして頼朝と縁戚となった後、北条家は三年ほど安寧《あんねい》の日々を享受《きょうじゅ》していたものの、治承《じしょう》四年（一一八〇）、京で勃発《ぼっぱつ》した乱の気配が、義時たちの住む伊豆にまで押し寄せた。

四月、初夏の伊豆に、一人の客人があった。黒馬に跨がり、薄汚れた直垂に折れかけた烏帽子《えぼし》というみすぼらしい姿で現れたその武士は源行家《ゆきいえ》と名乗り、頼朝との面会を求めた。これを受けて北条家で評定を持ったものの、追い返すわけにはゆかぬという意見が占め、結局、面会を許可することとした。

四月二十七日、北条家の奥の間に設けられた席に、義時もいた。北条家の郎党《ろうとう》、江間家当主としてである。

齢十八になった義時は、ようやく己の立場を呑み込んでいた。つまるところ、己は北条の手足であり、いざという時には北条家の盾となって死ぬのが役目なのだと。

そう思ったからこそ、この日の評定も、不測の事態に備え、直垂の下に腹当《はらあて》を着込んでいる。

客人である源行家や父時政、兄の宗時と共にしばらく待っていると、ややあって、奥から頼朝が姿を現した。

「お待たせ致しましたな、叔父上《おじうえ》」

「お、おお……」

源行家はおろか、ここにいる誰もが頼朝の姿に目を見張った。

頼朝は水干《すいかん》姿だった。

坂東武者は直垂で過ごすのが常で、この時の時政すらも直垂姿だった。水干といえば、都人の召しものである。

皆が息を呑む中、涼しげな顔で上座《かみざ》に腰を下ろした頼朝は薄く微笑んだ。

「叔父上、いかなる御用向きでこちらに」

「あ、ああ」頼朝に気圧《けお》されながらも、源行家は口を開いた。「以仁王《もちひとおう》様が、平家打倒の令旨を出されましてな」

以仁王という皇族がいる。後白河《ごしらかわ》天皇の第三皇子で俊英の評がある人物だが、平家との権力闘争に負け、登極《とうきょく》の芽を摘《つ》まれた。これを不服とし、源頼政《よりまさ》に唆《そそのか》されて平家打倒の令旨を発し、全国の源氏に決起を促したのであった。

「そなたは亡き兄、義朝公の御子《みこ》。この令旨を受け、立ち上がって欲しい」

言いたいことを言い、行家は去っていった。

当初、北条家は令旨を無視した。その間、京で兵を挙げた以仁王は敗走、平家への反乱はほぼ鎮圧された。静観の構えは正しかったのだが――。

五月に入り、時政、宗時、義時、そして頼朝の四人で評定が持たれた。

時政がその丸顔に苦渋《くじゅう》を滲《にじ》ませ、口元を扇で隠した。

「以仁王様の令旨が、まさか、こう転がるとは」

さしもの時政も、弱り顔を隠すことができなかった。

宗時も腕を組み、天井《てんじょう》を見上げている。

「まさか、都の乱が伊豆にまで飛び火することになろうとは」

以仁王の令旨を受けた源氏の討伐を平家が行なうとの風聞《ふうぶん》が立った。以仁王の遺いであった源行家は驚くほどに働き者であったらしく、各国に散らばる源氏討伐に平家は大わらわだという。

このほど、懇意《こんい》にしている武士から報《しら》せがあった。近く、平家が頼朝とその庇護《ひご》者である北条を攻め滅ぼすため、兵を参集する動きがあると。

一族の惣領である時政ですら絶句する事態を前に、義時が口を挟む余地はなかった。そもそもこの時の義時は江間小四郎、北条家の郎党に過ぎず、発言を求められることもない。

だが、部屋に漂う重々しい沈黙は、涼しげな声に破られた。

「舅《しゅうと》殿、戦いましょう」

声の主は、水干姿の頼朝だった。

「何を言うかと思えば……」

頼朝が、誰に求められることもなく口を開いたところを義時は見たことがなかった。時政も同じだったのだろう、怪訝《けげん》そうに頼朝を眺めている。

頼朝は続けた。

「というより、戦うより他ありますまい」

「なぜ、婿《むこ》殿はそう思う」

「それしか、道がないゆえでございます」

「どういう、意味ぞ」

「簡単なことでございます。仮に、舅殿が某《それがし》の首を取り、平家の軍門に降《くだ》ったとしても、某を野放しにしていた北条家の過《あやま》ちは必ずや糾弾《きゅうだん》されましょう。よくて今のお立場の取り上げ、悪くすれば」

頼朝の目が暗く光ったのを受け、時政は肩を震わせた。

「……わしの首と胴が分かたれよう。否《いな》、一族郎党皆殺しやもな」

「左様《さよう》。もはや、某と舅殿は、同じ舟に乗っているのです」

それが決め打ちとなった。頼朝の言葉に反論すること叶わず、気づけば北条家は平家打倒の兵を挙げる頼朝に付き従うことになっていた。時に、治承四年八月のことである。

その混乱の中、義時は初陣《ういじん》を飾った。兄、宗時のお下がりである赤糸縅大鎧《あかいとおどしおおよろい》を身に纏い、腰に武用の太刀を佩き、三人張りの弓を携えて栗毛の駿馬に跨がった。

だが、散々な初陣だった。八月十七日に挙兵した頼朝は、伊豆を制圧した後、相模《さがみ》の雄《ゆう》、三浦党《みうらとう》と合流するべく相模国へと向かったものの、折からの雨で酒匂川《さかわがわ》が増水、三浦党が足止めされたまま、八月二十三日に相模国石橋山《いしばしやま》で戦になり、平家方の大軍に大敗を喫《きっ》した。そしてその日の夜、頼朝たちは土肥郷椙山《といごうすぎやま》へと逃げ込み、善後策を練った。

「どうすべきであるか」

黒絨《くろおどし》の鎧を纏ったままの頼朝は、逃げ込んだ洞穴の中を見渡した。負け戦の評定など碌《ろく》なものではない。皆、雨や泥で鎧を汚し、歯の根が嚙み合っていない様子だった。そんな中、時政だけは気炎を吐いた。

「なおも戦うべきぞ」

しかし、時政に同調する者は少なかった。次々に反対の声が上がり、在地武士の土肥某が、分散して落ち延びるべしと述べるや、皆、その案に飛びついた。

これに頼朝も乗った。

時政はただ一人、諫言《かんげん》し続けた。

「左様な策を採っては、平家の大軍に磨《す》り潰されまするぞ」

結局、さしもの時政でも評定の向かう先を変えることはできず、頼朝軍は分散して落ち延びることになった。だが、時政はなおも献策をした。

「甲州《こうしゅう》に甲斐《かい》源氏がおります。この者たちを味方に引き入れとうござる。わしにお任せあれ。我らが軍勢を倍、いや、数倍にしてみせましょうぞ」

頼朝はこの策を容《い》れた代わり、一つ、条件をつけた。

「嫡男《ちゃくなん》の宗時殿を手元に残してくれろ」

時政も受け入れざるを得なかったらしい。結局、甲州の甲斐源氏への協力要請は、時政、義時親子で行なうこととなった。

次の日、義時は時政と共に、たった二騎で甲州を目指した。前日に降った雨で道はぬかるみ、ところどころで難儀した。おかげで、馬の足よりも早く、風の噂《うわさ》が耳に届いた。

源頼朝の一軍が平家と戦となり、大敗。

時政の懸念の通りとなった。ただでさえ先の敗戦で兵数が減った中、さらに兵力を分散しては、万一の勝ちすらおぼつかぬのは必定《ひつじょう》だった。

そして、次々に流れ来る風聞は、残酷な事実を時政親子に告げた。

北条宗時、討ち死に。

「兄上が」

信じられなかった。あの兄が、こうもあっけなく――。

時政も、この話に初めて接した時にはまるで取り合わなかった。戦に誤報はつきもの、あの息子がそう容易《たやす》く死ぬはずはない、とうそぶいた。だが、次第に、討ち死にの際の状況までも伝わってくるようになり、宗時の死は、ある時から時政親子にとって受け入れねばならぬ事実となった。

甲州へ入った頃になって、馬に跨がる時政は、ぽつりと言った。

「親不孝者よ。嫡男が死んでは、御家が保てぬではないか」

時政は、一粒だけ涙をこぼした。

思えば、義時が父の涙を見たのは、これが初めてであった。

だが、時政は手甲《てっこう》で顔を拭《ふ》き、己に言い聞かせるように口を開いた。

「何が何でも、甲斐源氏を戦に引きずり出さねばならぬ」

父の言葉はあまりに重かった。それだけに、返事をしそびれた。

後になってこの日のことを思い出すと、義時はある疑念に駆られる。実直を地で行っていた父を変えたのは、兄宗時の死ではなかったか、と。

だが、この頃の義時はそんなことを知る由《よし》もなく、兄の死に痛む胸を押さえながら、父と共に、甲斐への道を急いだ。


その後、頼朝は奇跡的に勝利を得た。

平家の大軍に追われながらも九死に一生を得て房総《ぼうそう》に渡り、上総《かずさ》氏、千葉《ちば》氏を味方に引き入れた。さらに武蔵国《むさしのくに》の安達《あだち》氏、葛西《かさい》氏、畠山《はたけやま》氏、河越《かわごえ》氏、江戸《えど》氏を糾《きゅう》合《ごう》することに成功し、十月には鎌倉に入った。そして、時政の懸命の説得により甲斐源氏もこれに加わり、ついに十月二十日、富士川《ふじがわ》の戦いにおいて平家を退《しりぞ》けた。

運も味方した。富士川の戦いの翌年、治承五年（養和《ようわ》元、一一八一）は希《まれ》に見る大凶作で、飢饉《ききん》が都を直撃、坂東の反乱に介入《かいにゅう》する余裕が平家から失われた。

一方の頼朝は打って出ることをせず鎌倉の大倉《おおくら》郷に己が本拠を置き、富士川の戦いまでの論功行賞《ろんこうこうしょう》を進めると同時に、南関東、北関東の平定と足場固めに専念した。

また、付き従う坂東武者を統制するために侍所を設置し、これまでの戦いで功のあった和田義盛《わだよしもり》を別当に任命した。そうして、頼朝に従う武士たちは家人《けにん》と呼ばれるようになった。

丁度《ちょうど》この頃、時政は家人の中で頭角《とうかく》を現した。

時政は、頼朝の義父《ちち》という地位を振り回し始めた。本拠の北条郷を郎党に任せて鎌倉に身を置き、頼朝の側に侍《はべ》っては虎の威を借る狐そのままに家人を叱りつけた。その有様は、伊豆の顔役として近郷の武士たちと朗《ほが》らかに語り合っていた、かつての時政とはあまりにかけ離れたものだった。

そんなある日、義時は、頼朝の家子《いえのこ》に推挙《すいきよ》された。

家子とはなんぞ？　辞令を受けた際、義時はその耳慣れぬ役に首をかしげた。だが、鎌倉に置かれた頼朝邸に出頭するや、頼朝直々《じきじき》に説明を受けた。

「家子とは、わしの側に侍る手勢の武者のことぞ」

戦にあっては頼朝の親衛隊となり、平時は頼朝の政務を支える役職だという。だが、疑問があった。

「なぜ拙者《せっしゃ》にそのようなお役目を」

義時からすれば、己は北条家の人間であって、頼朝の配下ではない。そのつもりだった。

頼朝は変な顔をした。

「聞いてはおらぬのか？　舅殿の許しも得ておるぞ」

舅殿――時政の差し金だったと知り、空《むな》しくなった。

これではまるで、犬猫をくれてやるが如き仕儀《しぎ》ではないかと。

そうして、不本意ながらも頼朝の家子としての日々が始まった。

当初は穏やかな日々だった。大倉御所と自邸を行き来して、頼朝の客人の取次や、庭の警固《けいご》、頼朝の身辺の世話に当たる日々は、頼朝が平家に刃《やいば》を向けたままの、半ば休戦の最中にあることすら忘れてしまうほどだった。

このお役目に就いたことで知り得たこともあった。

頼朝の客人は、皆、土地争いを携えてやってきた。荘園《しょうえん》領主との争いや、水利権を巡る争い、先祖伝来の土地を巡る境界争いなど、土地に関わる紛争が頼朝のもとに集まったのである。だが、頼朝はそれを邪険《じゃけん》にすることなく、粛々《しゅくしゅく》と双方の言い分に耳を傾けて落とし所を模索《もさく》させた。

頼朝《義兄》は何か大きな事をなそうとしているのではないか。そんな気がしてならなかった。


そんな日々の最中、事件が起こった。

それは、治承六年（寿永《じゅえい》元、一一八二）十一月の、寒い夜のことだった。

寝間着《ねまき》のまま自邸の奥の間で報告を受けた義時は、思わず頓狂《とんきょう》な声を発した。

「はあ？　一の姉上が、焼き討ちを？」

義時の執事《しつじ》が真面目《まじめ》な顔で頷く。

「はっ、小坪《こつぼ》にございます伏見《ふしみ》邸は全焼とのことで」

「なぜ、一の姉上が左様なことを」

「そ、それが――」

執事の述べるところはこうだった。

事の発端は、頼朝の妾《めかけ》、亀《かめ》の前《まえ》の存在であった。

亀の前は、頼朝お気に入りの愛妾《あいしょう》であった。流人の頃から身近に置き、時に正妻である政子をも凌《しの》ぐ可愛《かわい》がりようだった。さすがに頼朝もそれでは外聞《がいぶん》が悪いと考えたか、最近は遠ざけていたらしいが、政子が懐妊《かいにん》し、北条家に里帰りした隙《すき》を見て身近な伏見邸に招き、毎日のように通っていた。

これを政子が知り、焼き討ちさせたのだという。

「一の姉上らしいといえばそうだが――。仮にも伏見殿の家は武家屋敷、武家でなければ焼き討ちできまい。しかし、姉上の随意《ずいい》になる兵はないはず。一体どうしてこんなことに」

「どうやら、牧《まき》三郎殿の手勢が動いたようでして」

「なるほど、見えてきた」

義時の中で、様々な謎が一本の線で繋がった。

父時政は、前妻である義時の母と死別した後、一人の女人を後妻に据えている。実家の名を取り牧の方と呼ばれているその女人は義時からすれば義理の母だが、男をぐらりとさせるような妙な色気を振りまく、政子と同い年の女である。先に話の出た牧三郎というのは、この牧の方の父、牧宗親《むねちか》のことだ。

おそらく、出産の為に里帰りしていた政子（一の姉）がどこからか頼朝の浮気を聞きつけ激高《げきこう》、たまたま側にいた牧の方に相談した。そして牧の方は宗親に頼んで兵を拵《こしら》え、伏見邸を焼き討ちさせた、というところだろう。

寝間着のまま、腕を組んだ。だが――。

「まあ、今更、何ができるわけでもあるまい」

起こってしまったことは、もはやどうしようもない。義時は弱小家人に過ぎぬのである。

だが、この問題がさらなる問題を出来《しゅったい》させるとは、この時の義時は想像だにしなかった。

その二日後、また義時は寝間着のまま報告を受けることになった。

「はあ？　父上が北条庄にお戻りに？　一族郎党引き連れて？　なぜ」

これには、報告に上がった執事も呆れ顔だった。

「亀の前様の一件が尾を引いておるようでして」

「どういうことだ」

「それが」

執事が言うには――。

十一月十二日、頼朝は牧宗親を召し出した。宗親が参上すると、頼朝は亀の前の伏見邸焼き討ちの一件を問い質《ただ》した。宗親はそこでしどろもどろな返答に終始し、床に頭をこすりつけ通しであったという。だが、頼朝は宗親の謝罪を受け入れず、宗親の烏帽子を弾《はじ》き飛ばし、髻《もとどり》を切り払った。公衆の面前で烏帽子を取り去るのは、裸で道を歩かせるに等しい恥辱《ちじょく》である。さらに髻を切ったとなれば、ひとかどの武士として認めぬと突きつけたようなものだった。この最上級の屈辱に耐えかね、宗親は大粒の涙を流し、逃げるように頼朝の御前《ごぜん》を後にした。

これに、時政が怒った。

宗親は牧の方の父、つまり、時政から見れば義父に当たる。親戚の顔を潰された格好になった時政が怒るのは当然のことであった。かくして、時政は一族郎党を引き連れ、伊豆へと戻ったのであった。

事件《こと》の概要《がいよう》はわかった。

だが、解《げ》せぬことがある。

なぜ、わしは何も知らされておらぬ？

義時は北条分家、江間家の当主だった。だというのに、まったくの蚊帳《かや》の外だった。事が終わってからすべてを知らされ、呆然《ぼうぜん》としている。

「父上は、わしが北条の一族でないと、そう仰るおつもりか」

怒りが湧いた。だが、どうすることもできず、その怒りはただ、胸に秘めた。

その次の日、非番をよいことに屋敷に引きこもる義時のもとに、遣いがやってきた。父時政のものと期待したが、やってきたのは頼朝の遣いだった。

直垂に着替えた義時は、大倉御所へ参上した。

通された奥の間には、水干姿の頼朝がいた。

「非番の日に呼びつけてすまぬな。よう来た」

座れと言われ、頼朝と三人分ほどの距離を置いて腰を下ろした。平伏した後、頼朝の顔をうかがう。少し先で胡座を組んでいる頼朝は、数日前から焼き討ちや有力家人の本拠地逼塞《ひっそく》などの変事が足下で起こっているとは思えぬほどに晴れやかな表情を浮かべていた。

それだけに、何を言われるのかと、冷や汗をかいた。

頼朝の言葉は、やはり明るかった。

「そなたには礼を申さねばならぬ」

「は？」

「北条家の一族郎党が伊豆へと戻る中、そなただけは家子の立場を全《まっと》うせんとこうして鎌倉に残ってくれたこと、あっぱれであるぞ。信頼できる義弟《おとうと》がおるものと心強く思うておるぞ」

頼朝は誤解している。

もちろん、何も言わぬこともできた。だが、それは目の前の義兄への裏切りに思えた。むずがゆさを感じた義時は、頼朝の言葉を遮《さえぎ》って、真実を述べた。

「お言葉なれど、拙者、そもそも此度の件、完全に蚊帳の外でございます。父上が鎌倉を離れたことも、後になって知ったほどでございまして……」

そう答えて初めて、頼朝の顔に落胆の色が浮かんだ。

「そうであったか」

「まことに、申し訳なく」

「いや、よい。——もし、事前に本件を知っておったら、そなたはどうした。鎌倉におるままであったか、それとも、伊豆に戻ったか」

しばし考えた後、首を振った。

「——わかりませぬ」

正直な答えだった。

最近の父には、ついてゆけぬものを感じていた。さりとて、石にかじりついてでも鎌倉に残りたいという思いもない。鎌倉での日々は慣れぬことばかりで、己の働きがどんな実を成すものか、義時には見えていなかった。ならば、在地の領主として江間の地を富ます方が張り合いがあるのではないか、そんな気がしていた。

結局のところ、義時には、これという決め手がなかった。

「某は、水草のごとき者なのです」

「水草、とな」

「はい。根を持たず、波に揺られてふらふらと漂っているばかり。さしたる望みもなく、気がつけば流れ流されここにいる。斯様《かよう》な者なのです。卑下《ひげ》でもなんでもなく、某はそうした人間なのでございます」

二十年あまり北条の一族郎党として生きてきた、義時の実感だった。

怒られるかと思った。だが、頼朝は、なぜか呵々《かか》大笑した。

「面白いのう」

「冗談ではございませぬ、心からそう思って……」

「うむ。だろうな。なにせ、同じような思いを抱いておった人間を、そなたの他にもう一人知っておる」

「えっ、左様なうつけが、おるのですか」

「わしぞ」

頼朝は扇子《せんす》で己の顔を指した。

己の失言に、義時は胃の腑を鷲摑《わしづか》みにされた。

到底信じられなかった。頼朝は今や坂東の地を平らかにする武家の棟梁の地位に上ろうとしている。そのようなお人が、水草の如き心持ちで生きているはずはない。

「信じられぬという顔だな。だがわしは、紛《まご》う方なく、そなたと似ておるのだ。思い返せば、わしは己の意志で何かを決めたことなど一つとてないぞ。伊豆に配流《はいる》されたのは父が戦に負けたゆえ、挙兵したのもそうせねば殺されると思うたゆえ、そなたの姉を正妻に迎えたのとて、わしの意志ではない。ああ、唯一、わしが決めたことといえば、亀の前を間近に置くことくらいであったな」

最後の一言が頼朝なりの冗談と悟るのに、わずかばかり時が掛かった。

咳払《せきばら》いをしたのち、頼朝は続けた。

「だがな、今、わしはどうしても為したいことがあるのだ」

「為したいこと？」

「ああ、この坂東の地に、道理を立てたいのだ」

「道理、でございますか」

「ああ。この坂東の地には、朝廷の威光《いこう》は届かぬ。それゆえに、在地の武士が助力し合い、力を釣り合わせてなんとか平らかな世を保っておる。しかし、わずかでも釣り合いが崩れれば乱が起こる。先の、亀の前の一件のようにな。わしは、これを変えたいのだ」

「なぜ、そんなことを」

「以仁王様の令旨を受けてわしが挙兵した際、在地の武士たちが加わったのはなぜか。あの者たちは源氏の血など珍重しておらぬし、わしの人物など見ておらぬ。単に、在地の武士は道理なき坂東に倦んでおるのだ。わしは、清和《せいわ》源氏の末裔《すえ》として の野心があり、そして、在地の武士の多くは新たな道理を求めておる。そこに利害の一致がある。――ま、結局のところ、互いに互いを利用しておるのだ」

頼朝は続けた。

「わしには、野心がなかった。それこそ、流人になってから、以仁王様の令旨を受けるまで、いや、ここ鎌倉に居場所を得るまで、何の望みもなかったのだ。だが、そんなわしも、気づけば坂東の王となる野心を持った。人はわからぬぞ、小四郎」

「某もまた、何か、野心を持つとおっしゃるのですか」

「それが野心と呼べるものかはわからぬ。だが、水草の如く振る舞うがゆえに、思いも寄らぬところに流れ着くこともあるのではないか？　わしが坂東の王となると決めたのも、父の罪に連座《れんざ》し伊豆に流され、たまたま北条家の娘を妻に迎え、たまたま以仁王様の令旨を得たという偶然によるものだ。もしかするとそなたは、何か、大事を為すやもしれぬ。だからこそ、命ずる。江間小四郎。そなたは、とりあえずわしの側にあれ。そして支えよ、わしが死ぬまでな」

　死んだ後のことは己で考えよ、と頼朝はいたずらっぽく付け加えた。

　亀の前の一件は、結局有耶無耶《うやむや》となった。誰も処分されることはなかった。牧宗親はいつの間にか烏帽子を被《かぶ》って大倉御所に参上し、事件の発端であった政子も、生まれたばかりの男子に夢中で、悋気《りんき》のあまり兵を動かしたことなど忘れているようだった。この一件で利を得たのは、時政であろう。時政の不在によって鎌倉の政務が滞《とどこお》ったことが、皮肉にも時政の存在感をより一層家人たちに示す結果となった。あるいは父はこれを狙っていたのかもしれぬ――。義時はそう邪推《じゃすい》したほどだったが、結局、それは水面下での小さな動きに過ぎなかった。

この一件で大きく変わったのは、義時の心の内だった。この一件を経て、義時は真の意味で頼朝の臣となった。

その間、義時は家子として頼朝の政をずっと眺め続けた。ともすると自儘《じまま》を述べる坂東武者に論功を与えつつも首輪をつけた。また、朝廷との交渉を経て関東の支配権を得ることに成功し、平家を滅ぼした後には、平家の所有していた荘園の知《ち》行《ぎょう》権も得た。さらに、奥州征伐《おうしゅうせいばつ》を名目《めいもく》に、全国に守護地頭《じとう》を置くことも許され、ついには鎌倉に侍る家臣の立場を明確にするために、裁判を担当する問注所《もんちゅうじょ》を置き、文書管理や行政を司《つかさど》る公文所《くもんじょ》を政所に発展させた。そうして気づけば、一軍団に過ぎなかった頼朝の武士団は、朝廷に認められた関東の武家政権へと成長し、頼朝は征夷大将軍《せいいたいしょうぐん》の位を得た。

いつしか頼朝は鎌倉殿と仰がれる存在となり、家人には尊称がつき御家人と呼ばれるようになった。

だが、人の命数《めいすう》は無限ではない。

建久《けんきゅう》九年（一一九八）十二月、頼朝は落馬をきっかけに体調を崩し、翌建久十年一月、その生涯を終えた。享年《きょうねん》五十三。一代で坂東武者の夢を形にした男の、あまりにあっけない末期《まつご》だった。

死んだ後のことは己で考えよ、という頼朝の言葉をふと思い出した。あの時、鎌倉殿はどんな顔をしていただろう。だが、どうしたわけか、頼朝が浮かべていたはずの表情を思い出すことは叶わなかった。

頼朝の死後、空位となった鎌倉殿の座には、頼朝の嫡男である頼家《よりいえ》が就いた。

しかしその船出は、順風満帆とはゆかなかった。

頼家が鎌倉殿の座に就いて二ヶ月ほど経った建久十年（一一九九）四月、大倉御所に呼び出された義時は、身支度《みじたく》の途中、髪に櫛《くし》を通した際、白いものが交じっていることに気づいた。鏡の向こうには、少し疲れた中年男の姿があった。いつまでも若いつもりでいたが、もう齢三十七を数えている。

大倉御所の中にある評定の間に顔を出すと、そこには既に幾人かの姿があった。侍所別当の和田義盛、政所別当の大江広元、問注所執事の三善康信《みよしやすのぶ》、侍所所司《しょし》で厩《うまや》別当の梶原景時《かじわらかげとき》、頼家の乳母夫である比企能員《ひきよしかず》、そして、父、北条時政らが車座になっていた。皆が集まると狩《かり》の成果話や短歌の四方山《よもやま》話で盛り上がるのが常だが、この日に限っては皆一様に難しい顔で下を向いていた。

この中では末席である義時は、車座の空席に腰を下ろした。

しばらくすると、部屋の奥から裾を引きずり、一人の人物が部屋に現れた。

義時の一の姉、政子だった。

頼朝が死去した後、夫の菩提《ぼだい》を弔《とむら》うためと称し、出家《しゅっけ》した。白頭巾を被り、黒の法衣を身に纏うその姿は確かに尼だが、生来の強気を映す三白眼《さんぱくがん》がより一層際立ち、圧がいや増していた。

皆に向かって一礼すると、政子は部屋の上座を占めた。

政子が着座したのを見届けると、枯れ木のように手足の細い大江広元が口を開いた。

「皆々にお集まり頂いたのは他でもない。今日は、ご相談したきことがござる」

侍所別当の和田義盛が肩をいからせた。

「我らは忙しいのだ。手短に願う」

「そうもゆかぬのだ、和田殿」大江は穏やかに和田を窘《たしな》めた。「今後の鎌倉殿に関する重大な話でござるゆえ」

「ふん」

和田義盛を、横に座る梶原景時がなだめた。

「まあ和田殿、ここは大江殿の話を聞きましょうぞ」

「ここのところ、梶原殿は和歌にのめり込んでおると聞いておる。どうやら、お役目を果たすうちに、坂東武者の誇りを忘れ、腸《はらわた》まで京の軟弱に染まったようだな」

皮肉を言われ、梶原は眉を寄せた。

鎌倉殿の配下は坂東武者と役人衆とに大別できる。坂東武者は挙兵から平家討伐までの間に頼朝に付き従った武士衆で、北条家や和田義盛、梶原景時、比企能員などがこれに当たる。一方の役人衆は鎌倉殿の補佐の為に京から引き抜かれた者たちで、大江広元、三善康信などがこれに当たる。総じて何事につけても大味で荒々しい気性を誇る坂東武者と、穏やかで柳のような物腰の役人衆の間には、微妙な溝が横たわっている。

険悪な空気の中、場を仕切る大江広元は眉一つ動かさず、からりと声を発した。

「皆々、お静かに願いたく。――皆々にご相談したきこととは、鎌倉殿の専横《せんおう》でござる」

「専横？」和田義盛が声を上げた。「結構なことではないか」

「詳しくは、問注所執事の三善殿にご説明願おう」

大江広元に促される形で、三善康信が言上《ごんじょう》した。始終飄々《ひょうひょう》としている大江とは異なり、三善は線が細く、いかにも下級貴族然とした、八の字眉の男である。

「頼家様《鎌倉殿》は、問注所を通すことなく、独断で土地争いを裁《さば》いてござる。大変困っております」

「それの何が問題か。鎌倉殿のお役目の一つに、争論の解決があったではないか。

自ら裁きなさるとは、今後が楽しみぞ」

「話はそう簡単ではありませぬ」和田の言葉に三善は反撥《はんぱつ》した。「争論を収めるためには、双方の言い条をよく聞き、これまで渡された文書や安堵《あんど》の約束などをすべて吟味して決めねばなりませぬ。されど、頼家様《鎌倉殿》はそうではない。ある時など、地図の上に適当に墨引きをして、〝これに従って土地を分ければよい〟と下知《げち》なさったことがございました。こんな乱暴、鎌倉殿とはいえ、否、鎌倉殿だからこそ、許されるものではありませぬ」

梶原景時が三善に助け船を出した。

「確かにな。一所懸命に守ってきた所領を、左様な適当なやり方で左右されては、父祖に顔向けできぬ」

梶原景時は鎌倉武士だが、頼朝の信任が厚かったため早いうちから鎌倉殿の政務に参画し、役人衆と歩調を一《いつ》にしているところもある。

役人衆にやり込められる格好になっていた和田義盛が、不満げに口を開いた。

「されど、これから、どのようにしたらよい。諫言でもすべきか」

これに答えたのは、上座に座る政子だった。

「既にやっておる。皆々の意見を聞くようにとのう。されど、あやつは聞かぬのだ。立派な鎌倉武士に育ってくれたと思うておったが、やはり、ことごとく裏目に出ておるわ」

頼家は当初、頼朝の後継者として期待されていた。建久四年（一一九三）に開かれた富士の巻狩の際には鹿を見事に仕留めて見せ、父頼朝を喜ばせた。御年十二の頼家の快挙には坂東武者も快哉《かいさい》を叫び、これぞ我らの次期棟梁ぞと褒《ほ》め称《たた》えた。だが、それゆえに、奔放《ほんぽう》な人物に育った感も否めなかった。

頼家の乳母夫に当たる比企能員も弱り顔だった。

「わしからも色々と諫言をしておるのだが、一向に聞かぬ」

「比企殿の話すら聞かぬか」

和田は難しい顔をした。

場の皆が黙りこくったところで、大江が述べる。

「といった塩梅《あんばい》でござる。これからどうすべきか、考えあぐねておる次第。これを放っておけば、鎌倉殿への尊崇《そんすう》が薄まる。そうなれば」

今の鎌倉殿は、御家人の頼朝への恩義に支えられている。今はまだいい。頼朝への旧恩が御家人一人ひとりに深く根ざしている。だが、このまま頼家の専横を放っておけば、いつか御家人も鎌倉殿を見限る。そうなれば、せっかく築き上げた坂東の道理は、砂上の楼閣《ろうかく》と化すことになる。

それは、この評定の場にいる誰にとっても好ましからざる事態だった。

誰もがその意味を理解し、深刻な顔でいる中、それまでずっと黙ったままだった北条時政が口を開いた。

「ならば、鎌倉殿一人では裁けぬ仕組みを作ればよかろう」

皆が怪訝な目を向ける中、時政は堂々と続ける。

「争論については、鎌倉殿だけではなく、問注所執事や政所別当、侍所別当の同意なくば効なしと決めればよい。さすれば、仮に鎌倉殿からおかしな裁定が出たとしても、我らで糺《ただ》すことができよう」

「なるほど」大江は手を打った。「それならば、確かに」

「さらに、ここのところ、争論が増えておる由。有力な武士に争論の取次、とりまとめ役を願うのはいかがでござろう。さすれば、問注所も楽になろう」

時政の言葉に頷く和田たち老臣の姿を眺めながら、義時は砂を噛むような思いでいた。

頼家を補佐するためとは言い条、結局のところ、ここにいる老臣衆の威を高めるための方策だった。これを献策する時政にも、これを追認しようという老臣たちにも、反感を覚えてならなかった。

しかし、この時政の献策のままに、鎌倉殿配下の組織は改編された。

大江広元、三善康信、中原親能《なかはらちかよし》、二《に》階堂行政《かいどうゆきまさ》らの役人衆、和田義盛、梶原景時、

比企能員、足立遠元《あだちとおもと》、安達盛長《あだちもりなが》、八田知家《はったともいえ》、三浦義澄《みうらよしずみ》、北条時政、そして義時の十三人が鎌倉殿補佐となり、若き頼家を監督する体制が整ったのである。

もっとも、当の義時は疑問に駆られていた。

義時は家子、つまりは鎌倉殿の護衛役だった。晩年の頼朝の厚情によって寝所の警護を任され、「家子の専一」とまで謳《うた》われたが、他の十二人と肩を並べるような立場ではない。そんな己が、なぜ斯様《かよう》な評議に加えられることとなったのだろう。

義時は考えることを止めた。

結局己は、水面を漂う水草の如き者に過ぎない。三十七までそんな生き方でやってきてしまっては、もはや自ら泳ぐ術など身についていようはずもなかった。

義時はそう自らに言い聞かせ、鎌倉殿警固の任に当たった。

だが、この十三人の評議体制も、すぐに終わりを告げることになる。

梶原景時が讒言《ざんげん》により失脚、誅殺《ちゅうさつ》された。この誅殺の際、暗躍したのが、北条時政であり、大江広元だった。その後、安達と三浦が病《やまい》を得て死亡、この者たちの欠員が埋められることはなかった。

十三人の評議体制は、有力御家人の思惑によって、脆《もろ》くも崩壊したのだった。

義時は、夜着《よぎ》の中で身を横たえる頼家を見下ろしつつ、声を掛けた。

「聞こえまするか。拙者でございます。義時にございます」

揺さぶっても反応がない。かつては筋骨隆々《きんこつりゅうりゅう》で、いかにも武者然とした姿をしていた。だが今は、肌は青黒く変じ、首に浮かぶ血管は心なしか痩《や》せ細っていた。

建仁《けんにん》三年（一二〇三）七月、頼家は病に倒れた。

遡ること半月前、鶴岡八幡宮《つるがおかはちまんぐう》で鴿《はと》三羽が互いを相ついばみ、一羽を殺したという〝異変〟があった。これを小耳に挟んだ大江広元は「凶事の前触れぞ」と眉をひそめたが、その予想が当たった形となる。

病平癒《へいゆ》の祈禱《きとう》も施《ほどこ》した。しかし、芳《かんば》しくなるどころか、頼家は昏睡《こんすい》の沼に沈んでいる。

鎌倉殿危篤《きとく》――。そんな風聞も、鎌倉中に流れている。

浅い呼吸を苦しげに繰り返す頼家を見下ろしながら、義時は世の不思議を思った。あれほどまでに壮健であられた頼家様が、なぜこんなことに、と。

病に倒れる数日前まで元気だった。鎌倉殿御所をゆく義時を見つけ、「おお、よきところに。弓を競おうではないか」と親しげに声を掛けてきた頼家の姿が、瞼《まぶた》の裏に蘇《よみがえ》る。多忙を理由に後日に期する形としたが、あの時に応じておくべきだったと後悔もした。

役儀上、頼家とはよく関わった。世上、頼家は暗愚《あんぐ》、短慮《たんりょ》と評されているが、義時はそうは思わなかった。あまりにこのお人は若かった。世の複雑怪奇《かいき》に直面する鎌倉殿の座に就くには、あまりに性根《しようね》がまっすぐすぎた。もしもこのお方が一介の武辺《ぶへん》であったなら、誉《ほま》れを一身に浴びて生きていたに違いない、義時はそう信じている。

夏の終わりに差し掛かり、ひぐらしが鳴く頃に至ってもなお、頼家は回復しなかった。それどころか、度々危篤が伝えられるほどだった。

これを受け、八月二十七日、頼家の遺領案分を巡る相談が有力御家人の間で為され、とりあえずの妥結を見た。頼家の弟である実朝に関西三十八カ国の地頭職を、頼家の息子であり比企能員の孫である一幡《いちまん》に関東二十八カ国の地頭職と日本国総守護職を分割する形となった。

そこで辣腕《らつわん》を振るったのは、北条時政だった。皆が意気消沈する中、てきぱきと頼家亡き後の世の形を決めた格好だが、父のやり方には義時すらも疑問が湧いた。頼家の息子である一幡にすべてを譲れば何の問題もないところ、武家の慣習である分割相続を持ち出し実朝に相当の大権を譲るよう求めたこと自体、衣の下から鎧が見える行ないであった。

この時政の行動が、騒乱の種を呼んだ。

九月二日昼、義時は鎌倉の時政邸に呼ばれた。だが、穏やかではなかった。誰にも悟られずに来い、屋敷に鎧兜を用意し参上せよ、と遣いは時政の意を告げた。

仕方なく、被衣《かつぎ》をして時政邸に参上した。

奥の座敷に通されると、既にそこには時政の姿があった。

「よう来た」

香を薫《た》き込めた錦《にしき》仕立ての直垂を身に纏う時政の横には、黒の着物を纏う女人の姿があった。左の口元にあるほくろに妙な色気がある。際だって顔の造作がよいわけではないが、蠱惑《こわく》じみた魅力を振りまきながら座る女。既に四十の坂は越えていように、なおも女の華を咲かせている。義時の義母、牧の方である。

義時は女物の衣を脇にどけ、時政にだけ頭を下げた。

「父上、江間小四郎、参りました」

「ご苦労。それにしても、女に化けて来るとは思い切ったな」

「隠れてくるようにとの仰せでありましたゆえ。ところで、今日は」

「まあ待て、急ぐな。――お、来たようだ」

縁側から足音が聞こえ、ややあって戸が開いた。

部屋に入ってきたのは、まだ元服もしておらぬ、童水干《わらわすいかん》姿の少年だった。

「おお、よう来た左馬助《さまのすけ》」

少年に優しげな声で呼びかけた時政は、義時に向いた。

「北条本家はこの左馬助に譲ることに決めた。よって、此度の謀議《ぼうぎ》に、この子も加える」

心中に、漣《さざなみ》が立った。

左馬助は時政と牧の方の子である。義時からすれば異母弟だが、母親譲りの垢抜《あかぬ》けた顔立ちは、弟と可愛がるには今ひとつ己との共通点がなさ過ぎた。この弟を一族の惣領として仰がねばならぬのか——。ふと、兄、宗時の顔が脳裏を巡り、もし、兄上が存命だったならどんなに楽だったたろうかと心中で独りごちた。

だが、そんな感傷を追い出し、牧の方の横に座った左馬助から時政へと目を移した。

「父上、さきほど、謀議と申されましたが」

「左様。先ほど、一の娘から報せがあってな」

一の娘。政子のことだ。

「何か、鎌倉殿に変事でも」

「前代未聞《ぜんだいみもん》ぞ」

九月に入り、頼家は昏睡から目を覚ました。秋雨の晴れ間の如きその一瞬を見計らい、頼家の乳母夫である比企能員が参上、頼家に耳打ちした。北条時政に謀反《むほん》の気配あり、と。頼家が健在にも拘《かか》わらず遺領案分の相談を発議したことなどはまさにその証《あかし》であると言い募り、時政の追討命令を引き出すことに成功した。そんな鎌倉殿屋敷での出来事を政子が聞き及び、父時政に注進したのであった。

あくびをする牧の方の横で、時政は唸《うな》った。

「一大事ぞ。まったく比企め、あの男とて、遺領案分の評議に参加しておろうが。体《てい》よくあの評議を讒言に使われた格好よ。それに、あの時はああするしかなかった。鎌倉殿はあの時、確かに危篤だったのだからな」

その言い分はわからぬではなかった。間近で頼家の世話に当たっていた義時ですら、先は長くないと見ていた。九月に入ってからの頼家の回復は、まさに奇跡だった。

何も言えずにいると、あくびを嚙み殺した牧の方が、冷たい声を発した。

「そんなことよりも、これからどうするかをお考えになるべきではございませんか、お前様」

「そうであった」牧の方に促された格好の時政は、ずいと身を起こし、義時に向いた。「このままでは、我らは比企に追討される。どうすべきぞ」

いつの間にか、義時も巻き込まれる格好になっている。だが、致し方ないことだった。江間小四郎を名乗っていても、世間からすれば時政の子で間違いはない。時政が追討されるなら、子である義時も首を取られることになろう。

この問題は、すでに、我が身の災厄《さいやく》となった。

こうした時、どうした手を打つべきかは、坂東武者の端くれである義時ならば、瞬時に思い浮かぶ。

「振りかかる火の粉《こ》は払うしか、ありますまい」

「よう言った。ならば、これより比企を襲え」

言われるがままに行動した。

己の屋敷に戻ると郎党を集めて武装させ、未《ひつじ》の三刻（午後二時頃）、鎌倉にある一幡の屋敷、小御所《こごしょ》を攻めた。義時自身も長らく鎧櫃《よろいびつ》から出していなかった赤糸縅の鎧を身に纏い、弓を取った。この戦で比企一族、一幡を討ち果たした。

比企能員は、半ば騙《だま》し討ちされた。時政が仏事の相談と称して己の屋敷に呼び出し、やってきた比企能員の首を斬った。

この首尾に頼家は怒った。その上で、改めて時政追討の命《めい》を発そうとしたものの、和田義盛がそれを握り潰した。既に時政が先回りし、大江広元や和田義盛を味方につけていた。

頼家の起死回生はならなかった。母、北条政子の強い勧めに従う形で、九月七日、出家した。噂によれば、激高し、刀を手に立ち上がろうとした頼家を、政子が抱きかかえて押し留《とど》め、そのまま無理矢理出家させたともいう。事実はどうか、義時に知る術はない。だが、さもありなん、という気がした。義時の知る頼家は、誇り高き坂東武者だった。

頼家が大倉御所を離れたその日は、大きな雹《ひょう》が降り御所の甍《いらか》を粉々に砕いた。それはまるで、頼家の怒りを天が代弁するかのようだった。次々に降る大粒の雹を眺めながら、義時は突如として冷え込んだ風に身体を震わせた。

後になって、義時を十三人の評議に加えたのが頼家であったことを知った。本当かどうかはわからない。だが――、だとしたらなんと皮肉な成り行きだろうか。義時は、瞑目《めいもく》した。

その年の十月、北条時政は大江広元と同格である政所の別当に就いた。

元久《げんきゅう》元年（一二〇四）、頼家が急死した後、鎌倉殿には頼家の弟である実朝が就いた。

実朝は弓馬の道に分け入ることはなく、和歌や有職故実《ゆうそくこじつ》に興味を示した。武辺一辺倒であった先代とはまるで違う鎌倉殿のありように、かしずく者たちは当初困惑を示した。だが、命令にむらがなく、功臣の言葉に耳を傾けつつも決して言いなりにはならない実朝の在り方は、すぐに受け入れられた。

引き続き寝所警固を任された義時は、新たなる鎌倉殿に誰よりも近しく接した一人となった。

「小四郎、そなた、歌はやらぬのか」

武辺一辺倒ゆえ、と後ろ頭を掻くと、部屋の真ん中で文机《ふづくえ》に向かう実朝は、目を細めて短冊《たんざく》を眺め、ぽつりと言った。

「それはつまらぬ」

「歌の楽しさは奈辺《なへん》にあるのですか。お教え願いたく」

「そうさな。歌の楽しさは、削るところにある。我ら人間の思いを逐一《ちくいち》形にしようと思えば、無限に言葉を用いねばなるまい。されど、歌は三十一文字《みそひともじ》。言葉を削りに削り、実《まこと》に近き言葉を見つける。それはまるで、野の石を磨くが如き佳《よ》さがある。己の普段使いにしている言葉が、麗《うるわ》しき響きに変ずる刹那の輝きが好きだ」

干支《えと》一回りどころか二回りも違う若君は、あまりにも坂東武者の気風《きふう》とかけ離れていた。だが、不思議と、初代鎌倉殿である頼朝の風を感じることもあった。侵しがたき孤独を漂わせつつ争論に取り組む姿は、かつて坂東武者に担《かつ》がれ、皆から愛された頼朝のような、超然《ちょうぜん》とした気品があった。当初こそ、このような若君に鎌倉殿が務まるものかと公言していた武士たちも、半年もしないうちに見解を改めた。

先代頼家よりも出来物《できぶつ》ではないかという向きもあったが、間近に接した義時はそれに与《くみ》さなかった。頼家には頼家なりの魅力があると同時に、あばたがあった。そしてそれに等しく、実朝にも魅力とあばたが同居していた。二人はあまりに違いすぎ、単純な比較は難しかった。

義時は四十二を数えていた。若手から質問を受けたり頼りにされたりして、その都度《つど》、懇切《こんせつ》丁寧にものを教え、骨を折るうちに、多少なりとも義時についてくる者も出てきた。

望みがあるでも、野心があるでもない。流れ流されやってきた割には、穏やかで満たされた日々が待っていた。そのことに、ほのかな幸せを感じていた。

だが、そんな穏やかな日々は、突如として終わりを告げた。

実朝が鎌倉殿に上ってすぐの元久二年（一二〇五）六月、義時は眉目秀麗《びもくしゅうれい》、英才の誉れ高い弟の時房《ときふさ》とともに時政の屋敷へと押しかけた。

「どうした、突然やってくるとはそなたらしくない」

還暦《かんれき》を八年前に迎え、すっかり横鬢《よこびん》の白くなった時政が出迎えた。しかし、時房は怜悧《れいり》に吐き捨てた。

「本日は父上に用があるわけではございませぬ。義母上《ははうえ》をお出しくだされ」

「牧の方をか。待て、女人をそう易々《やすやす》と表に出すわけには……」

時政が断わろうとした時、当の牧の方が縁側から姿を現した。

牧の方は、やはり黒の着物を身に纏い、するすると裾を引きずり歩いていた。ほくろのある口元を吊《つ》り上げ、ふわ、とあくびを一つすると、立ったまま時政を一瞥《いちべつ》した。

「騒々《そうぞう》しいゆえ、聞こえております。どうせ、暇にございます。お相手いたしましょう」

「されど」

「わたしが相手をすると申しておりましょう」

牧の方にかかっては、政所別当の時政すら赤子《あかご》同然だった。時政が黙りこくったのを見遣《みや》ると、薄く笑い、牧の方は義時たちを見下ろした。

「で、何用でございますか」

「白々《しらじら》しくはございませぬか、義母上」

「おお怖《こわ》」

牧の方は、まるで時房を小馬鹿にするような口調で言葉を発し、己の二の腕を抱いた。だが、義時はその茶化《ちゃか》しを一顧《いっこ》だにしなかった。

「なぜ、畠山親子の讒言を口にしたのです」

「ああ、あのこと。あれは単に、平賀《ひらが》殿の申し出をそのまま殿にお伝えしたに過ぎませぬ」

　今、牧の方の為した誣告《ぶこく》の一件で鎌倉は大騒ぎになっている。

　平賀朝雅《ともまさ》という男がいる。河内《かわち》源氏の門葉《もんよう》であり、頼朝の猶子《ゆうし》にもなった、鎌倉殿配下でも枢要《すうよう》な地位を占める人物である。京都守護、伊賀・伊勢《いせ》の守護職といった難しい役職を歴任している。特に京都守護の直後には、伊賀・伊勢で起こった三日平氏《みっかへいし》の乱を鎮圧した大功まで挙げている。その親任ゆえに、実朝の正室を朝廷から迎えるための交渉役を仰せ付かった。だが、この際、共に交渉役となった畠山重《しげ》保《やす》と口論を起こし、険悪な仲になっていた。一時は取りなしによって事なきを得たが、結局今年に入り、その不仲が再燃した格好だった。

　平賀朝雅は、時政と牧の方の間の女子を妻に迎えているため、二人は義父母に当たる。その気安さからか朝雅が牧の方に畠山重忠《しげただ》・重保親子の叛意《はんい》を告げ、牧の方がこれを時政に注進したことで、事態は大事となった。

　今、鎌倉は、沸騰《ふっとう》している。畠山重忠・重保親子を討つべく、御家人たちが武器甲冑《かっちゅう》を己の屋敷の濡れ縁に並べている。

　だが、到底受け入れられるものではない。

　義時は時政に向かい、座り直した。

「畠山は忠臣であると共に、先の平家討伐の際にも大功を挙げた武士《もののふ》、人望も厚うござる。あの親子をありもしない罪で滅ぼそうものなら、鎌倉殿の権威は失墜《しっつい》いたしましょう」

　時政は頷かなかった。

「鎌倉は沸いておる。もう止めようがない」

「ありもしない罪をでっち上げ、気分のままに暴れる。それが、坂東武者でございますか」

「仕方あるまいよ。我らはただ、事が済んだ後、上手く取り繕うほかあるまい」

「馬鹿な。父上ほどのご権勢あらば、御家人を翻意《ほんい》させるのは容易《たやす》うございましょう」

「言うな。それ以上は」

　時政は目を逸らし、義時に下がるよう命じた。

　結局、この件は、どうにもならなかった。

　自邸へと下がった義時のもとに牧の方の遣いが現れ、畠山討伐の決定を告げた。義時は「賢慮あるべし」とあくまで反対の態度を崩さなかったが、気づけば畠山討伐の大将に祭り上げられていた。

　六月二十二日、畠山重保は、由比《ゆい》ヶ浜《はま》で刺客に襲われ落命した。二俣川で追討軍と出会って重保殺害を知った畠山重忠は鎌倉の手勢を見るやすべてを悟り、坂東武者らしく最後まで見事な戦い振りを見せた。戦の間、ずっと義時は突き抜けるような青空を見上げていた。そして自問していた。なぜこんなことに、と。

　畠山親子の首は、曲げ物に入れられ、鎌倉へ運ばれた。

　義時が畠山親子と面会したのは、翌六月二十三日のことだった。大倉御所の庭先に晒《さら》されたその首は、親子揃って武勲《ぶくん》を誇るが如き、清々《すがすが》しい死に顔をしていた。

　義時は、畠山重忠の首を前に泣いた。

　年が近かったこともあり、重忠とは義《ぎ》兄弟《きょうだい》の契《ちぎ》りを結んだ間柄だった。もっとも、向こうの方が武勲に優れ、御家人の間でも人気は高かった。ずっと裏方の役目に勤《いそ》しむ義時とは、まるで立場も違った。向こうが義時をどのように思っていたのか、今となっては確かめようもない。だが、この男も、自分の偏狭《へんきょう》な人生を、時に流され、時に己の役割を貫徹《かんてつ》しつつ生きてきたのだろう。そう思うと、涙が止まらなかった。

　いや、涙の理由はそれだけではなかった。

　坂東に道理を。そう述べていた、頼朝の姿を不意に思い出した。

　結局我ら坂東武者は、頼朝様《鎌倉殿》の思いを踏みにじっているのではないか。

「あまりに理不尽ではないか。このようなことが、あってたまるものか。――のう、畠山殿」

　問いかけても、重忠の首は何も答えなかった。

のちに畠山重忠の乱と呼ばれることになるこの事件の二ヶ月後の閏《うるう》七月、またもや、事件が起こった。

その発端となったのは、蟬《せみ》の声のうるさい時分に義時邸にやってきた一の姉、北条政子の一言だった。

「父上が実朝に会わせてくれぬ」

このところ、実朝は祖父である北条時政邸を御所としていた。時政は、畠山重忠の乱からこの方、治安よろしからずを理由に、実朝との面会をほぼ謝絶している。

「姉上までもでございますか」

「何、ということは、家子の筆頭であるそなたもか」

「はい、お屋敷に伺《うかが》っても、お目に掛かることができませぬ」

義時すら、実朝に面会できていない。

「どうしたわけか」

政子は小首をひねった。どこか、白々しい仕草《しぐさ》だった。

父、時政の意図するところは、明白だった。

畠山重忠の乱は、一時の熱狂によって罪なき畠山親子を誅殺した事件だ。事態が落ち着くに従って、御家人は正気に戻った。畠山親子を討ったのは間違いだったのではないか、と。だが、人間は己の間違いを認めたがらない。やがて、畠山親子を最初に指弾した者たちに罪をなすりつけた。平賀朝雅、牧の方と北条時政に、である。

時政は気づいている。畠山重忠の乱でしくじりを犯し、己の求心力が失われていることに。だからこそ、鎌倉殿である実朝を囲い込み、己の盾としている。義時はそう見た。

義時は考える。このまま、時政の実朝囲い込みが長引いたらどうなるか、と。もし己が時政と敵対する立場だったなら、実朝を廃し、他の誰かを新たな鎌倉殿に据《す》えるだろう。そうなれば、実朝はおろか、多くの人間の血が流れる。首謀者の子である己も、血祭りに上げられることになる。他人事《ひとごと》ではない。

そもそも――。坂東の静謐《せいひつ》を乱す行ないに、義時は我慢がならなかった。

「姉上」

驚くほどに、冷たい声が出たことに義時は驚いた。

「父上を、見限りましょう」

「ああ、そうかえ」

政子の答えは、最初からすべてを見通していたかのようだった。

時政を見限る。それはすなわち、己の母胎《ぼたい》に等しい北条本家を攻め滅ぼすと言っている。自らも北条家の一族郎党である義時からすれば、不義そのものの行ないだった。

されど――。義時は続けた。

「ただ、流されるわけには参りませぬ。何が何でも、頼朝公のお子である実朝様はお助けせねばなりませぬ。そして、父上も」

「何か、手があるか」

「なくはないといったところかと」

かつて兄、宗時の述べた言葉が脳裏を掠《かす》めた。

〝人間、一度くらいは、己の分を越えて大きく飛ぶ時があってもよい〟

兄の言葉を果たすのは今やも知れぬ、そう胸に期した。

それからの義時は、迅雷の如く動いた。侍所別当の和田義盛、父時政の同僚である政所別当の大江広元のもとに参じ、時政に謀反の気配ありと報じた。実朝を巡る状況も説明し、その上で、時政の助命と退隠《たいいん》、つまり身の保証と引き換えに、実朝を解放するよう求める同意を得たいと願い出た。

和田義盛も、大江広元も、反対はしなかった。二人とも御家人を統御《とうぎょ》する立場であるが為、当初の予想通り、事を荒立てたくない様子だった。さらに、手の者を用いて、御家人に同様の趣旨《しゅし》を吹き込んだ。中には反撥もあったが、和田義盛や大江広元の賛同があることを知ると、御家人たちは従った。時政を孤立させるやり方は、比企能員を追い落とした時、父時政が取った行動を鏡映しにしたものだった。

閏七月十九日、義時は御家人を時政の屋敷に派遣し、実朝の解放を求めた。命に従えば助命の道があると伝えると、やはり、乗ってきた。かくして実朝は保護され、義時の屋敷に動座した。

同日、時政と牧の方は剃髪《ていはつ》した。

その日、義時は、時政を訪ねた。

鎌倉の隅《すみ》にある禅寺の庫裏《くり》に、時政はいた。

「すっかり、頭が寂しくなってしもうた」

そこには、髻《もとどり》と一緒に覇気《はき》までも失った父の姿があった。

義時の目の前に座っているのは、ただ、死を待つばかりの老人だった。これが、仰ぐように見上げていた父なのか、と義時は思った。父はもっと大きく、いかめしくなかったか。だが、すべては幻だった。

「父上、此度は、しくじりましたな」

「わしらしからぬ手であった」

時政は、からりと述べた。

「なぜこんな手を」

「さてな。もしかすると、謀《はかりごと》を巡らすつもりが、謀に振り回されていたのやもしれぬ」

「と、いうと」

「なに、簡単なことぞ。鎌倉殿の側で坂東を差配するのが楽しゅうなってしもうてな。幾度となく不和に乗じる形で他の武士どもを追い落としてきた。それはわしが成り上がるための手段に過ぎぬはずであったのに、いつしか、目的にすり替わっておった。有力な御家人どもの足を引っ張り、滅ぼすのがわしの生きがいになっておったのだ」

「左様、でしたか」

すべてが理解できた。流れ流され振る舞ううち、実直だった父は権勢欲に取り憑《つ》かれた化け物になっていた。ようやく義時は父という人間の深奥《しんおう》を理解できた気がした。

「そなたも気をつけることだな」

「――父上も、どうかご壮健《そうけん》であられますよう」

――二度と会うことはあるまい。義時は父の顔を心に刻み、部屋を後にした。

どうしても、もう一人、会っておきたい人がいた。

その女人は、同じ寺の違う部屋にいた。

落飾《らくしょく》してもなお、その蠱惑《こわく》じみた容色の衰える様子のない牧の方は、あくびをして、義時を迎えた。

「勝ち誇りに参りましたか」

「いいえ、違いまする、義母上。なぜ、義母上は畠山を誹謗《ひぼう》なさったのですか」

聞きたいことはそれだけだった。時政が畠山を陥《おとしい》れた理由は理解できなくもない。有力御家人である畠山がいなくなれば、うるさいことを言う者が一人減る。だが、牧の方にとっての利はどこにもなかった。

牧の方は、頭巾の裾をいじり、あくびをした後、耳を疑うことを口にした。

「だって、暇だったものですから」

「今、何と」

「暇だったのです。武士の奥方の身では、何も面白いことは起こりませぬ。されど、誰かに嘘《うそ》を吹き込めば、その嘘で誰かが踊り、真になる。それが楽しゅうてならなかったのです」

牧の方の目は、木のうろを見るかのように深い闇を宿していた。

「なんと愚《おろ》かな」

「お疑いですか」まるで義時を挑発するように、牧の方はほくろのある口元を歪《ゆが》めた。「ずうっと前、そなたの姉上の起こした焼き討ち、ありましたでしょう。亀の前の。あれも、妾《わらわ》のこの口舌《くぜつ》が為したのです」

「なんですと」

「政子《一の姫》に亀の前の話を吹き込んだは、妾でございますよ」

そうだったのか。だが、この件とて、火種を投げ入れたところで、牧の方には何の利もない。

「まるで、義母上のお考えがわかりませぬ」

「さっきから言うておりましょうに。暇なのです。つい暇に飽いて、火遊びをした。それだけのことです」

暗い目をした牧の方を残し、部屋を辞そうとした義時の背に、牧の方の悲嘆の声が突き刺さった。

「ああ、左馬助」

時政と牧の方との間に生まれ、北条本家を継ぐはずだった左馬助政範《まさのり》は、一年前、病を得て死んだ。十六の若さだった。

もしも左馬助が生きていたなら、牧の方はこのような事件を起こしただろうか。そんな問いを自らの中に立ててみた。だが、どんなに思いをめぐらしても、義時には答えが出なかった。

後の世に牧の方事件と呼ばれるこの変事により、北条時政は失脚し、二度と表舞台に姿を現すことはなかった。これに連座する形で平賀朝雅が誅殺されたことで、畠山親子の討伐は、平賀朝雅を鎌倉殿に就けようと画策した北条時政と牧の方の陰謀だったという風聞がまことしやかに流れた。

それからしばらくは三代鎌倉殿の実朝による関東の支配が続いた。だが、その歩みは決して平坦なものではなかった。

時政が退いた後、空席となっていた政所別当、北条家惣領の座に就いた義時は、あくまで他の御家人との協調路線を堅守した。そして、頼朝公の安堵した土地については没収されないというお墨付きを与え、坂東の安定に努めた。

都度、問題は起こる。御家人同士の足の引っ張り合いや権力欲しさの讒言により、無用な血が流れた。その中でも、特に大きかったものの一つが、和田義盛と義時の間で行なわれた和田合戦《かっせん》だった。侍所別当であった和田義盛を滅ぼしたことで、義時はその地位を得、ついに臣下随一の力を得た。

奪い取ったつもりはなかった。時々の事態に応じ、できる限り乱を避けんがために諸々の手を打っている間に、気づけば父の官位を超え、時に鎌倉殿をも凌ぐ権威を得ていた。

だが、建保《けんぽう》七年（一二一九）、実朝が暗殺された。

この頃になると、義時は悟っていた。鎌倉殿は人の座ってはならぬ神の座なのだと。鎌倉殿は坂東の調停者であるがゆえに、御家人に尊崇された。頼朝が歓迎されたのは、畢竟《ひっきょう》、頼朝が余所者《よそもの》だったからに他ならない。北条は血塗《ちぬ》られた坂東の当事者である。鎌倉殿の座は、曇りなき鏡の如き貴種《きしゅ》にこそ相応《ふさわ》しい。

生前、同じことを実朝も述べていた。

「次代将軍は親王《しんのう》から迎えるがよかろう。源氏は、あまりに坂東に染まりすぎた」

その言葉の真意を義時が理解したのは、皮肉にも実朝が頼家の子・公暁《くぎょう》に殺されたのを目の当《ま》たりにした時のことだった。

かくして、義時は親王を鎌倉殿に迎えるべく、朝廷に働きかけることになったのだが、これが後鳥羽上皇の反感を招き、義時追討の院宣に繋がる――。

義時は長い物語を終えた。

はるかな旅を終えた義時の眼前には、朝廷に弓を引く前代未聞の戦に臨《のぞ》む、承久三年の鎌倉がそこにあった。

目の前に座る北条政子は、白《しら》けた顔で義時を眺めている。

「随分と長い昔話じゃ。で、それがどうしたのじゃ」

「牧の方の一件で、わしは兄上のお言葉に従ってしまいました。一生に一回だけの無理を働いたのです。もうわしには、あれ以上の無理はできませぬ」

すると、政子は呵々と笑った。

「何を言うかと思えば。そなた、昔から肝が小さいのう」

「姉上とは違います。一生のうち何度も無理を働いておられる姉上とは」

「何を言うか。妾は一度として、無理を働いたつもりはないぞ」

「は？」

義時は脳裏にさまざまな政子の起こした狼藉を思い描いた。政子は、大きなものから小さなものまで、両の手で足りるかどうかわからぬほどの無理を働いているというのに、である。

「左様なもの、所詮《しょせん》は気の持ちようであろう。それに、宗時兄のことを思い出してみよ。兄上は、あの短い生涯の中で、己の身の丈に合わぬ博打を打ったことがあったか？」

言われ、義時は己の人生を思った。

いつの間にか、死んだ兄の年齢を通り越し、親子ほどの年の差になり、ついには孫ほどの年齢差である。あまりに短い兄の生涯は、政子が示唆《しさ》するように、大きな波に浚《さら》われたようなものだった。長じるまでは父に従い、長じてからは時代のうねりに巻き込まれ、そのまま命を落とした。そんな兄に、分を越えた博打を打つ暇などなかったことだろう。

政子は意を得たりとばかりに微笑んだ。

「牧の方の一件は、確かに大事であった。されどあれは、本来は兄上の為すべき大博打であった。父を超え、義母を幽閉《ゆうへい》したのは、嫡男であった兄上の代わりに、そなたが果たしただけ。つまり、あの時打ったは、そなたの博打ではない。宗時兄の博打ぞ」

「姉上」

「そして此度の戦は、本来は我が子、実朝が打つべき博打であった。あの子は、己の子に鎌倉殿の位を譲る気がなかったのであろう？　それどころか、源氏に後を継がせる気すらなく、ずっと前から禁裏《きんり》や院に親王将軍を迎えたいと願っておったと聞いておる。その願いをそなたが引き継ぎ、ただ愚直《ぐちょく》にこなした結果、此度の戦になった。ならば、朝廷に弓を向けておるのは、そなたではない。妾が腹を痛めて産んだ子、実朝じゃ」

もっと言うならば、と政子は言った。

「此度の戦は、皆にとっての大博打よ。そなたがこれまで関わったすべての人間にとっても。宗時兄、我が夫頼朝、子の頼家、実朝。大江殿や御家人衆。あるいは既にこの世におらぬ者たち。あるいは、亡き父上。誰もが、鎌倉殿になにがしかの思いを託し、必要とした。この戦、そなただけではない、皆の博打なのだ。そなた一人の双肩に掛かっておるわけではない」

思わず、笑い声が口をついて出た。

義時よ、何を自惚《うぬぼ》れておるのだ。

流れ流されてここにたどり着いただけの水草が、何を誇っておるのだ。

水草にできることは、せいぜい、その弱い根で岩に張りつくか、仲間の水草に絡《から》みつくことくらいであろう。そしてあとは、仲間たちと共に、嵐に流されぬよう、互いに支え合うことだけだろう。

何が侍所別当、政所別当であるか。

結局のところ、己は北条義時、ただ一人《いちにん》ではないか。

そう気づかされた時、身体からふっと力が抜けた。

刹那、妙な力が湧いた。

己の側に、宗時兄がいる。

かつて仰いだ主君たちがいる。

己を信じてついてくる者たちがいる。

己と敵対した者たちの姿もある。

そして、鎌倉殿に関わったすべての人間が綾《あや》をなし、己に絡みつく。否、己もまた、その綾織りの一部となった。

もう、何も怖くはない。

目の前の霧が晴れた。

小さく息をついた義時は、ぽつりと口を開いた。

「やはり、姉上には敵《かな》いませぬなあ」

政子はまんざらでもなさそうに相好《そうごう》を崩した。


義時追討の院宣に端を発する承久の乱は、鎌倉方の大勝で終わった。

後鳥羽上皇の院宣は、思いのほか、広がりを見せなかった。院宣よりも、鎌倉殿、そして鎌倉殿を支える幕府に人々が信を置いた結果だった。後鳥羽上皇側に兵は集まらず、鎌倉方は、次々に味方を増やし、都を目指して進んだ。結局、上皇側は敗北を認め、配流されることで解決を見た。

承久の乱をきっかけに、武家は朝廷を凌ぐ権門として広く認知された。武家の権門は、南北朝動乱、室町時代、戦国時代、安土桃山《あづちももやま》時代を経て、武家による本格政権、徳川幕府を生むに至った。

義時たちの作り上げた武家の権門が否定されたのは、明治維新に至ってのことである。

蝸牛《かたつぶり》

秋山香乃

舞へ舞へ蝸牛《かたつぶり》
舞はぬものならば
馬の子や牛の子に蹴《く》ゑさせてん
踏み破《わ》らせてん
実《まこと》に美しく舞うたらば
華の園まで遊ばせん

平安も終わりを告げようとしている時代、後白河法皇《ごしらかわほうおう》が、当時の流行歌《はやりうた》を集めて歌謡集を編みました。後白河法皇は、その歌謡集を『梁塵秘抄《りようじんひしよう》』と名付けられました。「梁塵」とは、梁《はり》の上の塵《ちり》さえも動かす素晴らしい歌声を指す言葉でございます。

これはその中に収められた歌の一つでございます。いったい、蝸牛が真に美しく舞うことなどできましょうや。

されどそのできぬことができたとき、夢のような時間が待っているのでございます。これは希望の歌でしょうか。それとも、叶《かな》わぬ夢幻を儚《はかな》く願う歌でしょうか。

それを決めるのは、この歌に触れたそれぞれのお人なのでございます。あなた様にとっては、いったいどちらのお歌でございましょうや。

一

二年前から大姫《おおひめ》の心は死んでいた。夫になるはずだった源《みなもとの》太郎義高《たろうよしたか》が、父源三郎頼朝《さぶろうよりとも》によって殺されたからだ。大姫が義高と初めて会ったのは今から三年前。大姫が六歳で義高は十一歳だった。

義高は旭将軍《あさひしょうぐん》と呼ばれた木曾義仲《きそよしなか》の嫡男《ちゃくなん》で、実際は人質だったが、いずれ頼朝の長女の婿《むこ》となるとの名目で鎌倉に送られたのだ。

もちろん、頼朝と義仲の間になにごとも起こらなければ、本当に二人は結婚したのだろうが、そんな穏《おだ》やかな時代ではない。

翌年には両者は対立し、頼朝の命《めい》で出陣した範頼《のりより》・義経《よしつね》兄弟の軍に義仲は討ち取られた。

頼朝にとって、義高はもういらぬ存在と成り果てた。生かしておけば禍根《かこん》となる。頼朝は迷わず義高を殺すことを決めた。

頼朝の誤算は、義高と大姫、二人の子供たちが、たった一年の触れ合いの中で、心を寄せ合っていたことだ。

大姫は年齢よりも大人《おとな》びた少女で、母親の政子《まさこ》に似て情熱的だった。政子は娘時代、頼朝との恋を貫くため、親の決めた男との婚姻《こんいん》の夜に、吹きすさぶ暴風雨の中へ飛び出し、当時は罪人だった男の胸に飛び込んだ。その血を濃く受け継いだ大姫もまた、生涯ただひとりの人に尽くすために自分は生まれてきたのだと疑わず、命がけで義高を愛した。

それは、すべてのことを計算し尽くして決める頼朝には、まるで持ち合わせていない感性だった。まったく理解できないうえに、大姫がまだ六歳から七歳という年齢だったため、二人が仲良くなったとしても愛など芽生《めば》えようもないと油断していた。

実際、当の義高にしたところで、自分を一途《いちず》に慕う大姫を妹のように愛《いと》おしく思えても、男女の情などわからなかったろう。そういう面で義高は年相応《そうおう》だった。大姫が大人びていた点は情緒《じょうちょ》の面だけにとどまらない。頼朝の知性も受け継いでいたため、おそろしく利発《りはつ》であった。だから、父の頼朝が義高を殺すつもりだと知ったとき、すぐさま助けようと立ち上がった。大姫は義高を女装させ、自分の侍《じ》女《じょ》数名と共に鎌倉御所《ごしょ》の外へ逃がしたのだ。少し離れた場所に、逃げのびるための馬を用意させたが、音を消すため蹄《ひづめ》には綿を巻いた。

発覚まで少しでも時を稼ごうと、同じ年ごろの義高の近習《きんじゅう》を身代わりに立て、普段通りに過ごさせた。だが、ばれぬはずがない。

　鎌倉街道を北上した義高は、八刻のち武蔵国《むさしのくに》を流れる入間川《いるまがわ》に達したものの、頼朝の追手によって河原で殺害された。数え十二歳の子が大人の協力がほぼない中、敵地で逃げおおせることなどできなかったのだ。

　あの日から、大姫は何も見ず、何も聞かず、何も喋《しゃべ》らず、ただ息をしているだけの人形同然の姿となった。景色は色を失くし、聞こえてくるものはすべてが雑音となり、何の感情も湧き起こらない。

　それが――。

　大姫の中に、久しぶりに意味を成す言葉が飛び込んできたのは、文治《ぶんじ》二（一一八六）年二月のことだ。

　それは侍女たちのお喋りだった。

「もうすぐ予州《よしゅう》（義経）どののお妾《めかけ》の、あの静御前《しずかごぜん》がこの鎌倉に送られてくるとのこと……」

「なんでも吉野《よしの》の山中で捕まったとか……」

「そのあと、一度は都に戻ったのでございましょう」

「こちらで、予州どのの居所を尋問《じんもん》なさるとのこと」

「都でお尋《たず》ねの際は、白状なさらなかったとか」

「まさか拷問《ごうもん》などもあるのでしょうか」

「おお、怖《こわ》い」

ここまではぼんやりと耳に入ってくるだけだったのに、次の言葉が大姫の心を揺さぶった。

「なぜ生き恥を晒《さら》してまで、敵である鎌倉さまの御前に参られるのか」

(なぜ私は死ななかったのか……なぜ今なお生き恥を晒しているのか……今も父上の庇護《ひご》の許《もと》)

侍女は静御前のことを語っているのだが、大姫は自身の身の上に、その問いを重ねた。刹那《せつな》、込み上がってくる悔恨《かいこん》に心が震えだす。

「あ……」

それは小さな声音《こわね》だったが、侍女らは聞き逃《のが》さなかった。

「姫様」

「ああっ」

大姫は実に二年ぶりに悲鳴のような声を発し、胸に突き上がった哀しみに涙をあふれさせた。

あまりに突然の出来事に、誰もが呆然《ぼうぜん》となったが、やがて一人の侍女が立ち上がった。

「大方《おおかた》（政子）様にお知らせせねば」

駆けていく侍女の背を見送った他の侍女たちは、

「姫様、姫様」

なんと声をかけていいかわからず、しかし再び人形に戻らぬように、政子がやってくるまで、「姫様」と呼び続けた。

二

静が鎌倉に着いたのは、三月一日だった。本当は静ひとりいれば事足りたが、母の磯禅師《いそのぜんじ》が付き添ってくれた。

（私は前世でよほどひどい行いをしたのでしょう。そうでなければ、こんな目にあわねばならぬ理由がわからない）

そう思うそばから、静は首を横に振る。

（いいえ。あの人に会えたのだから、それは違う）

これほど愛せる男に出会える女は、いったいどれほどいるのだろうか。

静は白拍子《しらびょうし》の元締めをしている磯禅師の娘としてこの世に生を享《う》けた。白拍子とは、水干《すいかん》を身にまとい、男舞いを披露《ひろう》し、時に求められれば身をひさぐ女たちのことだ。歴史は浅く、鳥羽院《とばいん》の御代《みよ》の成り立ちで、まだ七十年ほどしか経っていない。最初のころは水干だけでなく立烏帽子《たてえぼし》をかぶり、鞘巻《さやまき》を差した勇ましい姿であったと語り伝えられている。

磯禅師は、かつて権勢を誇った藤原信西《ふじわらのしんぜい》とよしみを通じていたこともあり、神社で神に奉納《ほうのう》する舞い以外、高貴な者の屋敷に呼ばれる形で女たちを派遣《はけん》した。逆を言えば、磯禅師の庇護《ひご》下になければ、身分の高い者の前で舞う機会は、なかなか持てなかったのだ。

磯禅師の実の娘は静ただひとりである。磯禅師は、自身が保護する白拍子たちをとても大切に扱い、これぞという相手以外には易々《やすやす》と肌を許さぬよう言い聞かせていた。

「私たち白拍子のことを軽《かろ》んじて遊び女《め》と言う者もおり、その通りの女たちも実際にいますが、お前たちはなるべく一人の人に長く愛され、できれば屋形《やかた》に迎えてもらうか、あるいは屋敷を造ってもらい、その家の妻のひとりとして扱ってもらえるよう努めなさい」

髪を撫《な》でながらひとりひとりに優しく説《と》き、どんな公卿《くぎょう》から望まれようと満足のいく受け答えができるよう、教養を身に付けさせた。平素《へいそ》は優しいが、踊りを仕込むときと、学びの場では鬼のように厳しい師でもあった。

教養は、和歌や琴や笛など女の嗜《たしな》みそうなものだけでなく、「私たちは男舞いを舞うのだから、男の心も知らねばなりませぬ」と、史書や兵学、漢書にも及んだ。ただ、武芸は、「使えることで誤解を受けたり、望まぬ頼みごとをされたりしてはならぬから」と磯禅師は教えなかった。当人がやりたいという場合だけ、師となる者を見繕《みつくろ》ってやった。

自身は、弓矢も剣も馬術も一通りこなすらしい。そうはいっても静は勇ましい母の姿を見たことがない。

磯禅師は娘の静を溺愛《できあい》していた。その証《あかし》に、十五歳になるまで、人前で舞わせなかった。もし、後白河院があの日照《ひで》りの年に、百人の白拍子を次々と舞わせ、雨乞《あまご》いをするよう磯禅師に命じなければ、静はもう少し母によってその存在を隠されていたかもしれない。

あれは養和《ようわ》二（一一八二）年の夏。今から四年前。前年に政《まつりごと》を執《と》っていた高倉《たかくら》上皇《じょうこう》と平清盛《たいらのきよもり》が死に、返り咲く形で後白河院の院政が再開された。だが、すぐに深刻な日照りに見舞われ、元々高くなかった後白河院の評判は地の底を割ってさらに下がった。

他人の評価など気にする後白河院ではなかったが、雨乞いには興味を示した。百日続いた日照りだから、百人の白拍子に舞いを舞わせたらよいだろうという進言が、ことのほか気に入ったのだ。

後白河院といえば、変わり者で不謹慎《ふきんしん》な院として名高い。今様《いまよう》と呼ばれる、白拍子が好んで歌う流行歌をこよなく愛し、四、五十日もぶっ通しで自ら喉《のど》が潰《つぶ》れるまで歌い続ける奇行のため、父の鳥羽天皇をして「あの者だけは、帝位につかせたくない」と言わしめた過去を持つ。清盛が死んだ日も、「これは目出度《めでた》い」と三十人もの下賤《げせん》の者を呼び集め、乱痴《らんち》気《き》騒ぎに興じ、歌い踊り狂った。

そんな男だったので、ただただ白拍子が次々と舞う行事となれば、想像しただけで興奮したのだろう。

後白河院の命で、神泉苑《しんせんえん》の池のほとりに舞台がしつらえられ、周囲は見物の人々でぎっしりと埋められた。

磯禅師の育てる白拍子たちは、神妙な面持《おもも》ちで、一人ずつ心を込めた舞いを披露した。どの白拍子も舞いの名手《めいしゅ》といってよいほどの粒ぞろいである。人々は感嘆の声を上げ、後白河院も満足げであったが、当然のように雨は降らない。

もう降らぬだろうと誰もが諦め、幾《いく》ら素晴らしい舞いであっても立て続けに見せられては飽《あ》きを覚えた者たちが、その場を離れ始めた。そんな白《しら》けた空気の中、百人目に静が舞ったのだ。

静が登場しただけで、場の雰囲気が一転した。人々は目が覚めたような感覚を味わった。

これまでの女たちも可憐《かれん》だったが、静はその誰をもはるかに凌《しの》ぐ。天女《てんにょ》を彷彿《ほうふつ》とさせ、どこか儚げで空気に溶けてしまいそうなくせに、凜《りん》とした神々《こうごう》しさをも放っている。そんな現実離れをした少女が、まるで羽が生えているような足取りで舞い始めたから、そこにいた者が一斉に息を呑んだ。

静は澄んだ声で歌いながら舞った。これが初舞台だったため、誰も静を知る者はいない。

いったいあれはどなたなのか、神の化身《けしん》ではあるまいか……。

後に人々が噂《うわさ》したことには、確かにその少女は内側から光を放っていたという。もちろん、静にそんなことはできないが、それほど尊《とうと》く見える舞いだったということだろう。

そして、あり得ないことに、見惚《みと》れる見物人たちの頭上に、紫がかった雲が湧《わ》いたと思うや、ぽつぽつと銀色に輝きながら恵みの雫《しずく》が落ち始めたのだ。

一瞬、なにが起こったのか、誰も理解できなかった。が、徐々に奇跡が起こったのだと、人々は合点《がてん》した。

「あ、雨だ」

誰かが叫んだのを皮切りに、

「ああ、雨だぞ。恵の雨が降り注《そそ》いでいる」

「雨だ雨だ雨だ」

口々にみな囃《はや》し立てる。静の舞いと共に、見事に雨が降ったのだ。

降り始めた雨は三日三晩止むことなく、乾ききった大地を潤《うるお》し、それだけ降っても水害は引き起こさなかった。まさに神が与えてくれた慈雨《じう》となった。

このときから静は静御前と呼ばれ、「神の御子《みこ》」と拝まれるまでになった。後白河院は、「日本一」と詔《みことのり》を下した。日本一の「評判」を得たのではなく、正式な勅許《ちょっきょ》によって日本一を保証された最初で最後の舞姫となった。

それから静御前の生活は一変した。これまでは、好きな舞いをより上手《うま》く舞えるように、母の許で人知れず稽古《けいこ》に励む毎日だった。雨乞い以来、雷神《らいじん》をも魅了《みりょう》した静御前の舞いを一目見ようと、磯禅師の許に、自分たちの主催する宴《うたげ》に出てほしいと申し込みが殺到した。もう、静御前はひとりで外を歩くこともできなくなった。

一介《いっかい》の白拍子の元締め如《ごと》きでは断り切れぬ客からの頼みも多かったが、後《うし》ろ盾《だて》に後白河院が付いたことで、舞う機会は絞《しぼ》られた。そういう事情だから、後白河院の依頼だけは断れない。静御前が十七歳の時、後白河院の確たる意思で、義経の前で舞うよう命じられた。義経、二十六歳の春である。

三

義経は、頼朝の十二歳年下の母親違いの弟だ。頼朝が父義朝《よしとも》の正妻藤原季範《すえのり》の娘由良御前《ゆら》の腹であるのと違い、義経の母は近衛《このえ》天皇の中宮《ちゅうぐう》、藤原呈子《ていし》に仕《つか》えた雑仕女《ぞうしめ》だった身分の低い女である。ただ、中宮の雑仕女を採用する際に、美女千人を集めたが、その中でもっとも優れた女が義経の母常盤《ときわ》だったのだ。

当然のように源義朝の目に留《と》まり、側室《そくしつ》として迎え入れられた。常盤は義朝との間に三人の男児を産んだ。今若《いまわか》、乙若《おとわか》、そしてのちの義経となる牛若《うしわか》である。

ところが平治《へいじ》の乱で夫義朝が謀反人《むほんにん》として討たれ、自身も息子も罪人の身となった。雪の中、三人の子どもを連れて逃げた常盤だったが、母親が都で捕まってしまい、母の命乞いのために平清盛の前に出頭した。義経はこのとき、わずか二歳だった。

清盛は、常盤を一目見て、その美しさに魅了された。すでに頼朝の助命が決定されていた以上、常盤の子供たちの命も奪わないのが筋だが、清盛は子や母の未来を盾に、常盤に自身の妾となるよう迫った。

時の権力者を相手に、常盤に何ができたろう。言われるまま清盛の妾となり、子をひとり生《な》した。義朝との子らは、乳飲《ちの》み子だった義経だけは手元で育てていいが、他の二人の男児は寺へ預けるよう命じられ、常盤の手から奪われた。八歳の長兄今若は醍醐《だいご》寺《じ》に、六歳の次兄乙若は円城寺《えんじょうじ》へと預けられた。

のちに常盤は、清盛から大蔵卿一条長成《おおくらきょういちじょうながなり》へ下げ渡された。幼い義経も共に一条邸に移り、長成の養子となった。

常盤は長成との間に二人の男児とひとりの女児を設《もう》けている。この父親違いの義経の弟妹達は、よく兄に懐《なつ》いて仲が良かった。義経が兄頼朝の呼びかけに応じて挙兵したときにも長成の嫡子能成《よしなり》は馳《は》せ参じ、兄が謀反を疑われて都を追われたときさえ、当たり前のように従った。

義経にとって兄弟とはこういう存在だった。自分が能成に慕われていたように、ごく自然に義経は兄の頼朝を慕った。だが、頼朝にとって兄弟とは、己《おのれ》の駒《こま》の一つに過ぎず使うだけ使った後は、邪魔者として始末してしまうものだったのだろうか。

義経が母常盤と引き離されたのは十一歳のときだった。義朝の子が世俗で暮らすことは許されない。二人の兄と同じく、年ごろになれば寺に預けられることは初めから決められていた。義経は、遮那王《しゃなおう》の名で鞍馬寺《くらまでら》に預けられた。

だが、義経自身、僧侶になる気はさらさらなかった。その気持ちを養父の長成がこっそり後押しした。義経を鞍馬寺から脱出させ、奥州《おうしゅう》藤原氏三代当主秀衡《ひでひら》と組んで、平泉《ひらいずみ》に逃がしたのだ。

実は、長成の従兄《いとこ》の息子が奥州平泉に住んでいた。藤原基成《もとなり》という。平治の乱で義朝と共に敗者となった藤原信頼《のぶより》の異母兄である。弟の犯した罪のとばっちりで、都を追放されたのだ。基成は、かつて陸奥守《むつのかみ》で鎮守府《ちんじゅふ》将軍を務めて平泉に任官したことがあったため、その縁で秀衡に娘を嫁がせていた。

長成は基成に義経を預けた。こうして、義経は十代の後半を、平家の息のかからぬ平泉で、源氏の御曹司《おんぞうし》として大切に扱われた。命の危険に脅《おびや》かされることなく、おおらかに過ごしたのだ。出会う人々は不思議なほど義経を好きになり、誰もが手を貸してくれる。義経もそれに応え、周囲の者を大切にした。

比べて頼朝は、配流《はいる》先で常に見張られながら、誰のことも信用できず、疑心暗鬼《ぎしんあんき》で過ごした。地元の女と恋に落ちたこともあったが、女が身ごもると、罪人の子を一族に入れるわけにはいかないと、女の父の手で赤子《あかご》のうちに殺された。何をしても罪人と後ろ指をささされ、小さな幸福が芽生えそうになるたび、誰かに摘《つ》み取られ、蔑《さげす》まれた。

そんな頼朝を政子だけは掛け値なしに愛したが、このころにはもうすっかり心は冷え切っていた。頼朝にとって、他人は利用できるかできぬかの二通りしか存在しない。

そんな頼朝が平家打倒に立ち上がったとき、義経は何を差し置いても兄の許に駆け付けるのは当たり前だと考えた。義経が二十二歳のとき、駿河国黄瀬川宿《するがのくにきせがわ》で二人は再会したのだ。

再会といっても、ほとんど初めて会うようなものだった。頼朝はともかく、義経はまだ母に抱かれることしかできぬ赤子だったから、正直に言えば何も覚えていない。ただ、母から「お会いしたことがありますよ」と教えられたことがあるだけだ。

だのに頼朝は、義経をじっと見つめ、やおら感極まったように瞳を潤《うる》ませ、

「懐かしいな」

と声をかけてくれた。それだけで義経の背に、甘やいだ痺《しび》れが走るような気がした。

さらに頼朝は、

「九郎《くろう》。さ、こちらへ」

招き寄せ、たった今まで自分が腰かけていた敷皮の上に座るように勧めてくれたのだ。

（兄上は喜んでくださっている。平泉から駆け付けたかいがあったというものだ）

義経の目からも涙が零《こぼ》れた。これまではずっと想像の中の兄を慕ってきたのだが、今日からは違う。眼前にいるこの男こそが、自分の兄頼朝なのだと、義経の胸は弾《はず》んだ。自分が、一条能成を弟として慈《いつく》しみ、精一杯遇しているように、頼朝もそうしてくれるものと義経は純粋に信じた。

だが、蓋《ふた》を開けてみると頼朝が義経を弟として扱ってくれたのは、この黄瀬川の再会のときだけだった。

それ以降は、「勘違いするな」とあからさまな態度で、冷ややかに接してきた。あまり人の悪意に触れることのなかった義経は混乱した。何度となく「弟」として不足があれば教えてほしいと訴えたが、いつも頼朝の態度は臣下に対するもので、「肉親面《づら》をするではない」と義経の思慕《しぼ》をはねのけ続けた。

義経は頼朝に命じられるまま、同じ源氏の義仲を討ち、都落ちした平家の追討に向かった。

寿永《えいじゅ》三（一一八四）年二月に一ノ谷《いちのたに》の戦いで勝利を収め、義経は京へ戻った。後白河院は上機嫌で迎え入れ、翌月、弥生《やよい》の桜の花が舞い散る中、当代一の舞姫静御前を義経の前で舞わせたのだ。

義経は息を呑んで立ち上がり、ハッとなってまた座した。その隣で後白河院がククッと面白そうに笑った。

四

出会ってわずか一年。

数えるまでもない年数。

これが、大姫が義高と過ごした歳月である。この年数の短さゆえ、どれほど大姫は傷ついたことか。大人たちは軽々しくこの年数を口にし、大姫の真剣な思いを「勘違いに過ぎない」として片付けようとする。勘違いとまでは言わなくとも、「忘れられる年数」だと、説き伏せようとする。

ふたりの思い出は確かに少ない。築き上げてきたものもほとんどない。

（そのことが一番口惜《くちお》しいのは、ほかでもない、この私だというのに……）

そうでなくとも、と大姫は思うのだ。出会った時が六歳で、失ったのが七歳という幼さのせいで、どれだけ大人たちに侮《あなど》られてきたことか。
六、七歳の恋が真剣だなどと、誰も飲み込んではくれないのだ。恋しい人のことだけを思い、嵐の夜を駆け抜けた母の政子でさえ、「まさか」という目で見ている。
年齢はもう仕方がないと大姫は諦めていた。世間とはそういうものだし、自分には証《しょう》する術《すべ》もない。

（けれど……）

鎌倉へ送られてきた静御前も、義経と出会ってわずか一年で、運命の岐路《きろ》に立たされた女だ。謀反人となった男と別れるか、自分のすべてを懸《か》けて添い遂げるか。

（あの人は予州〈義経〉になにもかも捧《ささ》げつくすことを選び、吉野の雪山に置き去りにされてなお、気持ちが揺らいでおらぬという）

もっと静御前のことが知りたいと大姫は願った。

二年もの間、どんなことにも反応しなかった自分が、ようやく現実の世界に戻ってきて、「母上様」と政子に縋《すが》って泣きじゃくる。もう二度と愛娘《まなむすめ》を失いたくない政子は、震《ふる》える手で幾度も大姫を抱きしめてくれる。まだどう転ぶかわからぬ娘に安堵《あんど》などできぬまま、政子はある種の焦燥《しょうそう》の中で喘《あえ》いでいるのだ。その母心を利用すれば、今ならたいていの我儘《わがまま》もきいてもらえるのではないか。

「しばらく静御前のおそばに、私を置いてください」

本来なら叶えられるはずもない大姫の願いは、政子によってあっさりと叶えられることとなった。

鎌倉に着いた静は、頼朝の雑色《ぞうしき》、安達新三郎清経《あだちしんざぶろうきよつね》の屋敷に預けられた。すぐに尋問となるところが、大姫が滞在することに決まったため、しばらく延期となった。

もちろんそのあたりの事情は、静に告げられていない。

尋問が始まれば、頼朝邸内に一年半前に設けられたばかりの問注所《もんちゅうじょ》に引き出されることとなる。そこはあらゆる訴訟《そしょう》が取り扱われる場所で、死罪が確定すると由比《ゆい》ガ浜《はま》で処刑される流れであった。

京から鎌倉までの長旅で疲れ果てたまま尋問が執り行われると思っていたから、静自身も母の磯禅師もほっと安堵の息を吐いた。

それにしても、十歳前後の少女が、身の回りの世話役としてつけられたのはどうしたことだろうか。身の回りの世話をするといっても、静の髪を梳《と》かしたり着替えを手伝ったりするくらいで、その他の雑用は別の大人の女がしてくれる。待遇は悪くなかった。頼朝の妻政子の申し付けらしい。

十歳前後の少女は初音《はつね》と名乗った。ふっくらと美しい手をした子で、少しも肌が荒れていないことや、優雅な立ち居振る舞いから、どこぞの高貴な姫君にしか見えない。どこか愛《いと》しい義経に面影が似ている。縁者だろうか。ならば、頼朝の姫君なのか。確か大姫と呼ばれる姫がこのくらいの年ごろで、義経に殺された義仲の嫡子と婚約していたときいたことがある。

（その御子《みこ》は殺されたとのこと。それが辛《つろ》うて、大姫様はご病気になられ、臥《ふ》しておられると伺《うかご》うておりましたけれど……）

　ちなみに大姫とは一の姫という意味で、名前ではない。貴人に最初に生まれた姫は、みな大姫と呼ばれる。この時代は呪詛《じゅそ》が盛んで、本当の名が外に知れると呪《のろ》い殺されるおそれがあるため、女の名は伏せるのが習わしである。

　静は正直戸惑った。この少女が本当に大姫だとすると、いったいなぜこのようなことをするのか。頼朝に近しい人物とは、できるだけ関わりたくなかったが、こんな小さな子を邪険《じゃけん》に扱うわけにいかない。

「初音とは良いお名ですね」

　静は自分の持ち物から鼓《つづみ》を取り出し、

「これにも『初音』という名がついています」

と教えた。この名器は、白河院が持っていたが、やがて落胤《らくいん》との噂がある平清盛の所有するところとなった。その後どうしたわけか、屋島《やしま》の戦いの折、義経の家臣伊勢三郎義盛《いせのさぶろうよしもり》が海で拾ったのだ。名高い名器ゆえ、義経は兄の頼朝へと差し出したが、結局また手元に戻ってきた。それ以降、死ぬまで大切にしようと義経は所持していたが、別れ際に静に託《たく》したのだ。

　初音は微笑でうなずくと、

「かほどの名器と同じ名を嬉《うれ》しく思います」

年齢にそぐわぬ大人びた口調で卒《そつ》なく答えた。

静は鼓を手に取ると、打ち響かせながら今様を唄《うた》った。

遊びをせんとや生まれけむ
戯《たわぶ》れせんとや生まれけん
遊ぶ子供の声きけば
我が身さへこそゆるがるれ

人はなんのために生まれてきたのか——この重い命題を、軽快な調べの中で、純粋な子供の姿に投影した流行歌だ。

さらっと表面だけをさらえばどこか微笑《ほほえ》ましいが、これを唄うのが白拍子だと考えれば、「遊び」の意味が自ずと変わり、哀しみがじんわりと胸に滲《にじ》む。

人は、遊びをしようと生まれてきたのか、戯《たわむ》れようと生まれてきたのか。遊ぶ子供の声を聞くと、体が自然と動き出すようだ。

言葉のままの意味だとこうなるが、遊び女の心で唄えば次のような意味にとれなくもない。

私は、毎日男たちを相手に笑い騒ぎながら春をひさいでいるけれど、いったいこんなことをするために生まれてきたのだろうか。子供たちが無邪気に遊ぶ声を聞くと、忘れたはずの童心を体ばかりは覚えていて、自ずと動き出すようだ。

　初音はまだ子供に過ぎない。さらに、本当に大姫なら屋敷の外のことは、ほとんど知らぬだろう。まして遊び女のことなど、どうして知ることができようか。裏の意味は読み取れまいと思って静は唄ったが、大姫の頬に涙が伝った。

　あまりのことに驚き、

「何を泣くのです」

　静は鼓の手を止めて、大姫の涙を袖で優しく拭《ぬぐ》ってやった。

「せっかくのお手を……、申し訳ございませぬ」

　震える幼い声が健気《けなげ》である。もっと楽しい歌を唄ってやればよかったと静は悔いた。

「いいのです。それより何が哀しかったのでしょう」

「私はなんのために生まれてきたのかと、我が身に重ねてお歌を聴いてしまったのです。そして、今なお、なにゆえおめおめと生きているのかと……己に問いかけております」

　初音の言葉に、

（ああ、やはりこの方は大姫さまなのだ）

静は確信した。それほど義高の死がお辛《つら》かったのだ、と。

（大姫さまは、私の運命にご自身を重ねておられるのか）

だからこうして静の眼前に現れたのかもしれない。だとすれば、さきほどの疑問は、静への問いかけでもあるのだ。

なぜ静御前は義経を失ってなお、生きて頼朝の前に引きずりだされる道を選んだのか。そして、なんのためにこの白拍子は生まれてきたのか、と。


静は、吉野で捕まり、京へ戻され、そこから政子の父、北条時政《ほうじょうときまさ》の尋問を受け、さらに鎌倉へと送られた。その過程で、幾千人もの好奇の目に晒され、心無い言葉を投げつけられた。かほどの恥辱《ちじょく》を受けてなお、生きながらえているのはなぜかと、初音と同じ残酷《ざんこく》な問いを、もう何百と聞いた。

しかし、同じ言葉だが、初音の問いはこれまでの者たちとはまるで違う。嘲《あざけ》りは含まれず、危《あや》うさと真摯《しんし》さがこもっている。静の答え如何《いかん》で、この少女は命を絶ってしまうかもしれない。


そう気づいたとき、静の中にふいにどす黒い感情が湧いた。

（復讐《ふくしゅう》ができる……大姫の命を私が奪ってしまうことで、あの憎い頼朝の心に、少しは傷をつけられるかもしれない）

なんてことを、と静はすぐに己を恥じた。その傍《そば》から、（けれど）という思いが湧き上がる。

（義経さまご自身が、頼朝さまのことを少しもお恨《うら》みではないというのに）

義経の中にあるのは、追われる身となってなお、兄への思慕だ。実の兄に断罪され、驚き、混乱のあまり怒声を上げることもあったが、憎んでなどいなかった。ただ、何を言っても信じてもらえぬ深い哀しみに満ちていた。

（けれど、私は頼朝が憎い）

静は、頼朝がどうしようもなく憎いのだ。

五

静は義経に望まれるまで、ただの一度も男に肌を触れさせたことがなかった。母の磯禅師が、「この人と思う人が現れるまで、大切に自身をお守りなさい」と言ってくれていたから、これまではすべての誘いを断ってきた。だから義経は静にとって初めての男である。

ほかの男と義経と、いったい何がそれほど違っていたのか。

戦場《いくさば》に出れば他の侍《さむらい》に真似《まね》できぬ鬼神の技で、味方を勝利に導くという。一ノ谷の戦いでも、雪の降る中、猪《いのしし》、鹿、兎、狐以外は通れぬはずの急峻《きゅうしゅん》な岩壁の崖《がけ》を、今が好機と見るや精鋭たちと共に駆け下りた。その急襲で摑《つか》んだ勝利を、人々は「逆落《さかお》とし」と呼び、義経を称《たた》えた。

絵巻物語の鬼のような容貌《ようぼう》に違いない――静はそう思い込んでいたが、実際の義経は小兵《こひょう》で、水干を着せればそのまま男装の麗人《れいじん》の白拍子として通りそうだった。舞台に上がって踊れば、勘違いした男衆から声がかかるのではないか。

だが、静を惹《ひ》きつけたのは、容貌よりもむしろ、もの悲しい影を落とす瞳であった。放っておけないというのだろうか。何か手を貸して、この人の役に立てないだろうかと、そんな気持ちが湧き起こる。

だから義経から「今宵《こよい》」と誘われたとき、静はうなずいてしまったのだ。

（ああ、私は馬鹿だ。とてつもなく馬鹿な女だったのだ）

あらゆる教養を仕込まれていたから、どちらかといえば利口な方だと思っていたが、とんでもない。どこまでも愚《おろ》かになっていくだろう己の未来の姿に慄《おのの》きながら、

（でも後悔はしない）

義経の腕に飛び込んだ。

その日から静は六条堀川《ろくじょうほりかわ》の屋敷で義経と共に過ごすこととなった。

元々冷ややかだった頼朝が、あからさまに義経に不快感を表し始めたのは、この

年の秋からである。後白河院が義経を左衛門少尉《さえもんのしょうじょう》と検非違使《けびいし》に任じたゆえだ。義経が「判官《ほうがん》」と呼ばれ出したのはこのときからだ。

自分の許しもなく宣旨《せんじ》を賜《たまわ》ったことで、頼朝は不審を抱いた。そして、義経を平家追討に出陣させることを躊躇《ためら》った。このため、それまでは範頼、義経兄弟が源氏の兵を率いていたが、このときは範頼だけが出陣した。

頼朝は自身の乳母《うば》の孫娘、十八歳の郷御前《さとごぜん》を京へ送り、義経の室にあてがった。女を通じて監視をし、頼朝の政を一切理解しようとしない義経を、制御しようと試みたのだ。

頼朝が選んだだけのことはあり、郷御前は冷静沈着に情勢を読み、的確な判断ができる女だった。だが、頼朝に従うより、夫となった義経の心情に寄りそう道を選んだ。郷御前もまた、静と同じ愚か者となったのだ。

義経に平家討伐の命が下り、出陣したのは、翌年の一月のことだ。頼朝の命ではなく、後白河院からの詔であった。このため、頼朝の定めた戦の方針は、範頼にのみ伝えられ、義経には知らされなかった。いや、補佐役に付けられた梶原平三景時《かじわらへいぞうかげとき》が、義経の行いが頼朝の思惑から外れかけるたびに、一々口頭で咎《とが》めたのだ。義経は、それは景時の言葉であって頼朝の意思ではないと、重く受け止めようとしなかった。

頼朝は、時間をかけてゆっくり攻めるよう、範頼や景時に申し付けていた。そうすることで、平家と共に都落ちした安徳《あんとく》天皇を必ずや助け、持ち出された三種の神《じん》器《ぎ》も確実に取り戻そうともくろんだのだ。頼朝にとって、帝《みかど》の命と神器は、平家を滅ぼすことより優先される事柄であった。

朝廷は、このときすでに後白河院主導で、神器のないまま後鳥羽《ごとば》天皇を即位させており、日《ひ》の本《もと》の地に二人の帝が存在する期間が二年ほど続いていた。この異常な事態を穏便《おんびん》に収めるためには、安徳天皇から後鳥羽天皇への譲位《じょうい》と神器は欠くことのできぬものだった。

だが、元暦《げんりゃく》二（一一八五）年一月に戦場に立った義経は自ら陣頭に立ち、電光《でんこう》石火《せっか》、三月には平家を滅ぼし、安徳天皇を海の藻屑《もくず》と変えてしまった。さらに、三種の神器、八咫鏡《やたのかがみ》、八尺瓊勾玉《やさかにのまがたま》、天叢雲剣《あまのむらくものつるぎ》のうち、宝剣も失った。

いったいこの国で、帝を手にかけて栄えた者がいたろうか。少なくとも頼朝は「いない」と信じていたため、安徳天皇の死に、狂い出しそうな不安に苛《さいな》まれた。

それに、義経が先陣切って戦ったせいで、今後頼朝を支えていくべき関東武士のほとんどが、恩賞をもらえるほどの活躍を見せることができなかった。頼朝の思い描いた設計図は、平家追討戦で関東武士を十分に活躍させ、恩賞を与えることで絆《きずな》を深め、鎌倉新政権の地盤を固めるというものだった。義経はそれらすべてを台無しにした。

だが、義経も静も、戦は勝つことがもっとも重要だと思っていたから、頼朝の真意などわかりようもない。

静が遅ればせながら理解したのは、鎌倉に来る前に京で受けた取り調べの際に、政子の父北条時政が教えてくれたからだ。

「鎌倉どのの仕打ちをひどいと思うておろう。されど、予州どのも知らぬうちに鎌倉どのの企《くわだ》てをことごとく邪魔し、あまつさえ打ちのめしていたのじゃ」

時政の言うことなど、静にしてみればわかりたくなかった。義経に非はないと思いたかったし、頼朝の仕打ちは人でなしの所業《しょぎょう》だと信じたかった。

義経こそが、逆賊平家を滅ぼした英雄ではないか。戦の時だけ存分に義経を利用し、勝利してその後の世に必要なくなれば、謀反の罪を負わせて葬《ほうむ》ろうとしている――それが頼朝という男だ。静はそう心の中で繰り返した。

平家を滅ぼしたあと、義経は五月に鎌倉へ凱旋《がいせん》しようとしたが、目前のところで鎌倉入りを許されず、京へ追い返された。さらに、領地はみな召し上げられた。

梶原景時が、「判官（義経）どのは自分ばかりが手柄を独り占めし、驕《おご》り高ぶった末に好き勝手な振る舞いが多く、君（頼朝）に相談もなく成敗《せいばい》を行い、関東武士らの和を乱します」と頼朝に報告したためだと言われている。

京へ戻ってきた義経は、頼朝ではなく景時こそを憎んでいた。だが、景時の讒言《ざんげん》がなくとも、頼朝にとって義経は、生かしておけば、いずれは禍《わざわい》を呼ぶ男と判断されていたのである。景時の讒言は、義経排除のための、体《てい》のいい理由となったに過ぎない。

「一目なりと、鎌倉どのにお会いしたかった。兄上はなぜあのような男の言うことを信じ、弟である私を信じてくださらぬのか」

哀しみにくれる義経に、静はなんと言葉をかけていいかわからなかった。

(もう、兄上さまに肉親の情を求めるのは、やめたらいいのに)

幾ら望んでも得られぬものに、心を砕いても虚《むな》しいだけだ。周りを見渡せば、義経に心酔《しんすい》している者は幾らでもいる。古今を見渡せど、義経ほど会う人をみな魅了し、愛されている者も少ないではないか。なのに、なぜ頼朝の情を求めるのか。

頼朝から先に討伐の対象とみなされた叔父《おじ》の源行家《ゆきいえ》が、義経の許を訪ねてきた夜のことだ。義経は、庭に下りて上弦《じょうげん》の月影の下、ひとり物思いにふけった。

静はどうしようもない不安にかられ、そっとしておくべきかもしれないと思いつつも義経を追い、自分も庭へ下りた。

「いかがいたしましたか」

躊躇いがちに、その背に声をかける。

「静か。お前にならら話しても構わぬな。昼間に叔父上が来たのは知っておろう」

「はい。九郎（義経）さまと同じく、鎌倉どのからご謀反を疑われておられるとか……」

「このままでは理不尽に命を奪われるであろうゆえ、取り返しのつかぬことになる前に、降りかかる火の粉《こ》を払うべきじゃと言われたわい」

行家は、やられる前にやれと唆《そそのか》しに来たのだ。

「いかがなされるのでございましょう」

振り返った義経の頰《ほお》は乾いていたが、静には泣いているように見えた。

「なにゆえ、こんなことになったのだ。あの黄瀬川の再会の折、兄上も涙を流し、『よくぞこの兄を忘れずに来てくれた』と、この手を取ってくだされたのだ。あれは嘘《うそ》だったのか。ただ、道具としてこの義経の力が欲しかったゆえに、たばかったというのか」

「そんなことはない」と言うのも虚しく、さりとて「そうだ」などとはいっそう言えず、静は唇を開きかけたまま黙っていた。

義経は苦い笑みをもらす。

「舞ってくれ。今宵はこの義経のためだけに」

静はいつも帯に挟んでいる扇を取り出した。恋の歌を唄いながら舞う。

恋しとよ
君恋しとよ
ゆかしとよ
逢はばや見ばや
見ばや見えばや

ただただ恋しく慕わしいあなた。会いたくて、そのお姿を見たくて、そしてあなたに私のことも見てほしい。好きで好きで仕方がない、あなたとの逢瀬《おうせ》の他は何ひとつ望まないという恋情の歌だ。

義経の顔に笑みが浮かんだ。

「今、会《お》うているではないか。そなたは存分にこの義経を見、義経もまたそなたに魅入《みい》っておるぞ」

「この舞いを、泣きぬれて舞う日が来ぬように願うばかりです」

「そうであるな。我が身一つであるならば、兄上が欲しければくれてやらぬこともない。されど、この命の後ろに義経を慕って従う幾百の人生を背負うているのだ。

決断せねばなるまいよ」

　こうして義経は、兄頼朝と対峙《たいじ》する決意を固めたのだ。

　数日後には、頼朝が差し向けた土佐房昌俊《とさのぼうしょうしゅん》が義経の六条の館を襲撃したのを迎え撃ち、敗走する昌俊を鞍馬山で捕らえ、その首を晒した。頼朝は、弟を討つため鎌倉を発《た》ち、黄瀬川に陣を張った。

　義経にとって、頼朝との思い出はどれもひどいものばかりだが、たった一つだけ忘れられぬものは、五年前の黄瀬川の再会だろう。頼朝の助けになりたいと奥州からかけつけたあの日、はらはらと涙を流して温かく迎えてくれた兄。二人の敵は平家だった。

　平家が滅んだ今、滅ぼした弟を、頼朝は同じ場所から誅殺《ちゅうさつ》するために陣を張ったわけだ。

（よりによって……惨《むご》い話だこと）

　戦略的要衝《ようしょう》の地なのだから重なるのはいたしかたないが、静の心は痛んだ。頼朝が鬼に思えた。死んでしまえばいいのにと願った。人を呪ったのは初めてだった。

　頼朝討伐の勅許をかざし、義経は京周辺の武士へ味方するよう呼びかけたが、応じる武士はほとんどいない。静にはそれが意外だった。義経は人気があった。頼朝は冷たい男だと評判も悪い。だのに、いざとなればみな頼朝の味方をするとは……。

このとき、自分が何も世間が見えていない未熟者なのだと、静は嫌というほど思い知った。本当に義経のことを思うなら、もっと政を学び、どう動くべきか見極めるほどにならねばならなかったのだ。

静は義経に会って愚かになり、愚かになった分だけ幸せを知った。世間から目をそらし、愛しい男のことだけを思って過ごし、義経によく似た子を産んで、大切に育てていく未来を夢見ていた。平家を滅ぼせば戦乱の世が終わると思っていたし、終わらせるのが義経だと思うと誇らしかった。

みなそれは静の頭の中の世界であって、現実ではなかったのだ。

(わたしの舞いは日本一。されど、舞いしか知らぬ女……)

義経主従一行が京を落ちたのが十一月三日。もちろん静はついていった。

六条の館《やかた》に共に住む義経の女は正室の郷御前と妾の自分だけだったので、静は知らなかった、義経の妾が京の方々にいることを。その数、十数人。ほとんどの女が都落ちする義経についていくという。

ただ、郷御前だけは身重《みおも》なのを理由に行動を共にしなかった。

「身二つとなったら、貴方《あなた》様がどこに行こうと必ずや追って参ります」

そう言って郷御前は義経の手を一度握ると、気丈《きじょう》に微笑んでみなを見送った。同じ館に住んでいてもほとんど言葉を交わしたことなどなかったが、最後に静に頭を下げ、

「どうか君（義経）を、お頼みいたします」

義経を託したのだ。

このときの静は知りようもなかったが、郷御前はこの後、頼朝方の誰にも知られることなく京の周辺に潜伏《せんぷく》し、無事に女の子を産んだ。そして誓い通り義経と再会を果たし、共に奥州へと逃げた。それから二年、親子三人は短いが幸せな時を過ごし、同じ日に手を握り合ったまま最期《さいご》の時を迎えるのだ。

それは静が夢見て、決して得ることのできなかった未来である。二人の女の道はこのとき分かれ、どちらに進むかはすべて己が決めた。

静はあくまで義経についていき、郷御前は愛しい夫からいったん離れて子を産んだ。たったそれだけの判断の違いで、静は捕らえられて鎌倉へ送られ、郷御前は逃げ切って義経と共にあの世へ旅立った。

運命はもっと残酷だ。まだ自分でも気づいていなかったが、実はこのとき静の中にも一つの命が芽生えていたのだ。

だが――。

郷御前の子は義経に抱いてもらえたのに、静の子は顔を見てももらえなかった。

六

初音こと大姫は、静御前の着替えを手伝いながら、その腹が少し膨《ふく》らんでいることに気付いて衝撃を受けた。

「身《み》ごもっていたのですか」

大姫の咄嗟《とっさ》に出た驚きの言葉に、静御前は優しく腹を撫《な》でながらうなずいた。

「聞かされていませんでしたか」

「何も」

「だから鎌倉に呼ばれたのです。もちろん、予州さまのことについてお聞きしたいこともあったでしょう。京でも色々と尋ねられましたが、女の身では知らぬことの方が多いゆえ、十分にお答えすることができなかったのです。なので、こちらで厳しゅうお訊き直しになられるおつもりでしょう。……けれど、一番の目的はこの腹の子の……」

声が震え、静御前は最後までは語れなかった。すべてを聞かずとも、大姫には続く言葉がよくわかる。頼朝の目が光る鎌倉で産ませ、男児ならば殺すのだ。女児だったなら、きっとその時々の機微《きび》に合わせた頼朝の計算次第で生死が分かれる。

（ああ、これで、この人がどれほど屈辱《くつじょく》であろうと、生きて鎌倉の地を踏んだ理由がわかった。新しい命を宿していたからなのだ）

男児なら殺される。だが、生まれてくる赤子が女の子ならどうだろう。殺されるかもしれないが、もしかしたら生きることを許されるかもしれない。静御前は、わずかな可能性に賭《か》けているのだ。

（この人には生きねばならぬ確たる理由があった。ならば私はどうなのでしょう）

許婚《いいなずけ》である義高を守り切ることができず、むざむざと死なせてしまったあの日が、ひたひたと追い迫ってくる。

あまりに辛い結末に、大姫は心を閉ざすことで自らの時間を止めてしまった。考えることも己の失敗を顧《かえり》みることもせず、気付けば二年が過ぎていた。

本当のところ大姫は、あの日のことにずっと違和感を覚えていたのだ。ただ、認めてしまうのが恐ろしかったから、深く考えないようにしていた。悲しみが深すぎて心が壊れたのは間違いないが、もっと自分の内側の底をさらってみると、「真実に触れるのが怖かった」というのも理由の一つである。

あの日、侍女の誰かが、頼朝が義高を殺そうとしていると、自分に教えてくれた。だから大姫は、（義高さまをお助けしたい。逃がさなければ）と必死になった。

義高にもそのことを伝え、女房姿に変装させ、侍女たち数人と一緒に外へ出した。

ここがすでにおかしい。なぜ侍女はそんなことを自分に告げたのだろう。告げれば大姫の性格上、策を弄《ろう》して義高を逃がすよう心を砕くのは目に見えている。だから伝えた者は、大姫にそうさせたくて伝えたに違いない。

（なぜ……）

場合によっては後で頼朝に罰せられるようなことを、自分の身を危険に晒してまでやるのはおかしくないだろうか。そこまでして、大姫の侍女が義高を救いたいと思うだろうか。

さらに、義高を逃がすために数人の侍女に協力してもらったが、誰も反対する者はいなかった。発覚すれば、こちらも罰せられるかもしれないというのに。

実際は誰も罰せられぬまま、あのときの侍女は今も大姫に仕えている。

認めたくなかったが、

（私は嵌《は》められたのかもしれぬ）

大姫は歯を食いしばるような思いで、今日まで蓋をしてきたことに目を向けた。

誰に嵌められたのか……父頼朝しかいない。頼朝が侍女に命じ、義高の危機を大姫に伝えた。もちろん、義高を逃がしてやるためではない。世間の誰もが納得する理由で殺すためだ。逃げ出した人質は、殺すしかないのだから。

あのとき大姫は間違えたのだ。無策に「殺さないで」と泣きながら縋れば、頼朝はかえって義高に手を出しにくくなったに違いない。

（私は誤った。自分でも頭がいい子だと日頃から思っていたからこそ、父上の掌《てのひら》の上で踊らされてしまった。私が愚かだったから、義高さまは死んでしまったのだ）

自分のせいで殺されたなど、認めたくなかったが、大姫はやっと過去と向き合った。

あふれてくる涙は止めようもなく、静御前に見られたくなくて部屋を飛び出し縁へ出た。庭の桜がはらはらと花びらを散らしている。静御前が追ってきて、大姫の小さな肩にそっと手を置いた。

「私は罪を犯しました」

大姫はぽつりと言った。

「私も罪深い道を歩んでいます」

「私は……生きていてもよいのでしょうか」

小さな沈黙があった。

「それを頼朝の娘が、義経の子を身ごもった私に訊きますか」

大姫はハッとなって静御前を見上げた。

舞い散る桜の下で、夜叉《やしゃ》のような狂おしい顔をした静御前は、息を呑むほど美しかった。

七

文治二(一一八六)年三月六日、静が鎌倉について五日後から、連日の取り調べが始まった。尋問を担当したのは、祐筆《ゆうひつ》の藤原俊兼《としかね》と平盛時《もりとき》である。

初日は頼朝も政子と共に顔を出した。いずれも表情がなく、何を考えているのか読み取れない。静は湧き起こる恐怖を抑え込み、気丈に振る舞った。自分を通して義経が嘲られるのは、堪《た》えられなかった。

——京を出たあと、そのほうは、九郎(義経)主従らと共に九州を目指し、船に乗ったというのじゃな。

「さようでございます」

——なにゆえ九州を目指したのじゃ。

「ただついてゆくだけの女の身にはわかりかねます」

——再起の兵を彼の地で募《つの》ろうとしたのであろう。

「何も聞かされておりませぬ」

妊娠のため、背中と腰が痛み、体が重く辛かった。涙が滲みそうになるのを静は堪《こら》えた。時おり子が腹を蹴《け》る。それで、少し気力が戻る。

――摂津《せっつ》の大物浦《だいもつのうら》から幾艘《いくそう》もの船を出したが、生憎《あいにく》の嵐に遭《お》うたため、船団は散り散りとなり、再び大物浦に漂着したというが、相違《そうい》ないか。

「相違ございませぬ」

――その際、兵が四散したため、共に船に乗った女たちはみな同行を諦め、京に戻ったというではないか。その方ひとりのみがその後も付き従《したご》うたのじゃな。

「はい」

――女たちの中に、室の郷御前もいて、そのときに京へ戻ったのじゃな。

それは違うが、静はそうだとうなずいた。

――その後、郷御前の行方《ゆくえ》が知れぬが、どこへ隠れたか、その方は知っているのではあるまいな。

「私は予州どのについて参りましたゆえ、別れて後の皆様方のことは、どなたのこともわかりかねます」

――ならば、その女たちの中に、その方と同じく懐妊《かいにん》した者はいなかったか。

「いいえ、私だけでございます」

郷御前が身重であったことが知れていないのなら、決して口を割ってはならぬと静は構えた。自分の子は殺されるかもしれないが、郷御前の産む義経の子だけでも守りたい。

「ほう、それはおかしい」

不意に頼朝が口を挟んだ。静の心《しん》の臓《ぞう》が跳ね上がった。本当は、郷御前はもう捕らえられ、なにもかも知れてしまっているのかもしれないという疑念が湧く。だが、かろうじて小首を傾《かし》げてみせた。

「あのどさくさの最中、他の女たちの懐妊の有無までわかるのか。ここは『存じませぬ』と答えるのがまことであろう。それを直ちに己だけなどと答えるのは、隠蔽《いんぺい》を図ろうとしての所業であろう」

相変わらず無表情のまま淡々と頼朝が指摘《してき》する。その様は不気味《ぶきみ》であったし、言い当てられたのだから静の胃はきりりと痛んだが、今の口ぶりでは郷御前の懐妊はまだ知られていないようだ。

「申し訳ございませぬ。おっしゃる通りでございます。そのように見受けられた者はおりませなんだが、もしかしたらいたのかもしれませぬ」

尋問は続く。体の重さから、静の全身に脂汗《あぶらあせ》が滲んだ。こんなことを続けて赤子に悪い影響はないのだろうかと、心が折れそうになる。

――して、そのあとはどうしたのじゃ。

「吉野の山中に逃れました」

――人数はいかほどであったか。

「わずか十数人でございます」

――誰が付き従うておったのじゃ。

「全員のお名前は存じませぬが、武蔵坊弁慶《むさしぼうべんけい》さまや伊勢三郎さま、片岡八郎《かたおかはちろう》さまなどお見掛けしました。けれど私はひどいつわりで、歩くのが精いっぱいでございましたゆえ、あまり周りのことが見えていなかったのでございます」

　これは嘘偽《いつわ》りのない話だった。雪の山道を歩きながら、静は何度となく吐いた。最初は自分でもなぜなのかわからなかった。体はだるく常に熱があるのではないかと思われるほど火照《ほて》った。頭痛持ちではなかったのに、頭もずきずきと痛んだ。そして、無性に泣きたくなったり、苛立《いらだ》ったりしたため、なるべく義経以外の者とは関わらないように努めた。

　最初のころはきっと慣れぬ逃避行に、体も心も弱っているのだと思っていた。だが、日が経つごとに、もしかしたらと思い始めた。母磯禅師が白拍子を束ねていただけあって、静は子供のころから身ごもった女を幾人も見てきた。今の自分はそのときの白拍子たちとよく似ている。

「もしかして」という思いは、やがて「きっと」という強い期待に変わった。

私の中に、あの人との新しい命が宿っている……と。

尋問は続く。

――なにゆえそなただけが残ったのじゃ。それは九郎が決めたのか、それともそなたの意思か。

「私が頼みました」

「なぜじゃ」

また、頼朝が口を挟んだ。

「予州さまをお慕いしているあまり、どうしても離れたくなかったのでございます」

「ほかの女も九郎を慕《しと》うていたのであろう。それでも誰もが、海路と違い陸路でついていけば足手まといになると身を引いたのではないか。そのほうは、とてつもなく我儘な女じゃな」

あのときの行いをこんなふうに改めて言葉にされると、まさにその通りであった。

「人の一生は一度きりでございますから、ものわかりの良いふりなどできなかったのでございます。誰にどれほど責められようとも誹《そし》られようとも、私はあの人と一緒にいたかったのでございます」

　静は、きっぱりと頼朝に言葉を返した。

「生意気《なまいき》な」

　刀に手をかけようとした頼朝を、政子が制した。

「佐《すけ》どの（頼朝）が追われるようなことがあれば、私もそういたします。男が勝手に戦や争いを始め、女は男の作り出す運命に抗《あらが》うことなく生きております。平素は男の我儘をきいてやっているのです。このくらいの我儘で迷惑顔をされるいわれはございません」

　わずかな沈黙のあと、頼朝が促《うなが》したので尋問が再開された。

――海難のあとは吉野山に逃れたと、京でそのほうが証言したとのこと。相違ないか。

「ございませぬ」

――捕らえられたとき、そのほうひとり雪山をさ迷っていたというではないか。それはなぜじゃ。

「予州さまのお供の皆様が、女人《にょにん》禁制の吉野山に私を連れ立ったことをご不快に思われたゆえ、戻るよう説得されたのでございます」

　足手まといになる静を連れ歩くことに、みな不満を覚えていたようだが、口火を切ったのは弁慶だった。

「こちらはすべてを捨ててついていっているのに、女ひとり捨てられぬとは。こんな情けない主君のせいで、そこら辺の名もない里の者に囲まれて殺されるような最期を迎えるのはごめんだ。主君がその気なら、これ以上はついていけぬわい」

義経が聞いているのを承知で、友の片岡八郎に語り掛け、遠回しに「この弁慶と静御前、どちらか選んでもらおうか」と主君に迫ったのだ。

義経は弁慶を選んだ。当たり前のことだ。

身重だというのに雪山で別れを切りだされた時の絶望感は、静としては筆舌《ひつぜつ》に尽くしがたい。いっそ殺してくれと泣いて頼んだが、義経は承知しなかった。あのときのことを思い出すと、思ってはならない感情が噴き上がる。

憎い、憎い、憎い、憎くて恋しい人――。

義経は静との別れ際、惜《お》しみなく涙を流した。静よりも萎《しお》れて見えた。そういうところも憎らしかった。

矢銭《やせん》だっただろうに、たくさんの財宝を持たせ、「きっとまた会おう」と、いとも簡単に希望の言葉を吐いた。静には呪いの言葉に聞こえた。例の初音の鼓も、このときに譲られたものだ。

義経は静が無事に京まで戻れるよう、武士二人と雑役《ぞうやく》三人を付けてくれた。静は義経一行が見えなくなるまで、武運を祈る舞いと共に見送った。

義経の付けてくれた護衛たちは、寒さで震える静を暗くなる山中に置き去りにし、義経が分け与えた財宝を持って逃げてしまった。静は文字通り置き去りにされたのだ。

吹きすさぶ風。ぼんやりした月明かりの下、長く伸び縮みする冬木の影。恐ろしさから静は狂ったようにさ迷い歩いた。

「誰か、誰か」

声を上げても、聞こえるのは自分の声の木霊《こだま》だけだ。そのうち、誰かがすすり泣く声が聞こえ、静は夢中でその声の方角に歩いた。やっとの思いで行きつくと、谷間に流れる狭い川の水音だった。

誰一人見ている者などいなかったので、あられもなく乱れたままの姿で泣き叫んだが、涙は凍るばかりでいっそう静を苦しめた。

義経に会うまでは幸せだった。自分の末は輝かしいと一心に信じていた。

義経に会ってからはもっと幸せだった。愛し、愛されることの恍惚《こうこつ》はなにものにも代えがたかった。

だからといって、そのわずかな時間の愉悦《ゆえつ》の代償に、これほど惨い目に遭わねばならないというのか。

静はまだ十八歳で、世の中のことは知らぬことが多い。自分が知らないだけで、世の女たちはみな、あまりに幸せを感じたあとは、感じた分に見合う量の涙を流すものなのか。

一晩中歩いた静は、蔵王権現《ざおうごんげん》の社《やしろ》近くで僧に出会った。

「どなたじゃ」

尋ねられた時、もうなんの躊躇いも生じなかった。

「予州さまの妾の静でございます」

身分を明かし、自ら進んで捕らえられた。

静はこれらの経緯《いきさつ》を、京で受けた尋問のときも、鎌倉の尋問の際も、尋ねられるまま正直に答えた。

――して、九郎一行はどちらに向かったのじゃ。

いまだ潜伏に成功して姿を見せぬ義経の行き先が、頼朝のもっとも知りたいことだろう。

が、静はこれには首を左右に振った。

「何も聞かされておりませぬ」

――言うまでこの尋問は続くのじゃぞ。場合によってはその体を傷つけねばなるまいよ。

拷問を示唆《しさ》されたが、静は知らぬと言い続けた。もちろん知っている。最後は奥州平泉の藤原氏を頼ると言っていた。だが、口が裂けても言えようか。

（惨い目に遭ったからといって、この恋を嘘にはしない）

静は数日にわたって続いた尋問に、ただひたすら耐え続けた。

八

静からこれ以上なにも聞き出せないと判断したのか、尋問は二十二日に終わった。静は精も根も尽き果てていた。

詮議《せんぎ》は終わったが、静にはまだ頼朝の監視のもと出産しなければならぬ試練が待っている。なんとか子を助ける方法はないものか、静は毎日そのことだけに思いを巡らせる。

ただでさえ神経が張り詰め、生きた心地のしない日々だというのに、どこまで頼朝夫妻は残酷なのだろう。自分たちが鶴岡八幡宮《つるがおかはちまんぐう》に参拝する折に、当代一の白拍子と言われた舞いを奉納《ほうのう》しろと命じてきた。日にちは四月八日だという。

「こんな身重で、まともに舞えるはずもございません」

静は話を伝えてきた安達清経に、それだけは堪忍してほしいと懇願《こんがん》した。だが、清経にはなんの決定権もないのだ。

「一応、伝えはするが、鎌倉どのは勝者で、そのほうは敗者ゆえ、結局は舞うことになろう」

困ったような顔で、そう述べた。

母の磯禅師と二人きりになったときも、

「嫌でございます。舞えるはずもございません。ただの白拍子が無様《ぶざま》な舞いをしたと嘲《と》られるのなら、我慢もいたします。けれど、あれが予州さまの妾よと衆目《しゅうもく》に晒し、辱《はずかし》めるおつもりなのです」

膝に縋りついて泣いた。幼子《おさなご》をあやすように磯禅師が髪を撫でてくれる。

「のう、静。私たちは蝸牛《かたつぶり》、舞わねば蹴られて踏まれて終わりましょう」

静が泣きつかれたころ、母は白拍子の理《ことわり》を述べた。静は枯れた声で唄う。

舞へ舞へ蝸牛
舞はぬものならば
馬の子や牛の子に蹴《く》ゑさせてん
踏み破《わ》らせてん
実《まこと》に美しく舞うたらば

華の園まで遊ばせん

「まこと美しく舞うたとして、華の園まで行けましょうか。蝸牛は蝶《ちょう》にはなれぬのです」

静は弱々しくではあったが、諦念《ていねん》の磯禅師に抗った。

八日当日、安達邸まで静を迎えにきたのは、大姫だった。もう会うことはないと思っていた静は、目を瞠《みは》った。

大姫は少しの間、ふたりきりで話がしたいと、人払いをした。大姫に付き従ってきた者たちも、この屋敷の主《あるじ》である安達清経も、磯禅師も、みな部屋から出してしまった。

二人は向き合って端座《たんざ》した。

「今日、貴女《あなた》に舞うように言ったのは、本当は父でも母でもなく、私なのです」

大姫の告白に、静の眦《まなじり》が上がった。

「なんと残酷な姫君でございましょう。お恨み申し上げます」

大姫はこくりとうなずいた。

「お恨みなされませ」

傲慢《ごうまん》な、と静の眉間《みけん》に皺《しわ》が寄った。

だが、大姫の発案なら、ただ評判の舞姫を見てみたいという子供らしい興味からなのだろう。少なくとも、結果がどうなったとしても、静や静の背後に存在を感じるだろう義経を辱める意図などなかったのだ。それに身ごもった体を動かすことがどれほど大変か、それも知らなかったに違いない。

「舞いを見たいのなら、ここではなりませぬか。人前で舞えるほど、今の私の体は軽くはないのです」

「なりませぬ。それでは意味がございませぬ」

大姫の言わんとしていることがわからず、静は小首を傾げた。人前で舞うことに何の意味があるというのか。

「静御前のお名が、今日の舞いを見た人々がすべてこの世から果てた後でさえ残るような……そう、歴史に残るほどの一世一代の舞いを、所望《しょもう》いたします。そうして潮目を変えるのです」

「潮目を?」

「今のままでは私も貴女も負け犬です」

「大姫さまも」

「私は二年前、父頼朝に欺《あざむ》かれ、夫となる人を失いました。もう何をどうしても、あの人は戻りませぬ。喉が裂けるまで泣いたとて、私が騙《だま》され利用されたせいで、太郎さまが死んでしまったという事実は曲げられぬのでございます」

大姫が何を言っているのか、静にはやはりわからなかった。大姫は続ける。

「けれどまだ生きている人の運命は、変えられる余地があるのではありませぬか。たとえそれがどれほど無理なことに思えても」

静の頭に、舞えぬ蝸牛に舞えという、例の歌が浮かんできた。あの歌も不可能を可能にして、華の園を手に入れよという歌だ。

静の鼓動《こどう》がとくとくと高鳴り出した。

「つい先日、私は夢を見ました。夢の中で、静御前の産んだ子は男の子でございました」

ひときわ大きく静の鼓動が鳴った。静にしたところでそういう予感はあった。腹の中の子は活発で、よく静を蹴る。それに静も何度か夢を見た。義経によく似た男の子が、元気に草原で馬を駆《か》る夢だ。だから、そんなはずはないとは思わなかった。

女の子でも殺されるかもしれないが、まだ許される望みがある。男の子となるともう絶望的だ。必ず殺される。

「私が今日、歴史に残るほどの舞いを見せれば、運命が変わるのですか」

大姫は真剣な目でそうだという。

「さほどの舞いを見せれば、今日の見物人の中に、静御前に心酔し、必ずや貴女のお味方になってくれる人が出て参りましょう。その者を選び出し、今度こそ私自身、頼朝に勝ちとうございます。勝って、かつて救えなかった命を明日へとつなぐのです」

踏みつけられるばかりの蝸牛の運命を、あの歌の通り、まこと美しく舞うことで変えようというのか、この姫は。

（もしも本当にお腹《なか》の子が男の子だったなら、今のまま何もしなければ、確実に殺されてしまう。最悪な結末がこれなのだから、何かして失敗しても、それ以上悪いことは起こらない。起きたとしても、私が赤子と共に殺されるだけ）

わかりましたと、静はきっぱりと承知した。

「見事舞ってお見せします」

こうして静は、後世に名高い鶴岡八幡宮での舞いに臨《のぞ》むことになったのだ。

九

普通に舞っても、何世代もの人々に語り継がれるほどのものにはならぬだろう。

どうすれば直《じか》に見ることのできなかった後世の人々の記憶にさえ残るのか。

物語を織り込むしかないと静は考える。

（そう。私の生きてきた道のり……）

十五歳で雨乞いを、百人目の舞姫として成功させ、十七歳で運命の相手と出会い、翌年にはその男の都落ちに一途についていったのに、雪山に置き去りにされた。そして今日、あと三月《みつき》で子を産まねばならぬ体で、衆人の前に引きずり出され、嫌だと懇願しても許されず舞う白拍子。

ここまでが背景だ。

（噂が広まって、みな私の身の上を知っている）

思いもしなかったことが、そこで起こらなければならない。それには昼と夜が一瞬で入れ替わるような鮮やかな反転が必要だ。

（誰も見たことのない舞台を、この蝸牛が見せましょう）

鶴岡八幡宮には、静のために仮設の舞台がしつらえてあった。ちょうど藤の花の揺れる季節。藤は、境内《けいだい》の松に絡み咲き、紫に彩られた簾《すだれ》のようだ。静の身に着けた白地に純白の刺繍《ししゅう》を施《ほどこ》した水干が、風をはらんでゆったりと揺らぐ。小袖《こそで》も単衣《ひとえ》も長袴《ながばかま》も白でそろえた中、ただ袖括《そでくくり》の緒《お》と扇だけが鮮やかな緋色《ひいろ》であった。髪は垂らさず、背丈ほどの長さを高く結い上げ、風に靡《なび》くに任せた。

評判の静御前が舞うということで、鎌倉中の貴人が集まり、息を呑むように見守った。

鼓は工藤祐経《くどうすけつね》が、銅拍子《どびょうし》は畠山重忠《はたけやましげただ》が受け持った。

頼朝が御簾《みす》の中から、

「八幡大菩薩《だいぼさつ》に舞いを捧げよ」

と命じ、静はうなずく代わりに舞台へ上がった。見物人たちがそれだけでざわめいた。

「いよいよ静御前の舞いが見られるぞ」

「日本一の宣旨を賜った舞いとは、いかなるものか」

静御前が澄んだ声で唄い始めると、その場は水を打ったように静まり返った。

閉じた扇を持つ静御前の手が歌に合わせてすーっと上がり、舞いが始まる。

「よし野山」

天を差した扇を、静御前は、歌に合わせてはらはらと開く。

「みねのしら雪」

扇を持つ右手を繰り返しちらちらと返しつつ腕を斜めに下ろすと、本当にそこに雪が降っているようだ。人々は瞬時空を仰ぎ、初夏というのに、ぶるりと身を震わせた。

静御前の鈴の音に似た歌声は、いっそう高く響き、天に溶けた。

「ふみ分けて」

大きく足踏みをしたが、音はふつに立たない。足を踏み鳴らす音だけでなく、衣《きぬ》擦《ず》れの音さえない。静御前が舞い始めると、たちまち地面が消えたかのように、その動きには少しも重さが感じられない。まるで宙に浮いているかのようだ。

「いりにし人の」

開いた扇を両手で平たく持ち、前に差し出す。本当にそこに義経がいて、去っていくのを見送るかのように、静御前の目が遠くを見たと思うや、その愁《うれ》いを帯びた顔を扇で隠した。物寂《ものさび》しいその顔をもっと見たいと思った人々は、名残《なごり》惜しさにため息を漏らした。

「あとぞ恋《こ》ひしき」

わずかに唄う声を掠《かす》らせて、しみじみと静御前が扇を閉じた。

義経との吉野山での別れを唄ったものだ。

舞いの素晴らしさに、みな、静御前の作り出す世界に引き込まれ、自分が吉野山にいるような心地《ここち》になった。胸を絞られる痛みを覚え、涙を流した者すらいる。

政子などは、はらはらと泣いていた。だが、頼朝の顔は蒼白《そうはく》だ。何か怒鳴《どな》ろうと口を開きかけたそのとき、二人の間で少し座を下げて座っていた大姫が、

「私、太郎さまがお亡くなりになって以来、色がわからなくなってしまいました」

ふいに、告白した。頼朝も政子も驚いて大姫を振り返った。

御簾の外では静御前が二曲目に移っている。次の曲は「しんむしょう」というもので、これは静御前がもっとも得意とする演目だ。

大姫が続ける。

「今日の境内の見事な藤も、他の人には藤色でも、私には灰色なのです。けれど静御前の舞いが作り出す世界は、色付きで眼前に迫ってまいります。色の付いた景色を、二年ぶりに目にいたしました」

頼朝はごくりと息を呑み、政子は大姫を抱きしめて、さきほどとは違う涙を流した。

「御簾を上げてくださいませ。もっとよく見とうございます」

大姫がねだった。

頼朝の命で、御簾が上がった。ほとんどの者は、静御前の舞いに夢中になっていたため、頼朝の顔がみなに晒されても、それが蒼褪《あおざ》めていることに気付かなかった。

静御前は三つ目の歌を唄い、舞う。

しづやしづ
しづのをだまき
くり返し
昔を今に
なすよしもがな

縞《しま》や乱れ模様を織り出す倭文《しず》の布を織る糸玉が繰り返し糸を繰り出すように、時間が巻き戻り、昔が再び今となればいい——。

頼朝が栄《さか》える今の世を否定し、もう一度義経が持て囃《はや》されて栄えた時代がくるよう、源氏の氏神《うじがみ》の八幡大菩薩に、頼朝の眼前で、静御前は揺るぎなく願ってみせた。

舞いが始まる前、誰一人として想像だにしていなかったことを、静御前はやってのけたわけだ。

梁塵《りょうじん》の歌声に人々は酔いしれ、この世のものとは思えぬ舞いの優美さに感嘆のため息を漏らしたが、頼朝の怒りに震える姿を見て我に返った。

が、頼朝の怒りが強ければ強いほど、静御前の命懸《いのちが》けの舞いが、この場にいる者たちの胸に深く刺さり、刻まれていく。

吉野山の辛い別れの果てに捕らえられてさえ、ひたすらに義経だけを慕い続ける健気さに、心打たれぬ者はいない。

いったい、頼朝相手に、どれだけのつわものたちが、これだけの気持ちを示せるだろう。囚《とら》われの身であっても、心はどこまでも自由であることを、静御前は舞いで証してみせたのだ。

奇跡は起こった。今、自分たちは間違いなく伝説の中のひとりとしてこの場にいるものと、人々は受けとめた。

頼朝もまた、自分が伝説の中のひとりとなったことを理解した。今日の鶴岡八幡宮の奉納舞いは、長く語り継がれる舞いとなり、自分は伝説の中の悪人だった。

舞い納めて、静御前は舞台の上で座礼《ざれい》し、頼朝の言葉を待っている。

頼朝は、自身が追い込まれていることを感じながら、静御前を叱責《しっせき》した。頼朝の世を、舞いの中で退《しりぞ》けられた以上、看過《かんか》するわけにいかなかったからだ。

「八幡大菩薩の御前、関東の繁栄を願うのが筋というもの。それをぬけぬけと謀反人の繁栄を願うとは」

「どうか御心のままに成敗なされますよう」

静御前が凛と言い放った。怒っているのは頼朝だが、人々は俎板《まないた》の上にいるのは頼朝のような錯覚を覚えた。

「お静まりくださりませ」

口を開いたのは、政子である。

「お懐かしゅうございますなあ」

柔らかく頼朝に語り掛ける。

「懐かしいだと」

「君が流人《るにん》だったころ、私も今の静と同じ気持ちで、お慕いしたのでございます。命惜しさに関東の平安を願ってみせたところで、なにひとつ成就《じょうじゅ》はいたしますまい」

頼朝はすっくと立ちあがる。

「天晴《あっぱれ》な貞女《ていじょ》よ。褒美《ほうび》を取らす。もし生まれてきた子が女だったなら、娘御と末永く共に過ごすがよい」

ほとんど怒声で称え、奥へ引き上げることで、この舞台の幕を引いた。

十

閏《うるう》七月。静御前は安達邸で子を産んだ。大姫の夢の通り、男児であった。予定よりずいぶん遅れての出産となったから、赤子も母の傍を離れがたかったのかもしれないと、後に人々は噂した。

本当は出産した日をずらして頼朝に告げ、短くはあったが、母子共に過ごす時間を、大姫と政子が作ったのだ。

生まれた子は、安達清経が受け取り、由比ガ浜に沈めたと、後の世に伝えられている。一方で、この子供が生きていたという痕跡《こんせき》が奥州にある。奇《く》しくも、その子の名は、佐々木「義高」というのだそうだ。

静御前は子を取り上げられた後、自身は許されて自由の身となり、母の磯禅師と京へ戻った。

鎌倉を去る日、最後まで見送ったのは、大姫と政子であった。京へ戻った静御前がどうなったのかは、誰も知らない。

美しく舞った蝸牛は、華の園に遊んだろうか。

曾我《そが》兄弟

滝口康彦

一

九月六日の夜半、継父曾我太郎祐信《そがたろうすけのぶ》や母とは廊下つづきの別棟に寝起きしている十郎のもとへ、乳母《めのと》の家から使いがきた。

「箱王《はこおう》さまがお越しでございます」

「母には知らせたか」

「いいえ」

使いは微妙な表情を見せた。乳母の家にいくと、十一の春から、稚児《ちご》として箱根権現《ごんげん》に預けられている弟の箱王が、飛びつくように十郎を迎えた。二つ違いの箱王は、とって十七、背丈も伸び、筋骨たくましい若者になっている。

「無断で山をおりてきたのだな」

思いつめたまなざしですぐわかった。

「師のご坊に、上洛《じょうらく》して受戒するため、髪を落とせと申し渡されました」

いったん受戒《じゅかい》して出家になれば、父の仇工藤祐経《かたきくどうすけつね》への恨《うら》みを、心に秘めることさえ道にもとる。まして仇を討つなど、もってのほかであった。

「母者《ははじゃ》はしょせん女じゃ。夫を殺された恨みなど、とっくに忘れてござる」

母にも曾我の父にもないしょで元服したいと、箱王は目をきらきらさせた。

蛭《ひる》ヶ小島《こじま》に流されていた頼朝《よりとも》が、平家打倒の旗を揚げる四年前、安元《あんげん》二年（一一七六）十月、伊豆《いず》の豪族伊東祐親《いとうすけちか》の嫡男《ちやくなん》である父の河津三郎祐泰《かわづさぶろうすけやす》が、狩場からの帰途、一族工藤祐経の郎党に弓で射殺されたとき、十郎は一万《いちまん》と呼ばれてまだ五つ、箱王は三つだったが、母は二人を抱きしめて、

「この恨み、忘れてはなりませんぞ。いまに大きくなったら、母にかわって憎い祐経を討ってたもれ」

と涙ながらにかきくどいた。同じその母が、しゅうと伊東祐親のすすめで、一万と箱王をつれて、なき夫祐泰のいとこにあたる曾我太郎祐信の後妻におさまると、仇討ちのことなどおくびにも出さなくなった。そればかりか、一万が九つ、箱王が七つの秋、空行く雁《かり》の群れを仰いで非業《ひごう》に果てた父をしのび祐経への復讐《ふくしゅう》を誓っていると、

「そのようなこと、二度といい出してはなりませぬ」

と母は唇《くちびる》をふるわせた。

おとなしかった一万は、十三のときに元服し、継父の姓と諱《いみな》の一字をもらって、曾我十郎祐成《すけなり》と名乗ったが、生れつき気性のはげしかった箱王は、稚児として箱根権現に預けられた。いま思えば、それも仇討ちを断念させようと、母がはからった

のに違いない。

世間のうわさでは、父が討たれた原因は、祖父伊東祐親の非道にあるらしい。

伊豆国の宇佐美《うさみ》、伊東、河津、この三つの荘《しよう》を合わせた久須美《くすみ》の領主工藤祐隆《すけたか》は、嫡男祐家に先立たれると、頭をまるめて寂心と号し、跡目には、後妻のつれ子である継娘《ままむすめ》に生ませた祐継《すけつぐ》をすえて、宇佐美と伊東の地を譲った。一方、祐家の子、すなわち孫祐親を養子として祐継の弟に直し、河津の荘を分かち与えて河津次郎祐親と称させた。

「父祐家さえ生きていれば、宇佐美も伊東もいずれおれの領地になったはず」

と思う祐親は、寂心の措置が不服でならず、寂心が死ぬと、叔父にしていまは兄である祐継を相手どって、何度か訴訟を起こした。しかし、寂心の譲り状も地券文《ちけんもん》書《じよ》も、祐継の手にある以上どうしようもなく、あきらめるほかはなかった。

祐継の嫡男金石《かないし》(後の祐経)が八つになった年、祐継は狩場から帰って間もなく病気にかかり、重体に陥った。実は祐親が、強引に頼んで箱根権現の別当に調伏《ちようぶく》させたのだが、それとも知らず、死期を悟った祐継は、表むき従順をよそおっている祐親に、

「金石を頼む」

と後事を託して息を引きとった。初めのうち祐親は、神妙に約束を守り、金石が

十五になると、元服させ、自分の娘をめあわせて、工藤祐経と名乗らせたが、腹に一物、いくほどもなく、

「出世するには都に上らねばならぬ」

ことばたくみに祐経をともなって上洛、久須美の荘を支配する領家の平重盛《たいらのしげもり》に面謁《めんえつ》させると、そのまま京にとどめ、自分のみはさっさと伊豆に帰った。

文武にすぐれた祐経は、めきめき頭角をあらわして、左衛門尉《さえもんのじょう》に任ぜられ、二十一のときには、武者所の首席たる一﨟《いちろう》になり、工藤一﨟祐経と呼ばれるに至ったが、その間に祐親は、祐経に与えるべき宇佐美も伊東もわがものとし、居館も河津から伊東に移して、名も伊東次郎祐親と改め、河津の荘は自分の嫡男河津三郎祐泰に与えたのである。

ところが、祐経が二十五のとき、伊豆にいる母が死んで、

「宇佐美と伊東はそなたのものです」

という母の遺言状とともに、父祐継へ宛《あ》てた祖父寂心の譲り状や、地券文書一切が、祐経のもとへ送られてきた。初めて事情を知った祐経は、人をやって祐親に所領の返還を求めたが、腹黒い祐親は、

「宇佐美も伊東もいまはわしのものじゃ。養育の恩を忘れたのか」

とひらき直った。やむなく祐経は、譲り状その他の証拠をそろえて、六波羅《ろくはら》役所

に訴えた。勝ち目のないことを知っている祐親は、莫大《ばくだい》な金品をばらまいて裏から工作した。その結果、叔父と甥《おい》にして、またしゅうとと娘婿《むすめむこ》の間がらということを理由に、所領は二分せよとの裁決が下された。

祐経としては、承服できるはずがない。叔父とはいっても実はいとこではないかという思いもある。長くあざむかれていたくやしさもあって、祐親を討つべく人数を集めにかかった。それと知った祐親は、自分の非は棚《たな》に上げ、

「祐経はご裁断をないがしろにして、てまえを討とうとしております」

と逆に訴えるとともに、湯水のようにわいろを贈った。こうして、若い祐経は、所領一切を失うはめになった。勝ち誇った祐親は、仕送りも断ち、先にめあわせていた娘も引き取って、つらあてのように、土肥実平《どひさねひら》の子遠平《とおひら》にとつがせた。

京すずめのあざけりの的になり、生活にも窮した祐経は、ついに意を決して、伊豆にいる腹心の八幡《やわた》三郎と大見小藤太《おおみことうだ》に、

「祐親を討て」

と命じた。二人は弓矢で、狩場から帰る祐親父子を襲って、祐親を傷つけ、その嫡男河津三郎祐泰を射殺した。いわば祐泰は祐親の非道のむくいで殺されたも同様なのである。

それだけではない。祐親は、世に時めく天下人源《みなもとの》頼朝が流人《るにん》のころ、とり返

しのつかぬ失態をやらかしていた。

二

かつて配所にあった頼朝は、伊東祐親が大番づとめで上洛中、その三女八重姫と人目を忍ぶ仲になり、千鶴《せんづる》という男児までもうけたが、帰国してそれを知った祐親は、

「流人ふぜいが」

と腹を立て、一つには、全盛を誇る平家へのおそれもあって、人に命じて千鶴を殺し、八重姫を江間小四郎《えまこしろう》にとつがせたのみか、当の頼朝を討とうとまでした。

祐親の次男で、かねて好意を寄せてくれた祐清《すけきよ》の知らせがなかったら、おそらく頼朝は、命を落としていたに違いない。身をもってのがれた頼朝は、こんどは北条《ほうじょう》時政《ときまさ》の娘政子とねんごろになり、治承《じしょう》四年（一一八〇）八月、時政はじめ、土肥実平、三浦義澄《よしずみ》、和田義盛《わだよしもり》らの助けを得て挙兵した。

伊東祐親は、このときも敵にまわった。頼朝は、一度は石橋山に大敗したものの、関東の諸豪族を語らって巻き返した。

祐親は捕えられて殺された。一説には、祐親の娘婿で、初めから頼朝を助けて大

功があった三浦義澄に預け、後日助命の沙汰《さた》を伝えたところ、祐親はこれまでの不明を恥じて自害したともいう。

十郎も箱王も、その祐親の孫であった。彼らの継父曾我太郎祐信も、天下人たる頼朝に仕え、弓の名手として目をかけられているとはいえ、祐親の甥にあたるところから、やはり肩身せまく生きている。十郎や箱王のことで、母が気をもむのも無理なかった。

まして工藤祐経は、祐親の義理の甥ながら、頼朝の側近として、いまや梶原景時《かじわらかげとき》と並ぶ実力者だった。若いころ都で過ごしただけに、祐経は風雅のたしなみも深く、先年九郎判官義経《ほうがんよしつね》の愛妾《あいしょう》静《しずか》が、鶴岡八幡宮《つるがおかはちまんぐう》で舞いを舞ったおり、鼓《つづみ》を打ったことは知らぬ者もいない。それでいて、政治力も並々ならず、頼朝の御台所《みだいどころ》政子の父、北条時政さえも、祐経には一目置いているといわれている。

仇を討つなど思いも寄らなかった。祐経がその気になれば目ざわりな十郎や箱王を始末するくらい、易々《やすやす》たることである。

「そなたたちが今日まで無事でいられたのも、あの方のお情けのおかげです」

とも母はなだめる。たしかにそうかもしれなかった。げんに箱王は、十三のとき、箱根権現で、頼朝社参の供をした祐経と、顔を合わせたことがある。祐経はそのおり、血相を変えた箱王に、

「なき祐泰どのに生き写しじゃな。わたしたちは一族じゃ。これから仲よくしよう。曾我の里にもどるおりがあったら、兄十郎どのと、鎌倉《かまくら》の屋形《やかた》へ顔を出すがよい」

とにこやかにいい、鞘《さや》に銅金《どうがね》を巻いた、赤木柄《あかきつか》の見事な短刀をくれた。だが、そんなことでだまされはせぬ。箱王はいよいよ仇討ちの決意を固め、以来十七の今日まで、経を読むよりも、荒法師たちを相手に武芸に打ちこみ、ときおり山をおりては、

「いつの日か祐経を」

と、兄十郎と誓い合った。それを案じて師の別当行実《ぎょうじつ》は、箱王の受戒を急がせたのに違いない。

「ぐずぐずしてはおられぬ。烏帽子親《えぼしおや》は兄者《あにじゃ》でよい」

「そうもいくまい。一生一度の元服じゃ」

十郎は思案にくれた。母にも、曾我の父にも知らせずにということであれば、烏帽子親をだれに頼むか。自分たちの境涯《きょうがい》が境涯だけに、おいそれと引き受ける者はないだろう。親類縁者にもうかとは頼まれぬ。

「そうじゃ。北条時政さまがよい」

ややあって、十郎は手をうった。十郎はときどき、北条時政の屋形に出入りして

いた。時政なら、御台所政子の父でもあり、幕府創業の功臣でもある。烏帽子親としては最高であった。

「北条時政さまのおはからいと知れば、母者もお腹立ちはなさるまい」

十郎と箱王は、まだ暗いうちに乳母の家を出ると、つれだって東へ向かった。時政の屋形は名越《なごえ》にある。十余里の道を歩きづめに歩き、ようやく名越に着いたときは、もう夜になっていた。

二人から事情を聞いた時政は、あっさり承知し、その夜のうちに、烏帽子親となって箱王を元服させ、自分の一字を与えて、曾我五郎時致《ときむね》と名乗らせた。仮名《けみょう》を五郎としたのは、時政みずからの仮名、北条四郎にちなんだものだった。

建久《けんきゅう》元年（一一九〇）九月七日のことである。

あくる日、五郎は、時政にもらった鹿毛《かげ》の馬を曳《ひ》き、兄十郎と曾我の里にもどった。委細を聞いた母は眉《まゆ》をつり上げて、

「母にそむくような子、今日かぎり子とは思わぬ」

どこへでも出て行き、二度とこの家には姿を見せるなと、障子をぴしゃりとしめて奥へ去った。北条時政の名も、ききめはなかった。

わが子を思ってのことではあろう。が、その反面、いまの夫曾我祐信との平安な暮らしをおびやかされたくないという、自己中心の思いもないとはいわれない。

五郎はさびしかった。

勘当された五郎は、姉婿二宮朝忠《にのみやともただ》や、叔母婿三浦義澄、同じく叔母婿土肥遠平などの家を、転々と渡り歩いた。うわさにそれを聞いて、ひそかに胸を痛めている母のもとへ、ある日、京の小次郎がたずねてきた。

十郎、五郎の母は、河津三郎祐泰の妻になる前に、京都から下ってきた男と契《ちぎ》り、男の子をもうけた。それが小次郎である。父が京に去ったあとも、当時のならいで、小次郎は母の近くで過ごした。

「十郎と五郎は、わたくしにも、仇討ちの手助けをせよと申しました」

小次郎は父違い、打ち明けぬがよいという五郎を、父違いでも兄は兄じゃと、十郎が説き伏せて、話を持ちかけたものだった。むろん小次郎は、とり合いもしなかった。おどろいた母は、十郎を呼びつけて、

「そんな企てがわかれば、この母はどうなります。二宮にとついだそなたの姉とて、とても無事ではすみますまい。死んだ父上だけが親なのかえ。生きている母は、親ではないのかえ」

と泣いて責め立てた。

十郎、五郎には、父祐泰の中陰《ちゅういん》（四十九日）の翌日生まれた弟があって、叔父祐清が預っていたが、祐清は間もなく死に、いまは僧になっている。

「その弟にも迷惑がかかります」

「お案じなさいますな。小次郎兄は、わたしどもの冗談を真《ま》に受けられたと見えます。第一、考えてもごらんなさいまし。いまのわたしどもに、頼朝公の覚えめでたい祐経どのを討てる道理がありますまい」

十郎はあくまでしらを切り通した。

三

歳月が流れて、建久四年（一一九三）の春が訪れた。十郎は二十二、五郎は二十である。

勘当を受けた五郎はもとよりだが、廊下つづきの別棟に住んでいる十郎も、めったに母屋《おもや》には顔を見せない。

それでも、兄弟のうわさは、おりおり母の耳にはいってくる。そのうわさに母は胸を痛めていた。

というのも、ここ三年来、十郎は大磯《おおいそ》に通って、虎《とら》と呼ばれる美女の聞こえ高い遊君《ゆうくん》と深くなじんで浮名を流し、街道筋の評判になるほどだし、五郎は五郎で、鎌倉の化粧坂《けわいざか》に好きな遊女がいるという、もっぱらの取沙汰《とりざた》だからだった。

十郎のなじんでいる大磯の虎は、遊女をたばねる長者の娘で、父は名を知られた貴人といわれ、黄瀬川《きせがわ》の亀鶴《かめづる》や、手越《たご》しの少将と並ぶ指折りの女だった。

「仕えるべき主君も持たぬ日陰者の身で、遊女にうつつをぬかすとは……」

眉をひそめる反面、仇討ちのことさえ忘れてくれるならと、ほっとする思いもないではない。遊興の費用は、どうやら五郎の烏帽子親、北条時政から出ているらしく、聞けば十郎も五郎も、ひまさえあれば、時政の屋形に出入りしている様子だった。

「いっそ二人を、頼朝公におめみえさせてくだされればよいものを」

祖父祐親がいかに頼朝の憎しみを受けていたにもせよ、孫の十郎、五郎に罪はない。一族には、三浦義澄をはじめ、頼朝の旗揚げ以来の功臣もいる。御台所政子の父時政の口ききなら、目通りのかなわぬはずはなかった。御家人のはしにでも加えてもらえば、十郎も五郎も、おのずと祐経への恨みも忘れてくれよう。あるとき、それを十郎ににおわせると、十郎は色を変えた。

「めっそうもない。源朝公は、いまだにわたしどもまでお憎しみだそうでございます」

げんに時政が何度か頼朝に願い出たが、そのつど、すげなく拒絶されたという。それでいて、十郎、五郎を、しげしげと屋形に出入りさせるのはどうしてか。母の胸にふっと疑惑が浮かんだ。が、当の十郎は、不審を感じる風もない。

母は知らずにいるが、十郎も五郎も、一日として、祐経への恨みを忘れたことはなかった。大磯の虎になじみを重ねたのも、一つには遊女狂いと見せかけて、祐経をも世間をもあざむき、一つには、祐経の動静を探るためだった。

大磯は鎌倉の西の入り口にあたり、伊豆や駿河《するが》の有力豪族が、鎌倉への往来にかならず通る。祐経のうわさを聞くには、もってこいであった。五郎の通う化粧坂はさらに都合がいい。

兄弟のことなど、歯牙《しが》にもかけずにいた祐経も、どうやらこのごろは、警戒をきびしくしはじめたらしい。いつかは酒匂《さかわ》の駅で、不意に祐経の家来に襲われた。しかし兄弟には、叔母婿にあたる三浦義澄や、土肥実平、継父曾我祐信らとのつながりから、味方の数も多い。これまで、祐経をねらって何度か危い目にもあったが、そのたびに助けてもらった。

五郎が元服して間もない、建久元年（一一九〇）十月には、頼朝の供をして上洛する祐経の跡をつけて駿河の興津《おきつ》で気づかれ、盗賊と見なされて捕えられかけたのを、おりよく通り合わせた侍所別当《さむらいどころべっとう》和田義盛に助けられた。義盛は、

「家来がなくて不自由であろう。役に立つ男じゃ。手もとにおけ」

そういって、自分が召し使っている道三郎《どうざぶろう》という雑色《ぞうしき》を与えてもくれた。

ことしになってからも、去る三月、入間野《いるまの》で追鳥狩《おいとりが》りが催されたおり、夜おそく、祐経の宿舎近くで見とがめられたが、そのときは畠山重忠《はたけやましげただ》が、

「わしの存じ寄りの者じゃ」

とかばってくれた。これは、畠山重忠といい、和田義盛といい、兄弟への同情もさることながら、さしたる武功もなく頼朝の側近になった、出頭《しゅっとう》第一の工藤祐経に対する反感もあったと見ていい。

入間野の追鳥狩りのあとは、信州三原野《みはらの》、ついでは下野《しもつけ》の那須野《なすの》でも狩りが催され、兄弟はそこでも、狩場にまぎれこんで祐経のすきをうかがったが、ついに討つ機会がなく、むなしく曾我の里へ帰った。

ところが、五月早々、こんどは富士の裾野《すその》で巻き狩りを行うことがふれ出され、北条時政が、頼朝や、お供衆の宿舎設営のため、一足先に鎌倉を出立した。

「この機をはずせば、もはや祐経を討つおりはない」

心に期する十郎は、大磯へ出かけて虎と逢《あ》った。初めは、世間をあざむくためのかりそめの遊びのつもりだったが、いつか思い思われ、いまは飽きも飽かれもせぬ仲である。

虎は、黄瀬川の亀鶴、手越しの少将にも劣らぬ名高い遊君、それなのに、仕える主君も持たぬ、貧しい日陰者の十郎に、心からつくしてくれた。

虎の部屋で、越しかたをふり返り、さすがに別れを切り出しかねて、酒を酌《く》みかわしているところへ、以前兄弟を助けてくれたこともある和田義盛が、同勢百八十名ほどを引きつれて、たまたま大磯を通りかかり、

「名高い大磯の虎に酌《しゃく》をさせよう」

と、長者に申し入れた。虎は十郎に義理を立てて、すげなくこばんだ。義盛は離れ座敷に通され、まだかまだかとせき立てる。困り果てた母の長者が頼みにきても、虎はかたくなに動かぬ。

「虎を呼んでまいれ」

いらだった義盛は、大力の聞え高い三男の朝比奈《あさいな》三郎義秀《よしひで》にいいつけた。義秀はすでに十郎に気づいている。

「曾我十郎ほどの男、へたをすれば血の雨が降ろう」

義秀は下手《したて》に出て事情を訴え、

「この義秀の顔を立てて、二人そろっておいでいただきたい」

と頭をさげた。

「承知いたしました」

十郎と虎は、義盛の前に出た。さしつさされつのあと、杯が一めぐりして虎の前にもどってきた。義盛が声をかけた。

「虎、その杯、思いざしにせよ」

こんな場合は、客の義盛に花を持たせるのがならいだが、それでは十郎にすまぬ。つかの間、迷った虎は、思い切って十郎に杯を渡した。さすがに受けとりかねて、

「筋違いじゃ。この杯和田どのへ」

「いいや、和田義盛、思いざしの杯を横どりするほどやぼではないわ」

義盛、そう答えはしたが、不快の色は隠しようもない。十郎は悪びれず、虎から受けた杯を三度干した。

宴席はしいんとなった。そこへ、胸さわぎを感じた五郎が、緋縅《ひおどし》の腹巻をつけて裸馬で曾我の里からかけつけると、縁がわに仁王立ちとなって、

「兄者、五郎だぞ」

まさかのときは、障子をふみ破って、義盛も朝比奈も斬《き》り捨てる覚悟をしめした。それと知って朝比奈が、

「五郎どのか」

こちらにござれと五郎を引き入れようとする。五郎はこばむ。朝比奈が、五郎の草摺《くさずり》をつかんで、力まかせに引っぱれば、草摺はぶっつとちぎれて、朝比奈は尻《しり》もちついたが、五郎は突っ立ったまままみじんも動かない。朝比奈も及ばぬ五郎の怪力

を語るひとくだりは『曾我物語』で知られている。

やがて十郎は、五郎にうながされて、曾我の里へ引き返した。虎も供をした。

その夜十郎は、別棟の部屋に虎を迎えて最後の名残を惜しんだ。膝《ひざ》まくらをさせて、髪をすかせる十郎の涙に気づいた虎に、

「なにゆえの涙でございます」

問いただされて、初めはことばをにごした十郎も、虎の真ごころを見てとると、母にも告げぬ本心を明かし、たがいの小袖《こそで》をとりかえた。

短夜《みじかよ》はつかの間に明けた。十郎は、貝鞍《かいぐら》を置いて、虎を馬の背に乗せると、

「そなたと十郎の仲、世間に知らぬ者とてないのに、馬も鞍も見苦しい。本街道はさけるとしよう。先は道三郎に送らせる」

そういって、裏道伝いに、山彦《やまびこ》山の峠まで送っていくのだった。

四

母には本心は明かされぬ。だが、せめてそれとなく別れを告げようと、十郎は母屋にいって、

「母上、頼朝公にお仕えする身ではございませんが、のちのちまでの語りぐさに、

富士の裾野の巻き狩りに加わりとう存じます」

　ついては小袖一枚賜りたいとねだった。

「いいえ、おやめなされ。わたしどもにとって、狩場は不吉なところです。それにそなたは、謀反人《むほんにん》伊東入道祐親が孫、おとがめを受けるかもしれません。それより、親類のところででも遊んでくるがよい。ともかく、小袖だけはあげましょう」

　母はそういって、秋の野に草づくしを縫った練貫《ねりぬき》の小袖をくれた。十郎はすぐに着替えて、それまで着ていた小袖を、形見がわりに残して別棟にもどった。

　自分は勘当の身だからと、五郎は初めからあきらめていたが、兄がもらった小袖を見ると、急に胸にせまったか、

「なんとかお詫《わ》びしてみよう」

と、廊下づたいに母屋へいった。そのあと、いつまでたってももどってこない。十郎が様子を見にいくと、朝比奈三郎さえしのぐ剛力で大男の五郎が縁にうずくまり、打ちしおれて泣いている。

「母上、わたくしに免じて、五郎をお許しくださいまし」

　障子をあけてうちにはいり、十郎がさまざまにとりなしたが、母はかたくなに聞き入れない。

「どうあっても、ご勘当、許してはいただけませんか」

「出家となって、父の菩提《ぼだい》を祈ってほしい母の願いをふみにじった不孝者、こんりんざい許しませぬ」

縁がわでは、五郎が大声を上げて泣き出した。十郎はすっと立ち上がるや、

「母上にまでそういわれては、五郎も生きている甲斐《かい》もありますまい。せめて情けに、この十郎が首打ち落としてやりましょう」

いい放って刀の鯉《こい》ぐちを切った。

「お待ち、十郎」

母は仰天した。

「とめだてなさるな」

十郎は突っぱねて、

「覚悟せよ、五郎」

と障子に手をかけた。

「十郎、気でも狂ったか。勘当はしても、五郎を死なせるつもりはありませんぞ」

「母上、ならば五郎を許してくださるか」

十郎は両手をついた。目に涙があふれている。母の頬《ほお》もみるみるぬれた。母の返事も待たず十郎は、縁の五郎に呼びかけた。

「五郎、これへこい。母者が許してくだされたぞ」

とたんに、母の泣き声がほとばしった。縁から、五郎は動かない。

「どうした五郎」

「待ってくだされ」

涙をぬぐっているのだと、十郎にはすぐ読めた。

「五郎」

元服後も、一度も五郎と呼ぼうとしなかった母が、初めて五郎と口にした。

「勘当はしても、そなたのこと、一日として忘れたことはありません。そなたが、十郎のもとにいると聞けば安心し、いないと聞けばさびしく、十郎のいる棟を見まわしてばかりおりました」

女たちが、三人の前に、酒さかなを運んできた。母がまず杯をとってのみ、十郎にまわした。ついで五郎が、その杯を受け、三度干した。

やがて母の頼みで十郎が横笛をとり出し、笛の調べに合わせて五郎があざやかに舞いを舞った。

別れのことさら悲しきは
親のわかれと子のなげき
夫婦の思いと兄弟と
いずれを分きて思うべき

袖にあまれる忍び音《ね》を
　返しとどむる関もがな
五郎が舞いおさめたあと、十郎が母の前ににじり出た。
「このたびの狩りに、兄弟で目に立つ働きをいたし、頼朝公のお目にとまってご恩に与《あずか》ることがあれば、卒塔婆《そとば》の一本も刻んで、父上の霊前に捧《ささ》げようと存じます」
母はもう、とめようとはせず、白の唐織《からおり》に鶴の丸をところどころ縫いつけた小袖をとり出して、五郎に与えた。五郎はすぐさま着替えて、着古したいままでの小袖を、
「だれになとお与えください」
と母に渡した。それから、いったん別棟にもどった兄弟は、
今日出《い》でてめぐりあはずば小車《をぐるま》の
　この輪のうちになしとしれ君
　　十郎祐成生年二十二歳
　　のちの世のかたみに
ちちぶ山おろす嵐《あらし》のはげしさに

枝ちりはてて葉は（母）いかにせん
　五郎時致生年二十歳
　親は一世と申せども、かな
　らず浄土にて参《まゐり》あふべし

それぞれ右のようにしたため、箱におさめて、すぐ目につくよう、母屋に通じる廊下の障子ぎわに置いた。

「これでよい。五郎、いま一度、母上にいとまごいにまいろう」

すでに死を期した二人は、死人はふつうのところからは出ないというならわしにしたがって、こんどは馬屋の後ろの、垣根《かきね》の破れから、母のいる母屋に向かった。

五

頼朝が、北条義時、梶原景時、景季《かげすえ》、工藤祐経、畠山重忠、三浦義澄、和田義盛そのほかを率いて鎌倉を発《た》ったのは、五月八日のことである。

それとほぼ前後して曾我兄弟も、道三郎、鬼王丸ら五、六名を供に富士の裾野に向かった。初め十郎は、足柄《あしがら》越えを主張したが、五郎の方が、

「箱根権現に参りたい」

といい出したので、箱根越えの道をえらんだ。みちみち、別れしなの母のことばを思い浮かべた。

「十郎も五郎も、かまえて人といさかいなさるなや。貧しい者をあなどり見さげるのは世間の常。あなどられても、とがめ立てしてはなりませぬ。三浦や土肥の人々はそんな心配もあるまいから、なるべくその人々と親しくなされ。公方《くぼう》さまのお許しも受けぬ身の上ゆえ、弓矢は持たずともよかろう。育ての親の曾我どのに迷惑かけるような振舞いは、くれぐれもつつしみなされ……」

その母のいましめを、初めから破ってかからねばならぬ苦しさが胸を衝《つ》き上げる。

「母上、お許しください」

兄弟は心で詫びた。うっそうたる巨木に囲まれた箱根権現にたどりついた兄弟は、

「帰《き》命《みよう》頂礼《ちようらい》、願わくは祐経を討たせたまえ」

と祈ったあと、僧房の一つに、かつての五郎の師、別当行実をたずねた。落髪をきらった五郎が、無断で山をおりてから、すでに二年八ヵ月の歳月が流れている。

「ようきてくれた」

「会わせる顔もございません」

「なんの、気にすることはない」

これは二人にはなむけじゃと、別れぎわに行実は、十郎に鞘巻《さやまき》を、五郎には兵庫鎖《ひょうごくさり》の太刀をさずけた。

鞘巻は木曾義仲《きそよしなか》が、重代の宝としていた微塵丸《みじんまる》、太刀は義経が奉納した友切丸《ともきりまる》で、友切丸については、膝丸《ひざまる》、後に義経が薄緑《うすみどり》と改めたという説もある。

「この友切丸が箱根権現に奉納されていたことはだれも知らぬはず、不審をこうむった節は、京で求めたとでもいいなされ」

「かたじけのうございます」

別当行実は、すでに兄弟の心を見ぬいていたらしい。厚く礼を述べた十郎と五郎が、木立の奥に消えるまで、立ちつくして見送った。

狩りは五月なかばからはじまった。狩場は初めは藍沢《あいざわ》、ついで富士野であった。

狩りに加わったのは、名ある武士では畠山重忠、三浦義澄、和田義盛そのほか三百騎、若侍は、畠山重保《しげやす》、梶原景季、朝比奈義秀らおよそ四百五十騎、さらに諸国からはせつけた武者や勢子《せこ》は、合わせて三万を越えたという。

東は足柄の峰々から、西は富士川のほとりまで、さしもに広い裾野一帯は、人と馬で埋めつくされた。

曾我兄弟もその中にまぎれこみ、道三郎や鬼王丸は勢子にまじった。十郎は萌黄《もえぎ》においの裏打った竹笠《たけがさ》に、村千鳥の直垂《ひたたれ》、夏毛のむかばき、貝鞍おいた葦毛《あしげ》の馬、五郎は薄紅に裏打った平紋《ひょうもん》の竹笠、唐貲布《からさいみ》（目の粗い唐織の麻布）に蝶《ちょう》をつけた直垂、紺小袴《こばかま》に秋毛のむかばき、馬は蒔絵《まきえ》の鞍置いた鹿毛である。

狩場では、梶原景季と畠山重保の獲物《えもの》争いや、頼朝の前に疾駆してきた大猪《おおいのしし》を仕止めた新田《にったの》（仁田）四郎忠常《ただつね》の働き、あるいは頼朝の嫡男、当年十二歳の頼家《よりいえ》が、見事に鹿《しか》を射倒すなど、さまざまのことがあった。

その間、曾我の兄弟は、鹿や猪を追うと見せかけては、祐経をさがし、たがいに知らせ合った。ことに一度は、兄弟そろっているとき、鹿を射る祐経の姿を目の前にして、すわこそ大願成就《じょうじゅ》かと胸おどらせた矢先、不運にも十郎の馬がつまずき、馬上の十郎がふり落とされて長蛇《ちょうだ》を逸《いっ》してしまった。あとは近づくおりもない。

「よくよく神仏に見はなされたか」

と絶望にさいなまれた。

やがて五月二十八日になった。狩りはあと数日で終わるらしい。その日、陽《ひ》が傾いたころ、仮屋形に引き揚げながら十郎が、

「つれだっては人目につこう。おれは、屋形の様子をさぐってくる」

と五郎にいった。五郎は一足先に、粗末な仮屋に帰った。ところが、暗くなっても十郎は姿を見せない。

「もしや兄上に……」

不吉な思いが胸をかすめた。待ちつかれたころ、やっと十郎が帰ってきた。酒のにおいがする。ひどく目が血ばしってもいた。

「祐経の屋形がわかったぞ」

十郎が、迷いこんだふりをして、自分たちの仮屋とはくらべものにならぬ、同じ作りのりっぱな屋形が立ち並ぶあたりを、あちこち歩きまわっていると、二つ木瓜《もっこう》の定紋が目についた。

思わず息をつめて見いっているところへ、九つばかりの男の子が通りかかり、ぎくっと足をとめた。祐経にそっくりだった。

「犬房丸……」

とっさにひらめいた。犬房丸が走り去ったかと思うと、十郎が身をかくす間もなく、祐経の家来らしい男が出てきて、

「曾我十郎どのでございますな」

といい、

「あるじが会いたいと申しております」

と告げた。

　そこまで聞いて、五郎は顔色を変えた。

「で、どうした兄者」

「逃げればあやしまれる。かえって幸いと祐経に会《お》うてやったわ」

　祐経はすでに酒盛りをはじめており、王藤内《おうとうない》や、遊君黄瀬川の亀鶴、手越の少将もいっしょだった。

「王藤内」

「祐経が引き合わせてくれた。備前国吉備津宮《きびつのみや》の神官じゃ」

　頼朝挙兵の際、平家方の瀬尾太郎兼保《せのおのたろうかねやす》に味方したため、捕えられ、久しく鎌倉に押しこめられていたのが、祐経のとりなしで、ようやく赦免《しゃめん》された。

「その礼を述べるため、いったん帰途につきながら、途中、蒲原《かんばら》から引き返してきたものらしい」

　十郎は、憎い仇の祐経と、杯をとりかわすはめになったことを五郎に語った。祐経は、兄弟の父河津三郎祐泰は流れ矢にあたったもので、祐経の仕業というのは心ない世間のうわさだと弁解したあげく、

「同じ一族、以後は祐経を父とも頼み、犬房丸を弟としていつくしんでもらいたい」

といった。むろん、そんなことばにだまされはしない。杯をやりとりしながら、すきを見て抜き打ちと思わぬでもなかったが、討つならやはり弟五郎とともに、とはやる気持を抑えた。

祐経の所望《しょもう》で十郎は、亀鶴と少将が、扇拍子《おうぎびょうし》をとってうたう今様《いまよう》に合わせてひとさし舞いを舞い、舞いながら祐経に悟られぬよう、屋形内の様子を見届けてきたという。

「兄者、五郎のために、よう祐経を見のがしてくだされた」

五郎は兄の手を押しいただいた。

そのあと二人は、和田義盛の屋形に出かけた。いつか大磯で、虎をめぐる立て引きから、あわやという場面になりもしたが、もともと義盛は、兄弟と縁の深い三浦の一族だし、げんにこれまで、兄弟は何度か義盛に助けられている。だから、それとなく別れを告げておこうと思ったのである。

義盛のもとから帰った兄弟は、それぞれ母へ最後の手紙をしたためると、従者の道三郎と鬼王丸を呼び、

「曾我に帰って母者に渡してくれ」

と、小袖や馬の鞍、鞭《むち》やゆがけなど、形見の品をそろえて手紙とともに差し出し、これはだれへ、あれはだれへとこまごまといいふくめた。

「いまさら帰るなどできませぬ」

あくまでも生死をともにと、二人はしきりにこばんだが、

「いやといえば主従の縁もこれまでぞ」

といわれて泣く泣く承知した。仮屋の外は、いつの間にか雨になっていた。

六
「なんとしたことだ……」

降りしきる雨の中を、何度か警固の者にとがめられながら、きわどくいのがれて、ようやく祐経の屋形に乗りこんだ十郎、五郎の兄弟は、みるみる血の気《け》を失った。

めざす祐経も王藤内や黄瀬川の亀鶴、手越しの少将も、影も形もなく、小者たちだけが、昼間の狩りのつかれと酒の酔いで、ぐっすり眠りこけているだけだった。

「屋形を間違えたか」

十郎はあらためて、部屋のすみずみまで見渡したが、日暮れどき、祐経に呼ばれた場所にまぎれもなかった。

きっと屋形を代えたのに違いない。

「またも逃がしたか」

二人は雨もかまわず庭におりた。道三郎、鬼王丸に託した手紙には、

「今夜本懐をとげます」

と書いている。討ちもらしたとあっては、もはや生きてはおられぬ。兄弟刺し違えて死ぬしかなかった。

そのとき、人の気配がした。はっと振り向くと、別の屋形の、広縁に小具足《こぐそく》姿の男が立っていた。

男は扇でさし招いた。近づいてみると、畠山重忠の家来本田次郎だった。宿舎の見回りと見せかけて、兄弟を待っていたらしい。

「なにごとです、本田どの」

「しっ、夜半に名を呼ぶは無用のこと」

本田は制して、その屋形の妻戸をそっと押し開き、

「波にゆらるる沖つ舟、しるべの山はこなたぞ」

といい捨てて去った。祐経は、ここに寝ているとのなぞである。

おりから、雨がはげしくなり、雷鳴がとどろいた。『吾妻鏡《あずまかがみ》』はこの夜の雨を「雷雨鼓《つづみ》を撃ち」としるしている。

「ぬかるな五郎」

「心得た」

兄弟の姿は、妻戸の内に消えた。

松明《たいまつ》をかざしてみると、祐経は酔いつぶれて手越しの少将と添いぶしし、王藤内は、やや離れたところに、黄瀬川の亀鶴と寝入っていた。

「起きよ祐経」

枕《まくら》をけられて、はっと起き上がり、太刀をつかむところを、松明を投げ捨てて十郎が、

「多年の恨み、覚えたか」

と斬《き》りさげる。つづいて五郎も、一太刀、二太刀と刃を浴びせた。

少将と亀鶴の悲鳴に目を覚ました王藤内は、刀もとらず、はって逃げ出すところを、十郎が追いすがって斬り伏せ、五郎も一太刀見舞った。

「これでよし」

いったん外へ出たが、とどめを刺していないことに気がつき、とって返した五郎が、祐経を押さえて、

「いつぞや箱根でもらった腰刀の返礼、たしかに受けとられよ」

と、十三のときに、祐経にもらった赤木柄《あかきつか》の短刀でとどめを刺した。やがて、仮屋の外で落ち合った兄弟は、

「伊豆の住人、伊東入道祐親が孫、曾我十郎祐成、同じく弟五郎時致、父河津三郎祐泰が仇、工藤左衛門尉祐経を討ち取ったり。われと思わん者は、われら兄弟を討って手柄《てがら》にせよ。出会え出会え」

と高らかに呼ばわった。

それよりも早く、兄弟にゆかりの三浦の仮屋形では、すでに異変に気づいていたが、わざとだれも出なかった。となりの畠山重忠の仮屋形では、兄弟の名乗りを聞きつけて、数名があわてて飛び出しかけるのを、

「さわぐな。曾我の兄弟、本懐をとげたと見える。さだめしうれしかろう。いましばらくそっとして、あとの始末をつけさせよ」

と重忠が押しとどめたが、祐経や王藤内の死体のそばで、声も立てずふるえていた亀鶴や少将が、われに返って、

「狼籍者《ろうぜきもの》でございます。祐経さまと王藤内さまが殺されました」

とわめき立てたことから、あたりはにわかに騒然となり、稲妻が走り、雷鳴がとどろくなかに、無数の足音が乱れた。

曾我の里には、道三郎や鬼王丸よりも一足早く、知らせが届いた。初めて二人の本心を知った母は、別れの日を思い起こして泣きむせんだ。

つづいて、つぎの知らせが着いた。それによれば、十郎と五郎は、

「本懐をとげた上は、命は惜しまぬ。力のつづくかぎり斬りまくろう」

うなずきあって、駆けつけた侍どもを二人で十名以上も討ち、阿修羅《あしゅら》の働きを見せたあと、十郎は新田四郎忠常に討たれ、それと知った五郎は、

「祖父祐親を殺したもうた、頼朝公にも一太刀を」

頼朝の寝所に迫り、背後から抱きとめた大力の小舎人《ことねり》、五郎丸をずるずると引きずり、二、三人を突き飛ばしたが、板敷をふみ破って足の自由を失ったところを、総がかりでからめとられたという。

翌朝、五郎は頼朝の面前に引きすえられた。そのときの様子も、曾我へ伝えられた。

「申し上ぐべきことがあれば言上せよ。取り次いでつかわす」

近侍の者がうながすと、

「ひかえろ。お屋形さまは目の前におわす。じきじきに申し上げるわ」

五郎はひたと頼朝を見上げて、祐経を討つに至ったいきさつを、包まず語った。

「友切丸はどうして手に入れたぞ」

「先年、京で求めました」

「隠すことはない。友切丸が箱根権現に奉納されていたこと、すでに存じておった。別当をとがめはせぬ」

　頼朝はさらにたずねた。

「このたびのこと、母や曾我の父も知っているのか」

「これは君のおことばとも覚えませぬ。わが子が死地におもむくのを、許す親がございましょうか。また親類縁者に相談すれば、君のご威光をはばかり、とめだてされるは必定、われら二人のみの思い立ちにございます」

「わかった。ならば親や親類に罪はない。ときに、王藤内はなぜ斬った」

「あの場合、祐経どのを見捨てるは、人のなすべきことではございません。立ち向かってきたゆえ斬りました」

　逃げようとしたと明らかになれば、所領まで召し上げられる。そうさせまいと五郎は王藤内をかばったのだ。

「所領安堵《あんど》の礼を述べるため、わざわざ蒲原から引き返して祐経どののもとにまいったこと、神妙にございます」

　頼朝は、王藤内がはだかのまま逃げて斬られたことを、すでに聞いている。

「安心せよ。王藤内の所領、そのまま子供につかわそう」

「かたじけのう存じます」

「して五郎、頼朝を討とうとしたはそもそもなにゆえぞ」

「祖父祐親、自業自得《じごうじとく》とはいいながら、君のためにとがを受けて殺され、孫のわれわれまで落ちぶれて、苦難をなめました。本懐をとげた上は、命を惜しむことはない。されば、せめてご前において一言、恨みごとを述べてから死のうと存じたのでございます」

五郎は見事にいってのけた。

「よくいうた。あっぱれじゃ」

これほどの剛の者、死なすは惜しい。助けたいと頼朝は心から思った。だが、日ごろからそば近く召し使っている、まだ九つの犬房丸に、

「父の仇を討ちとうございます。曾我五郎をお下げ渡しくださいまし」

と泣いてすがられると、寵愛《ちょうあい》した祐経の子ではあり、頼朝としてもいたしかたなかったし、当の五郎が、

「父を討たれた悲しみ、五郎にはよくわかります。犬房丸にお引渡しを」

と申し出たことで、やむなく五郎を死なせる気になった。

五郎は松ヶ崎というところで、鎮西《ちんぜい》の中太という男に斬られた。あとで聞けば、五郎はかたわらの犬房丸に目をやって、

「犬房丸、そなたはいいな。おれは十七年もかかったのに……」

一言もらし、ほろりと涙を流したという。伝え聞いて、泣かぬ者はなかった。

七

月が変わって六月七日、頼朝は鎌倉への帰途についた。お供に加わった曾我太郎祐信は、途中で隠退を願い出た。祐信の心を思いやって頼朝は、こころよく許し、

「以後、曾我の庄《しょう》には、貢租を免ずる。それをもって十郎、五郎の後生を弔《とむら》え」

と申し渡した。

その月の十八日、大磯の虎は箱根に登り、別当行実の坊において仏事を修し、先に形見として十郎からもらった葦毛の駒《こま》を、施物《せもつ》として納め、髪をおろして、信濃《しなの》の善光寺におもむいた。年十九であった。

ほどなく、妙なうわさが流れはじめた。

「曾我兄弟をそそのかして、工藤祐経どのを討たせたのは、北条時政どのではないか」

というのである。

時政と祐経は、日ごろ親密な間がらであった。しかも時政は、頼朝の御台所《みだいどころ》政子の父であるばかりか、幕府創業の功臣として重きをなし、祐経は頼朝の寵臣であった。ともに頼朝をささえるべき存在である。

「だが、このところ北条どのは、祐経どのの出頭で影がうすくなっていた」

だから、将来のために時政が、曾我兄弟をあやつって、祐経を抹殺《まっさつ》したのではないか。

兄弟の母は、ある日そのうわさを、夫の曾我太郎祐信にささやいた。

「ばかな」

祐信は一蹴《いっしゅう》したが、そのおもてには、明らかに苦渋がただよっていた。

「うわさはほんとうらしい……」

母は疑惑を深めた。疑わしいふしはいくらもある。十郎、五郎を、しげしげと屋形に出入りさせながら、時政はなぜ頼朝におめみえをさせなかったのか。五郎に対する扱い、継父曾我太郎に対する恩情から推しはかれば、頼朝が、兄弟を憎んでいたとは思われない。時政がとりなしてくれたら、御家人として召し出されることも夢ではなかった。

なのに時政はそうせず、絶えず兄弟に、

「ご奉公など思いもよらぬ。お屋形さまは、そなたらをまだ憎んでおわす」

といっていたともいう。

もっとおそるべきうわさもあった。

「時政どのは、曾我兄弟に祐経どのを討たせたあと、ついでに上様まで失いまいらせたかったのではないか」

　というのだ。たしかに、一笑に付してしまえないものがある。祐経を討ったあと、兄弟はなぜ高らかに名乗りを上げたのか。名乗りはなにかの合図ではなかったのか。

　仇を討つだけが目的なら、本懐をとげたあと、ゆかり深い三浦義澄なり、和田義盛なりに届け出れば、彼らが必死でかばってくれただろうし、であれば、十郎も五郎も、一時おとがめは受けるにせよ、命まで失うことはなかったに違いない。

　名乗りを上げたあと、混乱の中で十郎を討った新田四郎忠常は、ほかならぬ時政の腹心であった。しかも忠常は、いきなり斬ってかからず、しばらくなりゆきを見守っていたという。

「手違いがあって、口を封じるために十郎は殺された……」

　母はふるえ出した。真相をたしかめるすべはない。もしこの想像がほんとうなら、十郎はどんな思いで死んでいったのか。

「では五郎は……」

　頼朝のご前における、五郎の態度は見事の一語につきた。時政に利用されたことに、五郎は気がついていなかったのか。それとも、気がついて、いさぎよく死んだのか。いまとなっては、それも知るすべはない。五郎の助命を望む頼朝に、烏帽子《えぼし》

親《おや》である時政が、逆に、

「五郎は殺すべきでございます」

と進言したとのうわさもある。

いくほどもなく、うわさは消えた。

後年、北条時政は謀略のかぎりをつくし、政敵をつぎつぎに葬《ほうむ》った。

梶原景時を討ち、ついでは二代将軍頼家の岳父、比企能員《ひきよしかず》を陥《おとしい》れ、比企一族を掃滅《そうめつ》、あげくは頼家までも抹殺した。畠山重忠、重保父子も討たれた。

「やはり曾我兄弟は……」

ふたたび、そんなうわさが、そこかしこでささやかれた。だが、それもまた、いつか立ち消えになった。

真相は、永遠にわからない。

讒訴《ざんそ》の忠

吉川永青

「何ゆえ、お受けなされたのです」

景時《かげとき》は厳しく咎《とが》めた。日頃は穏やかな下がり目も今ばかりは引き締まっている。向かい合う義経《よしつね》は広間の主座にあり、何ゆえ苦言を吐かれているのか分からぬという顔であった。

「院が思《おぼ》し召しをお断りするは無礼であろう」

「断れと申すのではござらん。まず鎌倉殿にお伺いを立てるべしと申しておるのです」

鎌倉殿——義経の兄・源頼朝《みなもとのよりとも》は、御家人が任官するに当たり、必ず自らの推挙を受けるようにと定めている。然《しか》るに義経は頼朝に断りなく、後白河院《ごしらかわいん》から検非違使左衛門少尉《けびいしさえもんのしょうじょう》の位を受けてしまった。

「兄上か」

溜息《ためいき》と共に小声がひとつ返る。楽しまぬ胸の内が滲《にじ》み出ていた。

「不服にお思いなのですな。それは承知の上なれど——」

「いったい其許《そこもと》は、先の戦《いくさ》を如何《いか》にお報せしたのだ」

諫言《かんげん》を遮《さえぎ》られ、景時はじわりと目を見開いた。義経の言う「先の戦」とは半年前、摂津一《せっついち》ノ谷《たに》で平家《へいけ》を敗った一戦である。

「平家の大軍を蹴散らしたはこの義経だ。梶原《かじわら》殿は軍目付《いくさめつけ》として、きちんと奏上なされたのか」

「無論にございます」

「なら何ゆえ蒲《かば》の兄上には官途の推挙があり、俺にはなかったのだ」

一ノ谷の戦いの後、頼朝は後白河院に任官を推挙した。だが推挙されたのは蒲冠者《かばのかじゃ》・源範頼《のりより》のみで、義経は外されていた。その不平ゆえ、与えられるままに官位を受けてしまったのだろう。気持ちは分からなくもない。

しかし、である。

「皆まで申さねばなりませぬか」

一ノ谷では、義経が鵯越《ひよどりごえ》から逆落としに平家の陣を急襲し、これによって勝利を収めた。とは言え義経には本来、さらに西の明石《あかし》まで進み、敵の搦《から》め手から攻める役割が与えられていた。

「御身《おんみ》のお手柄は確かな話なれど、勝手に不意打ちをなされて搦め手を捨て置き、敵に逃げ道を与えてしもうたのも事実にございます。それがしは鎌倉殿に、ありのままをお報せし申した。それが軍目付の役目ですからな」

目覚ましき働きも、与えられた役目を十全に果たしてこそ賞されるのだと、やや強い声音《こわね》で諭《さと》す。義経は「そうか」としか返さない。

通じたのだろうか。確かめるべく、景時はなお口を開いた。

「さて……此度《こたび》の任官については、義経様より改めて鎌倉殿に陳謝なされませい」

血を分けた兄と弟である。下知《げち》に背いた弟の側から謝意を示せば大ごとにはなるまい。その一念であった。だが、応じた義経の言葉には大いに落胆した。

「何ゆえ詫びねばならぬ。弟が院から官位を下されたは、兄上にとっても誉《ほま》れであろうに」

心中に「嗚呼《ああ》」と嘆息が漏れる。それでも、捨て置くことはできない。

「戦場でのこともその他も、鎌倉殿のお指図は等しく御身に与えられた役目なのですぞ。違《たが》えてしまわれたなら、詫びるのが筋にございましょう。そも任官に鎌倉殿のご推挙を要するは、故《ゆえ》なきことではござらんのです」

当世、武士の力は皇家や貴族を凌《しの》ぐ。だが武士とは元々、皇家や貴族たちの荘《しょう》園《えん》を守り、その営みを支える立場として成り立った。ゆえに長らく下に置かれてきたのだし、今でもこれは変わらない。武士たち——ことに都から遠く離れて日の目を見ない坂東武者《ばんどうむしゃ》には、力ある者が下に置かれることに不満がある。

「鎌倉殿の御家人衆《ごけにんしゅう》は、東国《とうごく》は東国で治め、京や西国《さいごく》など放って置けば良いなどと申します。されど、それでは日本を二つに割ってしまうことになりましょう」

朝廷を蔑《ないがし》ろにして東国を治めれば、朝敵の名を得て討伐を受けるのは必定《ひつじょう》である。その時、西国衆はきっと朝廷に付く。討伐の任を得て武功を挙げ、自らの栄達を勝ち取らんとするはずなのだ。坂東武者の望む形には、争いの、ひいては滅びの火種が残る。

「ゆえに鎌倉殿は形だけ禁裏《きんり》を戴《いただ》き、実のところは我ら武士が上に立つ世を望まれるのです。任官ひとつを取っても、鎌倉殿が認めてこそ禁裏が動くという形を作らねば」

「そこが分からん。俺が任官して伸《の》し上がれば、我が主《あるじ》たる兄上は名実共に世を統《す》べられよう。院から下された位をお受けするは、その足掛かりぞ」

「心得違いをなされるな！」

ついに、大声を出してしまった。義経が「何を」と気色《けしき》ばんで面持《おもも》ちを険しくする。

「ご無礼を」

景時は深々と頭を下げ、然る後に半ばまで身を起こすと、腰を低くしたまま諫言を続けた。

「御身が仰せは、禁裏さえ従えんというものにござる。それでは、討伐を受けるに至った平家と変わりませぬぞ。左様《さよう》な仕儀《しぎ》にならぬよう、実のところは我ら武士こそが上に立ち、一方では皇家や公卿《くぎょう》の皆様と和《なご》んで参らねばならぬのです」

言葉を尽くして説《と》くも、義経は眉根を寄せるばかりであった。

「左様に申すなら、先のもの言いは取り消そう。されどのう……自ら申すも憚《はばか》られるが、俺は院に気に入られておる。俺が何か頼まば、大概《たいがい》のことは容《い》れてくれようぞ。それならば、兄上が目指すものと同じになるではないか」

全く違い申す。そう吐き出そうとして、景時は呑み込んだ。義経が、意地になって逆らっている訳ではないからであった。顔を見れば分かる。自らの行ないが頼朝のためになると、心の底から思っているのだ。ならば、今は何を言っても通じまい。時をかけ、気長に説いてゆくしかないだろう。

「もう話すことはないのか。ならば、下がるが良い」

義経は嫌そうに溜息をつき、さっさと座を立ってしまった。

広間にひとり残され、景時は奥歯を噛んだ。

「鎌倉殿は……頼朝様は」

見抜いていたのだろう。世を如何に動かすかという考え方、ものの見方に於《お》いて、義経には多くを望めないと。先の様子では、義経が自ら詫びることはあるまい。近いうちに頼朝から咎められ、そして先ほどのように居直るのは明らかであった。

予見違《たが》わず、しばらくして義経には謹慎《きんしん》の沙汰《さた》が下った。任官から二ヵ月、元暦《げんりゃく》元年（一一八四）十月に後白河院から昇殿の許しを得て、これに応じたためである。またも頼朝に無断でのことであった。

＊

義経が謹慎となってから、平家追討の大将は範頼ひとりに任されることとなった。範頼は山陽道《さんようどう》を進んで備中国《びっちゅうのくに》に至り、藤戸《ふじと》の戦いで平行盛《たいらのゆきもり》を打ち破るなどの武功を挙げている。

だが、以後は風向きが変わった。延びすぎた糧道《りょうどう》を脅《おびや》かされるようになったためである。さらに筑紫《つくし》——九州との間を隔てる赤間関《あかまがせき》に猛将・平知盛《とももり》が立ちふさがり、進むも退くもできなくなってしまった。

範頼を救うには、まず兵糧《ひょうろう》を滞《とどこお》りなく運べるように整えねばならない。それには讃岐《さぬき》国・屋島《やしま》に陣取る平家の軍兵を蹴散らす必要があった。

「義経様を立てて……か」

元暦二年（一一八五）二月、頼朝は四カ月に亘《わた》る義経の謹慎を解き、屋島攻めの大将に据えると決した。その書状を手に、景時は喜びと不安を同時に味わった。義経が許されたことは素直に嬉しいが、果たして頼朝の考えを正しく受け取れるようになっているのかと言えば、多分に心許《こころもと》なかった。

ようであった。

書状を読み進めて溜息が漏れた。軍目付として義経に諸々の指南を怠《おこた》るべからずと、申し送られている。あの気性や浅慮《せんりょ》については、誰よりも頼朝が危ぶんでいる

「む。いやはや」

「それも我が役目か」

兄弟の間の溝を深めぬよう、此度こそ義経には本物の大将となってもらわねば。思いを定め、景時は出陣の日を待った。

十日余りが過ぎて二月十六日のこと、義経以下は摂津国・渡辺津《わたなべのつ》にあった。そこへ訪れた者がある。後白河院の使者、高階泰経《たかしなのやすつね》であった。出陣を前に軍評定《いくさひょうじょう》が開かれていたため、使者の引見《いんけん》には景時や他の御家人衆も立ち会うこととなった。

夕暮れ前のひと時、朝からの強風がなお勢いを増している。高階は飛ばされそうになる烏帽子《えぼし》を押さえながら、風の音に負けじと声を張った。

「院に於かれましては、大将が先陣を切るべきにあらずとの思し召しにて。戦は御家人衆に任せられ、左衛門少尉殿は京にお戻りあるようにとのお達しにございます」

景時は、心中に「なるほど」と頷いた。

範頼が孤立の体《てい》となっている隙《すき》を衝《つ》き、平家が京へ攻め込むという噂があった。ゆえに院は弱気になっている。義経を手許に置き、都の備えを整えておきたいのだろう。もっとも、そうでなくとも院の申し送りは正しい。大将にとって大事なのは自らの武功ではなく、軍兵を督《とく》して戦に勝つことなのだから。

義経はどう答えるだろう。それによって我が役目は少し変わる。思いつつ目を流せば、評定の主座にある人は大きく首を横に振った。

「院が思し召しは重うござれど、此度ばかりは従う訳には参りませぬ。兄・頼朝より許しを得た身なれば、この戦には是が非でも勝たねばなり申さず。それがために先陣となって討ち死にするなら本望と、院には左様お伝えくだされ」

高階はなお「院の御心なれば」と唱え続けたが、義経はもう耳を貸そうとしない。

景時にとっては、痛し痒《かゆ》しの思いであった。大将の何たるかを指南するなら、高階の言い分に与《くみ》して義経を京に戻すべきであろう。武功に逸《はや》っているのみであれば、間違いなくそうした。

が、無下《むげ》に扱うのは少しばかり気が引けた。討ち死にも厭《いと》わずというのは軽々しい言葉だが、許されたからには頼朝の役に立たねば、という前置きが重い。

ならばと、ひとつを進言した。

「義経様。戦を前に勇ましきお心や良しとは存じますが、院が宸襟《しんきん》を悩まし奉《たてまつ》るは如何《いかが》なものでしょうや。それに大将たる者、確かに先陣を切るべきではござらん。そこで」

屋島に渡る船に逆櫓《さかろ》を付け、進退を自在にしてはどうか——少しなりとて院の懸《け》念《ねん》を和らげつつ、この戦に賭《か》ける義経の思いを重んじて、そう勧めた。

「戯《たわ》けたことを申される」

言下にそう返された。軍目付は将兵が如何に戦ったかを見届け、鎌倉に報せるのが役目であろう。勇戦を督する立場が、端《はな》から退くを思うのは頂けぬ話だ、と。

「まして俺は大将ぞ。弱気を見せれば兵共が尻込みし、勝てる戦も勝てぬようになろう」

胸の内が大いに暗くなった。謹慎の前と全く同じどころか、一層頑《かたく》なになっている。だとすれば、この景時の思い違いであったか。義経は頼朝に応えんとしているのではない。長きに亘《わた》る謹慎に不平を募らせ、許しを得た今こそ武功を挙げて鼻を明かそうとしているのだ。

そうと知って、つい大声になった。

「御身こそ戯けたことを仰せあるな。大将が討ち死にしての勝ちに、何の値打ちやあらん」

さらに強まった風の音、轟々《ごうごう》という唸《うな》りを吹き飛ばす勢いで、なお捲《まく》し立てた。屋島の敵を蹴散らしたとて、平家そのものが滅ぶ訳ではない。向こうは長門《ながと》の赤間関に、まだ知盛という猛者《もさ》を残している。先々に控える戦をも見据え、軽々しい行ないを慎むのが大将ではないか——。

「船に逆櫓を付けなさるか、さもなくば院の思し召しに従《したご》うて京へ戻られませい。目付として、その他は決して認められませせぬぞ」

「大将はこの俺だ。気に入らぬなら梶原殿は出陣せずとも良い。必ず勝ってみせるゆえ、ここな津《つ》にて震えておるが良かろう」

如何《いかん》ともし難い。頼朝の考えを説いて解さず、理《ことわり》を説いても通じないとは。指南するだけ無駄ではないのか。

「景時殿。お控えなされ」

評定の席、右隣の土肥実平《どひさねひら》に肩を摑まれ、浮きかけた身が再び床几《しょうぎ》に落ち着いた。

「義経様もですぞ。ここは互いに、少し頭を冷やしたが良かろうと存じます」

それを以《もっ》て、評定はいったん休みとなった。

景時は土肥と共に義経の前から下がり、二人して浜を歩いた。その間も、義経の浅慮を嘆く言葉は尽きない。

「実平殿は、あれで良いとお思いなのか」

「良いとは思わぬ。されど景時殿が熱くなっては、言い聞かせる者がいなくなり申す」

頭を冷やせと土肥は言った。そのとおりだ、と深い溜息が漏れる。

「……忝《かたじけな》い。後でまた義経様と話そう」

すると土肥は「はは」と笑った。

「明日で良うござろう。出陣は今日のはずであったが、この風では船も出せまい」

見れば、暮れなんとする浜に打ち寄せる波は嵐の如《ごと》き勢いを得ていた。常なる日には穏やかな内海《ないかい》も、今日ばかりは高い波が白く弾《はじ》けている。

「なるほど。さすがに今日は、義経様もご出陣なされまい」

そう思っていた。明日を待って再び話し合おう、と。

しかし、その晩。

「何だと」

嫡子《ちゃくし》・景季《かげすえ》のもたらした一報に、景時は愕然《がくぜん》とした。何と義経は、自らの郎党《ろうとう》とわずかの兵のみ率いて大時化《おおしけ》の海に漕ぎ出してしまったという。

「父上、如何なされます。我らも船を出しましょうや」

義経を死なせる訳にはいかない。倅《せがれ》の問いに「是」と答えるべきなのだろうか。

しかし。

いや。違う。景時は大きく首を横に振った。

「明日だ。海が落ち着くまで待たねばならぬ」

己とて梶原一党を束ねる身である。自らの身は元より、郎党や兵の身を無駄に危うくする訳にはいかなかった。

まんじりともせぬまま過ごし、なかなか明けぬ夜に苛立ちながら過ごす。ようやく迎えた明け方、高波が収まったのを――とは言え未《ま》だ酷《ひど》い時化だが――見届けると、景時は船を出した。

「漕げ！　急げ！」

義経と我が身の間柄は、明らかに悪くなっている。だが、それはそれ、これはこれだ。死なせてしまえば頼朝にも申し訳が立たない。

思いつつ辺りを見回す。もしも義経の船が沈んだのなら、漕ぎ手たちが使う櫂《かい》のひとつくらいは浮いているはずだ。しかし、水面《みなも》にそうしたものは見られない。どうやら海を渡り果《おお》せたのだろう。

もっとも、それで安堵《あんど》などできようはずもなかった。何しろ義経は、わずかな兵のみ連れて出たのだ。屋島の敵に見付かって、本当に討ち死にしていることもあり得る。生きていてくれ。頼む。祈りながら船を進め、ようやく海を渡りきった。

「いざ進め」

陸に上がり、一刻の猶予《ゆうよ》もならぬと、休みも取らずに先を急ぐ。そして、ようやく屋島へと辿り着いた。

景時を待っていたのは、得意満面の義経であった。

「おう、やっと参ったか」

平家方は影も形もない。義経は既《すで》に敵を蹴散らし、陣屋を奪って悠々《ゆうゆう》と胸を反らしていた。

「一日遅れとは、端午《たんご》の法会《ほうえ》に間に合わなんだ菖蒲《しょうぶ》の如きものよな。五月五日の一日遅れ、六日菖蒲とは梶原殿のことだ」

唖然《あぜん》、愕然。その思いに歯嚙みする。この嘲弄《ちょうろう》は何だ。自らが何をしたか分かっているのか。

しかし景時は「頭を冷やせ」と自らに言い聞かせた。義経が無事で何よりではないか、と。

＊

義経以下は次いで西へ進み、長門国へ下った。そして三月二十四日、壇《だん》ノ浦《うら》にてついに平家を討ち滅ぼした。

この戦も武功は義経にあった。しかし――。

「どうにも、すっきりとせぬわい」

赤間関から筑前国へ向かう船の上、土肥実平が漏らした。誰に語り掛けたのでもない、口の中だけの小声ではある。だが、すぐ右隣の景時だけはこれを聞き拾った。

「壇ノ浦のことか」

土肥は寸時「おや」という顔を見せたが、先より少し聞こえやすい声で苦笑を浮かべた。

「何もかもだ」

景時は小さく二度頷いた。

壇ノ浦での一戦は、何とも後味の悪いものであった。船戦は元来が平家の得手《えて》、しかも向こうの大将は音に聞こえた平知盛。屋島での戦勝を経て源氏方の意気は上がっていたが、それでようやく五分という戦だった。ただの一日で勝ったのは、義経が郎党に命じ、平家方の船の漕ぎ手を射させたからである。漕ぎ手は戦う者ではなく、これを狙うのは禁じ手と看做《みな》されていた。

源氏方の御家人は皆、義経の行ないに眉をひそめた。だが当の義経は「漕ぎ手は野戦《のいくさ》の馬と同じだ」と言って悪びれもしなかった。

ふと見れば、土肥の面持ちが険しい。卑怯《ひきょう》な手を使って勝ったのは、むしろ恥だと言わんばかりである。少しでも気を支えてやらねばと、景時は静かに口を開いた。

「平家を討つは鎌倉殿のお心ぞ」

「それは……な。だが、何もかもだと申したろうに。何ゆえ我らは筑前に向かっておる」

戦が終わるや否や、義経は自らの麾下《きか》にある者を連れて筑紫へ渡ると決した。平家に繋がりの深い地を制することが肝要である、と。

言い分そのものは正しい。だが鎌倉の頼朝からも、京の後白河院からも、未だ何の指図も受けていないのだ。範頼もそれを以て義経を叱責したが、効き目はなかった。

景時とて義経の身勝手に得心しているではない。思い起こすほどに胸が重くなる。土肥の心を慰《なぐさ》めんとしていたのだが、気付けば自らも渋い顔になっていた。

「鎌倉へは如何様にお報《しら》せするのだ」

今度は、土肥の方が労《いた》わるような声であった。景時は思わず噴き出し、大きく溜息をついて空を仰いだ。

「ありのままを、正しく伝えるのが軍目付ぞ」

「ならば、皆の思いも伝えてくれ」

義経には皆が辟易《へきえき》している。そして、ことある毎に諫言を吐き続けたせいか、我が身も相当に疎《うと》まれてしまった。そこまで伝えてこそかと、景時は力なく頷いた。

海を渡り終えて十日ほど、四月十二日になって後白河院から院宣《いんぜん》が下った。範頼は筑紫に入って諸事を管領《かんれい》し、義経は四国に渡って諸国を宣撫《せんぶ》せよというものである。だが義経はこれに従わず、筑紫に留まって範頼の役目を侵し続けた。

さすがに、これまでか。景時は義経への諫止《かんし》を諦め、頼朝に宛てて報告の書状をしたためる。そして使者に託し、鎌倉へ遣った。

五月四日、その返書が届く。読み進めるほどに、景時の目が驚愕に見開かれていった。

これより義経を罪人として扱い、京へ戻す。誰も義経の下知に従ってはならない。景時以下の御家人も京に戻り、心を一《いつ》にして平家の囚人《めしゆうど》を警固すべし。頼朝の書状にはそう記されていた。

義経は京へ戻されると、すぐさま鎌倉に向かった。頼朝への申し開きのためである。少しして平家の囚人各々に沙汰が下り、景時以下も役目を終えて鎌倉に戻った。

六月の十日、景時は頼朝に召し出されて館を訪ねた。

そこに、義経の姿はなかった。鎌倉に入ることを許されず、昨日まで、すぐ西の腰越《こしごえ》に留め置かれていたのだという。

「梶原平三《へいぞう》景時、参上仕《つかまつ》りました」

「面《おもて》を上げよ」

声に従って平伏《へいふく》を解くと、頼朝は懐から一通の書状を取り出した。

「義経から、わしに宛てられたものだ」

書状を差し出し、小さく頷いている。読んでみよということか。膝でにじり出《い》で、受け取って少し下がる。目を落とせば、書状は去る五月二十四日付けのもので、そこには兄弟の情に訴える言葉の数々が綴《つづ》られていた。

だが書状には、それを台なしにする恨み言も多く顔を出していた。

曰《いわ》く、己は朝敵を滅ぼし先祖代々に面目を施した。高く賞賛されて然るべきところ、讒言《ざんげん》に遭って武功を蔑ろにされている。

曰く、己は平家追討に先立って木曾義仲《きそよしなか》を打ち倒した。一ノ谷では鵯越の険阻《けんそ》で馬に鞭《むち》打ち、討ち死にの危険も顧《かえり》みず戦った。屋島に向かう時には荒海に身を沈めることも厭わなかった。

曰く、己が任官したのは当家の名誉である――。

武功云々《うんぬん》はさて置くとしよう。しかし義経は、未だ何も分かっていなかった。頼朝の目指す世の形を、大将の何たるかを、心を砕いて説法したというのに。思うほどに背が丸まってゆく。

「申し訳次第も……ござりませなんだ」

「其方《そのほう》が咎ではない。義経は幼き頃より流浪《るろう》し、政《まつりごと》や禁裏との駆け引きも知らぬまま育った身ぞ。その上、奥州《おうしゅう》では藤原秀衡《ふじわらのひでひら》に養われ、下にも置かず扱われたとあっては」

そして頼朝は、長く苦悶《くもん》の息をついた。聞けば昨日、ついに義経を退け、京に帰れと命じたらしい。義経は「鎌倉殿に不満の者、義経に従い京へ参れ」と吐き捨てて去ったそうだ。

「弟を見限るは、わしとて辛い。されど義経を許してしまえば、必ず後々の障《さわ》りとなろう」

なるほど、そのとおりだ。

日本をひとつにまとめ、武士が実を取って世を統べる。朝廷には武士より上という名のみを与え、その上で互いの間を良好に保って釣り合いを図る。頼朝の、その考えを解する者は少ない。御家人衆にも、未だ「東国は東国」「西国は放って置けば良い」と唱える声は大きいのだ。

そうした中、義経を退けた訳は。

「御身の弟御《おとうとご》だからこそ、見せしめになると？」

「それだけでもない。義経が書状に書かれておったろう。讒訴によって斯様《かよう》な憂《う》き目を見ておるのじゃと」

「讒訴とは。義経様は、それがしを」

「左様に思うておるのだろうな」

頼朝は「だが」と言って、少しばかり昔語りを始めた。五年前の治承《じしょう》四年（一一八〇）八月、頼朝は平家追討のために挙兵するも、その直後、石橋山《いしばしやま》の戦いで大庭《おおば》景親《かげちか》ら平家方に敗れた。その折の話であった。

「其方は敵方だった。にも拘《かかわ》らず、わしが木の洞《うろ》に隠れておったところを見逃してくれた」

それは何ゆえか。世のあり様に不満があって、源氏の嫡流《ちゃくりゅう》に賭けようと思ったからだろう。だからこそ我が再起に当たっては、いち早く駆け付けてくれたのだ。

頼朝はそう言う。

「我が下に参じて以来、其方は常に忠実無比の男であった。わしが目指す世の形も、誰より正しく解しておる。讒言など弄《ろう》するはずはないと、わしには分かっておるよ。ただな、平三」

「ただ？」

「世の人は……ほとんど全てが、まことを見抜く目を持たぬ」

義経は、本当の意味で世を安んじる道を解し得なかった。戦に於いては大将にあるまじき軽挙に及び、卑怯な手管《てくだ》で平家を討って、皆に疎まれた。だが、世の凡俗《ぼんぞく》はそこから目を逸《そ》らす。平家を滅ぼしたのは義経だという、目の前のことしか見ようとしない。

「そこな義経が書状は、いずれ世に知られよう。すると世の有象無象《うぞうむぞう》はこう見る。頼朝は弟の力を恐れ、功多き者を退けた臆病者よ。景時は義経を妬《ねた》み、讒訴にて陥《おとしい》れた奸物《かんぶつ》よ……とな」

頼朝の目が「それでも」と語っていた。口さがない者を恐れて義経を許してしまえば、鎌倉の一党は内から乱れてゆく。そうと分かっている以上、この道を行くしかないのだと。

讒訴の奸物と呼ばれ、名を損なうことは武士の恥である。しかし、と景時は主座の人を真っすぐに見つめた。

「殿が目指される世のためなら、我が名のひとつくらい安いものにござる」

「良くぞ申した。其方こそ、まさに鎌倉本體《ほんたい》の武士と呼ぶに相応《ふさわ》しい」

頼朝は居住まいを正して厳《おごそ》かに発した。平家が滅んだ今、この鎌倉が武士を束ね、世を統べる立場となった。しかし鎌倉には未だその形が整っていない。

「源氏の世が定かとなるまで、其方には御家人衆を引き締めてもらいたい。讒訴の徒と見られるなら、逆手に取るまでぞ」

即ち「東国は東国」と考える者を律し、朝廷に媚《こ》びる者を戒《いまし》めよということだ。讒言を弄する者が目を光らせていると思えば、誰もが身を慎むだろう。少しなりとて叛心《はんしん》の見える者があったなら、除くための道筋を付けるべし。頼朝はそう言っているのだ。

「損な役回りよな。されど、それに見合うだけの権は与える。頼むぞ、平三」

柔らかな、それでいて峻厳《しゅんげん》な眼差《まなざ》しが向けられた。目の光が語っている。武士の世を作るためには、まず武士の心を束ねなければいけない、おまえを措《お》いて他に頼むべき者はないのだと。

景時の総身《そうみ》に心地好い痺《しび》れが走った。この人のために、己は生まれてきたのだ。頼むと言われるのは男の誉れ、これに勝る喜びがあろうものか。

背筋が伸びる。体が熱い。胸に滾《たぎ》るものに任せて口を開いた。

「承知仕った。これより景時、敢《あ》えて奸物となりましょう。それが殿に対する何よりの忠と、肝に銘じて参ります」

頼朝は大きく頷いた。面持ちには無上の笑みが浮かんでいる。五年前、敗れて隠れていたところを見逃した時と同じ、あの笑みであった。

その後、京へ戻った義経が後白河院を動かし、鎌倉追討の院宣を得たと報じられた。頼朝にとって、これは見越していた話であった。平家が除かれた今、源氏の嫡流が同士討ちに及べば朝廷の権も旧に復する。院にとって義経は扱いやすい手駒《てごま》であった。

ゆえに頼朝は先んじて人を動かし、密かに細工をした。いずれ義経は、軍勢を整えるべく西国に下る。急ぎの話である以上は船を使うだろう。その船の底に、小さな穴を開けておけと。

果たして義経は船を使い、そして、その船は沈んだ。

一方で頼朝は、義経が京を空けた隙を衝き、後白河院に使者を立てた。これ以上義経に肩入れするなら、坂東の兵が京に向く――その恫喝《どうかつ》の矢先、院は知った。義経が手持ちの兵を失ってしまったことを。

鎌倉に抗《あらが》う術《すべ》を失って、後白河院は義経を見限った。そして義経は京を去り、かつて養われていた奥州平泉《ひらいずみ》の藤原秀衡を頼るに至った。

奥州を睨《にら》み、御家人衆の引き締めを図りながら月日は過ぎていった。

＊

文治《ぶんじ》五年（一一八九）六月十三日、景時は腰越に――かつて義経が留め置かれた満福寺《まんぷくじ》に参じた。鎧直垂《よろいひたたれ》に身を包み、引き連れる郎党二十人にも全て正装を命じている。境内《けいだい》の中央、皆の前には黒漆《くろうるし》塗《ぬ》りの櫃《ひつ》があった。

「お検《あらた》めくだされ」

奥州藤原氏の家人《けにん》・新田高平《にったたかひら》が強張《こわば》った面持ちを見せ、櫃の蓋《ふた》を取った。ふわりと美酒の香りが舞う。新田は櫃に手を入れ、酒の中からひとつの首級を取り出した。

丸顔に細い吊り眉、我の強そうな張った頰骨。間違いない。景時は小声で頷いた。

「源九郎判官《ほうがん》、義経殿にあらせられる」

一年半ほど前、藤原秀衡が世を去った。手強い男が逝去《せいきょ》すると、頼朝は使者を立てて義経の身柄引き渡しを求めた。そして今、秀衡の後を継いだ泰衡《やすひら》が義経を討って首を届けた。

義経の死は、何より当人の軽骨《きょうこつ》が原因である。だが、指南しきれなかった己には全く咎がないと言えるのだろうか。それを思えば、首実検の役目は正直なところ気が重かった。

やる瀬ない。切ない。こちらの胸中に重なるように嗚咽《おえつ》が聞こえてくる。ちらりと後ろを向けば、引き連れた郎党たちであった。

世の人はこう思っている。義経の死は兄に疎まれた不運、そしてこの景時に讒訴されたせいだと。我が郎党ですら、そうした見方に傾いているのだろうか。皆の涙を見ると、幾《いく》らかの不安も湧いてくる。

違う。誓って義経を陥れてなどいない。そう叫ぶことができれば、どれほど楽だろう。己にそれは許されない。坂東武者を引き締める役目を得て、甘んじて奸物の名を受けたのだから。

我が内にも義経のために流す涙はある。それも、皆の涙とは意味合いの違うものが。だが人前では流せない。心を強く支えて揺れる声を堪《こら》え、新田に向き直った。

「奥州よりの遠路、ご苦労であった」

「然らば判官殿が首、鎌倉殿にお届けくだされませ」

安堵の声であった。役目を果たし、これにて藤原氏も安泰と思ったのだろう。

思い違いも甚《はなは》だしい。そもそも、何ゆえこの景時が寄越されたのか。讒言の徒が差し向けられた訳を、新田は分かっていない。

「たわけ！　それがしが労《ねぎろ》うたは、遠路の労苦についてである。判官殿を討ったことではない」

一喝を受け、新田が身を強張らせる。そこへ向けて一気に捲し立てた。

頼朝からの申し送りは、義経の身柄を引き渡せというものであった。討ち果たして首を届けよと求めたのではない。今やこの鎌倉が武士を束ね、世を動かす礎《いしずえ》である。ならば義経への沙汰は鎌倉が決めるべきことではないか。

「然るに藤原泰衡は、鎌倉殿に断りもなく判官殿を成敗した。これは鎌倉殿がご裁量を侵すものである。左様に言上いたすのみぞ」

「ご、ご無体《むたい》な」

新田は泡を食って、言葉を拾うように弁明した。が、景時は全てを聞き流した。

「言い逃れとは見苦しい。疾《と》く平泉に帰り、泰衡共々首を洗《あろ》うて待っておるが良かろう」

青い顔の新田に言い放つと、景時は郎党を引き連れて立ち去った。

義経の首に涙ひとつ流さず、あまつさえ使者には言い掛かりを付けて讒訴に及ばんとした。傍目《はため》にはそう映るだろう。またも名を損なったに違いない。

だが、頼朝がそれを望んだのだ。

奸物の名を背負った日から、己は御家人衆を引き締めるべく睨みを利かせてきた。ある時などは、坂東武者の鑑《かがみ》と謳《うた》われた畠山重忠《はたけやましげただ》にさえ、些細《ささい》な不始末を以て謀叛《むほん》の嫌疑をかけたくらいである。慎み深く正直、この上なく生真面目《きまじめ》な畠山が二心《ふたごころ》を抱くはずがない。重々承知の上で讒訴に及んだのは、頼朝がそれを欲していたからであった。

　朝廷を祀《まつ》り上げ、実の力は武士が握って国の全てを治める――頼朝が望む世の形を、坂東武者はどうしても解さなかった。そこには必ず不平が溜まる。これを押し潰すため、彼らの「鑑」と謳われた男を槍玉に挙げたのだ。頼朝には、元より畠山を成敗する気などない。ほど良いところで許し、灸《きゆう》を据えて御家人衆への見せしめになってくれれば十分であった。

　しかし、奥州については違う。畠山は頼朝に一面の不平を抱きつつ、それでも忠実であった。対して藤原氏は長らく頼朝に敵対を続けてきた。今日この景時が差し向けられたのは、それゆえである。藤原氏を滅ぼし、奥州を従える口実が欲しい。それが頼朝の思惑であった。

　ひと月の後、奥州討伐の軍が出陣となった。

　藤原泰衡は鎌倉方の猛攻を支えきれず、二ヵ月ほどで降伏した。奥州を従えて、東国に於ける頼朝の力は絶対となった。

　三年後の建久《けんきゆう》三年（一一九二）三月十三日、長く朝政を握り続けた後白河院が崩御した。これを以て朝廷も鎌倉に屈し、同年七月十二日、頼朝に征夷大将軍の位が宣下《せんげ》された。

これより日本の政は鎌倉幕府に委《ゆだ》ねられた。武士が実を取り、朝廷はその上にあるという名だけを得て共に歩む。頼朝の目指してきたものが形となり、一歩を踏み出した。

そして――。

「いざ！　縄引けい」

景時の一声に応じ、近隣から駆り出された百姓たちが縄を引いた。誰もがこちらに背を向け、固く目を瞑《つむ》っている。縄は高く張り出した木の枝の上を通り、その下にある者の首に括《くく》り付けられている。縛り首の刑罰であった。

「が……ぐ、あ」

もがき、苦しむ声が次第に小さくなってゆく。吊《つ》られた男の体から力が抜け、手足をだらりとさせた。顔は紫色に染まり、体の下には小便の水溜まりができている。

「よし。そこまで」

百姓衆が「救われた」という顔で、たった今まで引いていた縄尻を手放した。どさりと地に落ちた男の体は、もう動かない。

梟首《きょうしゅ》されたのは、甲斐《かい》源氏の雄・安田義定《やすだよしさだ》。平家追討で頼朝に与し、幾多の武功を重ねてきた勇将である。それを亡き者としたのは、幕府が未だ盤石《ばんじゃく》とは言えないためであった。

「おい、どこへ行く。まだ役目は残っておるぞ」

逃げ帰ろうとする百姓衆を呼び止め、安田の亡骸《なきがら》を片付けるよう命じると、景時は悠々とその場を後にした。刑罰を見守った御家人衆の、怯《おび》えた顔が目に映った。

頼朝の館に至ると、景時は門衛《もんえい》に会釈《えしゃく》して案内を請《こ》う。すぐに取り次ぎの者が走り、少しの後に頼朝の居室へと通された。一礼して中に入り、腰を低く進んで座を取る。そして、畳を重ねて高められた主座に平伏した。

「安田義定、確かに生害となった旨《むね》を見届けて参りました」

「ご苦労。面を上げよ」

頼朝の声は、ようやく、という具合に安らいだものであった。

安田を梟首したのは、鎌倉に次ぐ力を持つ者を除くためであった。安田に限らず、これまで頼朝は甲斐源氏の多くを粛清《しゅくせい》してきている。これは東国武士の不平と大いに関わりがあった。

かつては畠山重忠に灸を据え、見せしめとした。しかし幕府が成り立ち、武士が世を治めるようになったことで、坂東武者は以前と同じ不平を溜め込むようになった。すなわち「東国は東国で」という考え方である。

本来、その者を処罰するのが正しいだろう。だが誰も彼も同じ思いを抱いているとなれば、全てを罰する訳にもいかない。人がいなくなってしまうからだ。ゆえに、それらの者が頼みとするであろう勢力、受け皿となる者を除いたのだ。

「義定は、わしに歯向かう気などなかったろう。ゆえに心苦しくはあるが……これで火種は概《おおむ》ね消えたと思うて良い」

「はっ。我らの内に火種なくば、朝廷も策を弄すること能《あた》わず」

頼朝は安堵顔で頷き、然る後に面持ちを引き締めた。

「とは申せ、義定ほどの者を除かねばならなんだは、やはり坂東武者が軽骨に過ぎるためぞ。左様な者に多くを任せる訳には参らぬ。これよりは、武勇はなくとも目《め》端《はし》の利く者をこそ、重く取り立てずばなるまい」

そして、大江広元《おおえのひろもと》や三善康信《みよしやすのぶ》、藤原行政《ふじわらのゆきまさ》などの名が挙げられた。どれも戦場で荒ぶる者ではないが、平時に於いて所領を平らかに治める力を持つ者であった。

「加えて平三、其方もな」

「光栄至極な思し召しにござれど、武辺の者はさらに不平を溜め込むのでは」

平家追討に尽力し、頼朝に従って奔走《ほんそう》してきた面々からすれば、奮戦の見返りが得られないのは口惜《くちお》しかろう。これが新たな火種となりはしないか。

「誰もが自らの功を誇り、幕府の政にて重きを成さんと願《ねご》うております」

懸念を申し述べると、頼朝はこともなげに「はは」と大笑した。

「そのための平三ではないか。もっとも、全てを除く訳に参らぬのは今までと同じよ。重忠に灸を据えてやった時と同じ、あのくらいにな」

景時は、苦笑と共に「御意《ぎょい》」と一礼した。主のために負うた奸物の名は、まだ捨てられぬようであった。

＊

「これほど頭の固いお方とは思わなんだ。御免」

荒々しい大声と共に、しばらく向こう、頼朝の居室から出て行く者がある。荒々しく廊下を踏み鳴らして去るのは、北条時政《ほうじょうときまさ》――頼朝の妻・政子《まさこ》の父であった。

景時は喉《のど》の奥で「うむ」と唸り、共に召し出された大江広元と顔を見合わせる。

「またか」

「そのようですな」

大江が困り顔で溜息をつき、両手に拳を握る。それを以て自らの頭を挟むように小突く姿は、頼朝も時政も頭の固さでは良い勝負だと示しているようだった。

ともあれ、と歩を進める。部屋の入り口に至り、二人して跪《ひざまず》いた。

「お召しに従い参上仕りました」

景時の声に異なものを察したのだろう、頼朝は溜息と共に「見ておったか」と返した。他に何も言わぬところを見ると、それが「入れ」の代わりらしい。大江と共に一礼して中へ進み、並んで座を取った。

「頭の痛い話よな」

部屋の奥、一間（約一・八メートル）の先に見上げる主座で、頼朝は「うんざり」という面持ちであった。

「其方らにも、要らぬ心配をかける」

「いつものことにござります」

右隣の大江はそう言いつつ「されど」と添えた。

「時政殿だけでも、要職にお就けする訳には参りませぬのか」

頼朝は幾らか思案顔になった。

幕府を営むに於いて、新たに定められた要職がある。そうした職務を、頼朝は武辺者たちに与えずにきた。案の定《じょう》、創業の功臣たちは不平を膨らませてしまい、それらに泣き付かれた時政が陳情を重ねている。

「平三。何かあるか」

灸を据えられる者があるかどうか、良からぬ話が漏れ聞こえてくる者はないか、という問いであろう。しかし、これは実に難しい。

「火のないところに煙を立てるは難しからず。されど皆が時政殿を頼んでいるとあっては」

讒訴を以て叩こうとすれば、かえって時政の下に皆を結束させてしまう。御家人衆の受け皿が頼朝の岳父《がくふ》ときては、安田義定の時と違って、ならば除けば良いという話にはならない。

頼朝も同じ見立てか、しかめ面でゆっくりと頭《かぶり》を振って、大江に顔を向けた。

「親父殿の位を上げるのは容易《たやす》い。が、さすれば武勇のみの者は再び親父殿を頼み、なお自らの益を求めて参ろう」

「なるほど。時が過ぎるを待つ以外にありませぬか」

頼朝は苦々しく「ああ」と頷いた。武士である以上、尚武《しょうぶ》の心は必須である。だが世を統べるには文治《ぶんじ》こそ重い。これを解し得ぬ者が世を去る頃には、歳若い者たちは文武双方を磨くようになるだろう。

「その時が来るまでに、片付けておかねばならぬ話もある」

今日、景時と大江が呼ばれたのは、まさにその「片付けるべきこと」のためであった。

鎌倉開府から概ね七年、世は建久《けんきゅう》九年（一一九八）三月を迎えている。この正月、幕府にとって由々《ゆゆ》しき大事が起きていた。

そもそも頼朝に将軍位が宣下されたのは、朝廷を一手に握る後白河院が没したためである。したたかな人が黄泉《よみ》に渡った上は、朝廷も鎌倉を敵に回すことを避けようとしたのだ。

しかしながら新しき世の姿――名は朝廷が上、実の力は武士が上という形には、都の貴族や皇家も慣れていない。この辺りは坂東武者と同じで、ことに往時の後鳥《ごと》羽《ば》天皇が新たな形を受け容れようとしなかった。

そのため頼朝は大江らに命じ、自らの娘・大姫《おおひめ》を入内《じゅだい》させるべく、諸々《もろもろ》の工作を施した。大江以下の並々ならぬ尽力によって、大姫の入内は半ばまで成りかけた。ところが昨建久八年七月、当の大姫が病の末に命を落としてしまった。

元々、後鳥羽天皇は大姫の入内に乗り気でなかった。公家衆に強く勧められ、致し方なく受け容れに傾いていたに過ぎない。大姫の逝去を以て幕府との間に一線を引き、この建久九年正月、頼朝の反対を押し切って為仁親王《ためひとしんのう》――土御門《つちみかど》天皇に譲位してしまった。

「あのお方は後白河院が御令孫、御自らもお爺様《じじ》に倣《なろ》うて禁裏を握るおつもりじゃ」

院政を敷かれては、幕府と真っ向からぶつかり合う。それを避けるべく頼朝は、次女・三幡姫《さんまんひめ》を土御門天皇に入内させようとしていた。

大江は「はい」と応じつつ、苦しげな面持ちを見せた。

「仰せに従い、新たな主上のご即位より申し入れてはおりますが」

三幡姫は齢《よわい》十三、対して土御門天皇は未だ四歳を数えたばかりである。入内の話は時期尚早に過ぎる、或《ある》いは姫が歳上に過ぎるという論が後を絶たないらしい。

難しい談合ではあろう。しかし、と頼朝は主座にありながら深々と頭を下げた。

「頼む。何としても成し遂げてもらわねばならぬのだ」

「もったいない。およしくだされませ」

恐縮する大江の声に、頼朝が顔を上げる。その目が、ちらりと景時を見た。

この話に召し出された訳が、それとなく知れた。大江の根回しが功を奏するまで皆を睨んでおけと、重ねて念を押したかったのだろう。頼朝も齢五十二である。こちらより七つ下だが、老境を迎えて少しばかり気弱になっているらしかった。

何としても支えねばならぬ。景時は思いも新たに一礼し、大江と共に下がった。

大江はこの後、訴訟《そしょう》の扱いを定めねばならない。執務の間に向かうということで、廊下を進む中途で別れた。

ひとり館を辞して自らの屋敷へ戻る。その道すがら、二十歩ほど先に見慣れた顔があった。千葉常胤《ちばつねたね》と三浦義澄《みうらよしずみ》である。千葉は齢八十一、三浦は七十二、頭も髭《ひげ》も白の一色で分かりやすい。御家人の中でも特に力を持つ老臣が連れ立って歩いているとあっては、挨拶《あいさつ》のひとつもせねばならぬ。景時は右手を挙げ、大きく振って呼ばわった。

「これはお二方。どちらへお出でですかな」

朗《ほが》らかな声音に、しかし二人は驚いて身を震わせた。

「景時か。なに、昔語りをしながら春を愛《め》でておるのみぞ」

三浦の声は柔らかだったが、強張った顔にそぐわないものであった。

「して、何用か」

「いえいえ、ご挨拶をと思うたのみにて」

二人は少し安堵したようだが、面持ちは緩《ゆる》めなかった。

「左様か。ならば、わしらはこれにて」

「歳ゆえか、脚も弱っておるでな。そろそろ帰って休まねばならぬ」

千葉と三浦はそう言って、そそくさと立ち去った。景時は頭を下げて見送りつ

つ、伏せた顔の中に眉根を寄せた。

避けられている。奸物の名を負うたからには、それは構わないのだが――顔を上

げれば、千葉と三浦はもう向こうの辻を左手に折れるところであった。

「何か……ある」

口の中だけで呟《つぶや》いた。飽《あ》くまで勘でしかない。だが、この先の幕府に暗雲が垂れ込めるような思いがして、胸が騒いだ。

「倅たちを頼むか」

嫡子・景季、次子・景高《かげたか》、三子・景茂《かげもち》なども既に三十路《みそじ》を超え、千葉や三浦の子息らと共に幕府の役目を果たしている。老境の二人に比べれば、その子らは少しばかり与しやすい。些細なことでも良い、何かしら異なものを覚えたら我が耳に入れるように言っておかねば。

取り越し苦労であってくれれば、それに越したことはない。だが仔細《しさい》が分からぬうちは、何ごとが起きても良いように備えておかねば。景時は背筋を伸ばし、地を踏み締めて屋敷へと戻って行った。

＊

それから半年ほど、三幡姫は女御《にょうご》の位を得て入内が決まった。大江広元や三善康信が、懸命の談合に及んだ賜物《たまもの》である。これを以て頼朝は、年明けには姫を伴って上洛《じょうらく》することとなった。

しかし、それを目の前に痛恨の一事が起きてしまった。

建久九年、十二月二十七日の日暮れ時。郎党のもたらした一報に、景時は腰を浮かせた。

「何だと」

頼朝が馬から落ち、頭を打って昏睡《こんすい》に陥ったという。乗り馬が突然に暴れたらしい。

今日、頼朝は橋供養《くよう》に参じていた。御家人・稲毛重成《いなげしげなり》の妻が逝去したため、その霊を慰めんとして相模川《さがみがわ》に橋を架けたのだが、この落成を期しての法要であった。稲毛の妻は北条時政の娘であり、頼朝の妻・政子の妹に当たる。そのため法要には頼朝の他、稲毛当人と北条一門だけが参じていた。馬の一件はその帰り道だという。

「こうしてはおられぬ」

景時はすぐに衣を改め、頼朝の館へと向かった。自分が参じて何が変わる訳でもないが、年の瀬の風を切って懸命に夜道を駆けた。

「侍所《さむらいどころのしょし》所司、梶原景時である。殿のお見舞いに参上仕った。お取り次ぎを」

息を切らしながら案内を請う。門衛は戸惑った顔だったが、来訪したのが景時とあって、すぐに館の中へ消えた。

軽く息が整った頃、門衛とは別の顔が玄関から進んで来た。頼朝の岳父・北条時政である。

「これは平三殿。わざわざのお見舞い、痛み入る」

時政は丁寧に頭を下げた。が、中に入れとは言わない。落ち着かぬものを持て余しつつ、景時は努めて静かに問うた。

「お目通りは叶いませぬか」

「未だ目を覚まされぬ上は。或いは、もう」

二度と目を開けないのかも知れない——続くはずの言葉を濁《にご》し、明日をも知れぬ身だと示す。愕然とした景時に向け、時政は軽く眉根を寄せた。

「お顔を見れば、其許が憂《うれ》いはなお深くなろう。今宵《こよい》はお引き取りあられよ」

帰れと言われても、すぐには足が動かない。何たることかと肩が落ちる。時政は「然らば」とだけ残して下がって行き、玄関まで至ると、ちらりとこちらに目を流した。

その目に宿った光に、ぞくりとしたものを覚えた。何だ。どこか、おかしい。思いつつ、会釈を交わして踵《きびす》を返す。

と、不意に思い起こす顔があった。景時は大きく目を見開き、ぼんやりと呟いた。

「義経様」

どうして今、義経なのだ。訳が分からずに足が止まる。だが。

喉の奥から、小さく「あ」と漏れた。先ほどの時政の目、ぞくりとする冷たい光が、頼朝を案ずる言葉と食い違っていた。そこに異なものを覚えたからこそ、義経なのだ。

十四年前、一ノ谷の戦いの後で、義経は頼朝に断りなく左衛門少尉の位を受けてしまった。それについて諫言し、退けられたことがある。後白河院から官位を下されたのは、兄の誉れでもあろう。院の寵《ちょう》にて大概の頼みは容れられるのだから、兄の目指す形と同じではないか、と。

目は口ほどにものを言う。義経の面持ちには、心の底からそう思っていると大書されていた。

対して時政はどうだ。言の葉と眼差しの間に、大きな食い違いが見て取れた。

それは、嘘の証《あかし》ではないのか。

「まさか……まさか！」

恐ろしい想像が湧き起こり、慄《おのの》いて振り向く。門前には門衛の姿のみ。奥まって暗い玄関に、既に時政の姿はなかった。

自らの屋敷に戻ると、景時は六男の景国《かげくに》を呼んで命じた。相模川の東側には、頼朝から下された梶原家の所領・一之宮《いちのみや》がある。相模川の橋供養から鎌倉へ返すなら、きっとここを通ったはずだ。今日のこと、頼朝が馬から落ちた様を見た者はないか。それに関わる話なら、他のことでも良い。領民を虱《しらみ》潰しに当たってこれを調べよ、と。

建久九年はそのまま暮れ、明けて建久十年（一一九九）を迎える。頼朝は、ついに一度も目を開けぬまま、一月十三日に没した。

その二日後、景国が一之宮から戻る。景時はすぐに我が子を召して仔細を質《ただ》した。だが、目ぼしい話は何も聞けなかったという。

「されど、どうにも肚《はら》に落ちぬのです」

頼朝が鎌倉に運ばれ、梶原屋敷に一報が入ったのは夕暮れ時であった。だとすれば落馬の一件があった時には、未だ日は高かったはず。遅くとも西日が強まる頃でしかなかったはずだ。

「百姓衆には冬の青物を育てる者もあり申す。誰も何も知らぬというのは」

景国の戸惑い顔を見て、景時は奥歯を嚙んだ。そして小声で問う。

「おまえが話を聞いた折、百姓衆は如何なる様子であった」

「これと言って……。皆が皆、何も知らぬとだけ申しまして、すぐに畑仕事に戻ってしまうばかりでした」

それこそ、おかしい。景国は領主の子である。百姓衆にとって、素《そ》っ気《け》なく応じて良い相手ではないのだ。

もしや。否、やはりそうだ。落馬の一件には北条時政が関わっている。確かな証など、どこにもない。だが百姓衆の振る舞いは、口止めされたがゆえではないのか。

「ご苦労だった。下がって良い」

いずれにせよ頼朝は、我が生涯を奉げた主は、彼岸《ひがん》の人となってしまった。悲しい。寂しい。何より悔《くや》しい。憤《いきどお》りを覚える。時政が何らかの細工をしたのなら、その訳はひとつしかない。すなわち、幕政を差配する力を望んだのだ。武辺の御家人衆に頼られ、祀り上げられて、道を踏み外したか。

時政には多くの御家人が付いている。多勢に無勢、己ひとりで成し得ることは少ない。だが、でき得る限り頼朝の嫡子・頼家《よりいえ》を守らねば。頼朝への最後の奉公だと、景時は思いを定めた。

＊

頼朝の死後、その嫡子・頼家に諸国守護の宣旨《せんじ》が下った。朝廷から幕府の後継ぎと認められ、頼家は父と同じ「鎌倉殿」の尊称を得た。

しかし、その権勢は長く続かなかった。

「皆に申し伝える。今日を以て鎌倉殿は、御自ら訴訟を取り扱わず、ここな十三人の談合に任せることと相なった」

広間の主座に頼家、その右前に座する北条時政が、皆を前にそれを告げた。頼家の家督相続から三ヵ月足らず、建久十年四月十二日であった。

主座の左手、向かい合わせに座を取る第二の席にあって、景時は「馬鹿な」と腰を浮かせた。

「本日のお召し、如何なる評定か伝えられておりませなんだが、まさか左様に無体な話とは」

こちらに向いた頼家の眼差しに、忸怩《じくじ》たるものが滲んでいる。だが口を開こうとはしない。頼家は未だ齢十八、若きに過ぎる。この評定に至る前、内々の話として捻《ね》じ込まれたのだろう。祖父に当たる時政に強く言われ、逆らえなかったと見える。

と、その時政が居丈高《いたけだか》に口を開いた。

「無体とは異なことを。家を継いで間もない頼家様をお助けするための形じゃと申すに」

景時も負けじと言い返し、言い合いとなった。

「されど、訴訟の扱いは先代より鎌倉殿のご裁断にござった。僭越《せんえつ》にあらずや」

「鎌倉殿がお認めあったことに否やを申されるとは」

「それでも！　主が権を侵すなど、家人として恥ずべき行ないと申す外はなく」

するとと時政は、にやりと頬を歪《ゆが》めた。

「それがしよりお若いと申すに、梶原殿はお耳が遠くなられたようじゃ。先に此方《こなた》は、鎌倉殿が訴訟の権をここな十三人の談合に変えると申したのである。然らば其許も、恥ずべき者のひとりということになるが」

「認められぬと申しておるのです」

「ならば梶原殿を外し、残る十二人での談合としても良い」

時政と景時を除く十一人の中から冷笑が流れてきた。時政の子・北条義時《よしとき》を始め、三浦義澄や足立遠元《あだちとおもと》など、これまで幕政の重責を任せられていなかった面々にとっては、この景時が除かれるのは望むところなのだろう。だが、それこそ余計に認められない。幕政を我がものにせんと企《たくら》む者がある以上、誰かが堤《つつみ》となって頼家を守らねばならぬ。

歯ぎしりする景時に、左脇から「おやめなされ」と小声が寄越された。同じく頼朝の近習《きんじゅう》であった中原親能《なかはらのちかよし》である。その向こうには三善康信の苦い面持ちもあった。懇意《こんい》の大江広元が右側から手を伸ばし、こちらの肩を軽く叩いた。

全ては頼家を守るため。皆の面持ちに浮かぶ心を汲み、景時も口を噤《つぐ》んだ。

以後、諸々の権は十三人に振り分けられることとなった。しかし、それとて形ばかり。十三人の合議が始まって、五月、六月、七月と過ぎるほどに、かつての頼朝側近は次第に幕政から遠ざけられてゆく。引き続いて重んじられたのは大江広元のみで、他は北条一門とそれに与した者が担うに至った。

十三人のひとり、本当なら合議に加わるべき身でありながら、景時がその場に召し出されることは目に見えて減っている。日々を屋敷に過ごしつつ、景時は煩悶《はんもん》を繰り返した。

頼家は確かに若い。とは言え当年取って十八、武士の棟梁《とうりょう》として心許ないとは言えない。母方の祖父・時政に全てを握られ、先々は時政の子・義時に組み敷かれるのが見えているのに、いつまでも黙っているだろうか。

無聊《ぶりょう》を慰めんと書見に及んでも、胸の内はすぐその一事に塗り潰される。もしも頼家が自らの権を取り戻さんとしたら、北条一門はどう出るだろうかと。

ふと、時政の顔が頭の中にちらついた。頼朝が「落馬」した日、見舞いに駆け付けながら退けられた晩の、あの冷たい眼光である。

「まさか」

ぶるりと身を震わせ、書物から顔を上げた。

権を得んがため、頼朝さえ手に掛けた——確かな証はないが——時政である。頼家が本当の力を付ける前に、先手を打って除こうとするに決まっている。頼家の弟・千幡《せんまん》を後釜《あとがま》に据えれば済む話だ。しかも千幡は未だ八歳、時政にとってはこの上ない傀儡《かいらい》に違いない。

取り越し苦労だと誰が言えよう。現に今、頼家はただの神輿《みこし》に担ぎ上げられ、北条一門とその味方だけが潤《うるお》っている。

「殿。頼朝様。それがしは」

如何にすれば良いのか。苦悩する耳に、誰かが語りかけた気がした。

『讒訴の徒と見られるなら、逆手に取るまでぞ』

かつて——義経を退けた次の日の、頼朝の言葉であった。些細なことを以て讒訴に及ぶような者が目を光らせていれば、誰もが身を慎むだろう、と。

「我は……殿がため、奸物となった身」

じわりと目が見開かれ、ぎらりと光った。今こそ、その悪名《あくみょう》を使う時ではないか。下手《へた》をすれば我が身こそ滅ぶやも知れぬ。それでも己は誓ったのだ。頼家を守り、頼朝に最後の奉公をすべしと。

思いを定め、日々を安閑《あんかん》と過ごしているように見せかけながら、時政の留守を待つ。そして十月の末、ついに好機が訪れた。

景時は頼家を訪ね、挨拶もそこそこに切り出した。

「実は、時政殿に良からぬ噂があり申します。殿を仏門に押し込み、千幡様を後釜に据えんと企んでいるとか」

かつて頼朝は、麾下の甲斐源氏を悉《ことごと》く誅《ちゅう》した。幕府創業に多大な功のあった者を除くというのに、誰も異を唱えなかった。鎌倉殿の意向はそれほどに重いのだ。然らば、今なら北条一門を粛清できる。時政が幕政を握ってから未だ日が浅く、御家人衆の鎌倉殿を敬う気持ちが消えていない今ならば。

「何と。それは一大事である」

取って付けたような、わざとらしい返答である。だが頼家の目は語っていた。よくぞ讒訴に踏み切ってくれた、と。

しかし、北条時政を除くことは叶わなかった。何を以てこの動きを知ったのか、その日からわずか三日、時政は反撃に及ぶ。六十六人の御家人を動かし、梶原景時を追放すべしとの連判状を奏上《そうじよう》させた。

景時は、大江広元からこれを告げられた。連判状が出されてから十日以上も過ぎた、十一月十一日のことである。

「謀《はかりごと》に於いては、わしより時政殿が上手《うわて》であったか」

密かに屋敷を訪ねて来た大江を前に、景時はうな垂れた。大江も苦しげであった。

「其許を失うは鎌倉殿のためにならぬと思い、連判状を奏上せずにおいたのですが」

昨日、あれはどうなったのかと促された――脅しを受けたという。景時は、大きく首を横に振った。

「これほどの多勢に無勢では、其許も手に余ろう。殿に奏上して、容れるようお勧めなされ。無論、広元殿も北条一門に手を貸すのだ」

己が除かれ、頼家が廃されたとしても、幕府は残らねばならない。頼朝の残したこの形こそ、世を平らかに治める最善の手管なのだ。武勇のみの御家人衆が重きを成す今の幕府に於いては、大江の如き辣腕《らつわん》こそ失われてはならない。

その思いを汲んでくれたのだろう。大江は涙を滲ませ、深々と一礼して去って行った。

二日の後、景時は一族郎党を率いて鎌倉を離れ、一之宮に下向《げこう》した。そして一ヵ月、十二月十八日。頼家は連判状を容れ、景時の追放を決した。

景時は一之宮で年を越した。そして正治《しょうじ》二年（一二〇〇）一月十三日、敬愛してやまなかった主・源頼朝の一周忌《き》が済むと、二十日には夜陰に紛れて一之宮も退去した。

向かう先は京であった。遠からず時政の毒牙が頼家《よりいえ》を襲うと見越し、これを防ぐべく朝廷を頼んで手を回すためである。だが、二日前に降った雪のせいで道が重く、旅路は捗《はかど》らない。七日が過ぎて二十七日を迎え、なお隣国の駿河《するが》を抜けることができずにいた。

「急ぎ渡れ。もう追っ手が出ておる頃ぞ」

清見関《きよみがせき》、興津川《おきつがわ》の流れを馬で踏み越えて西側の岸に上がり、泳いで渡る郎党を励ます。春とは名のみの一月、身を切るが如くに辛いだろう。だが、もう少しなのだ。ここから十里の西、大井川《おおいがわ》の激しい流れは明日までには越えられよう。さすれば、ひとまずは安泰《あんたい》である。さらに進んで尾張《おわり》国まで辿り着けば、そこには頼るべき知り合いもあった。四十年も前のことだが、国司の目代《もくだい》として尾張にあり、多くの武士と交わっていたからだ。

これを励みに、三十そこそこの濡れ鼠は先を急いだ。

しかし。景時の一行は、大井川の流れを目にすることすら叶わなかった。

「平三、待ちかねたぞ」

遠く左手の向こう、南側から呼ばわる声には聞き覚えがある。これは飯田家義《いいだいえよし》だ。梶原と同じ坂東八平氏《はちへいし》の一、秩父《ちちぶ》氏の流れを汲む者で、古い付き合いであった。

一之宮から我が姿が消えたと知って、時政は飯田に質したのだろう。こういう時、梶原景時は如何に振る舞う男かと。己が尾張に縁のあることを飯田は知っている。先回りできたのは、時政が船を都合したのに違いない。見れば、五百を超えようかという大軍であった。

「そうか。お主も時政殿に付いたか」

呟いて、覚悟を固める。子らが弓を取り、郎党が刀を抜いた。

「掛かれ！」

飯田の大音声《だいおんじょう》が響き、法螺貝《ほらがい》が吹き鳴らされた。敵方から無数の矢が飛び、空に広がる青を薄黒く切り取った。

「斬り払え」

景時の一声に従い、郎党たちが刀を振るう。だがこちらは三十余、払い損ねた矢は多い。そこ彼処《かしこ》で射貫かれる者があり、瞬《また》く間に四人、五人と斃《たお》れてしまった。

「父上、ここは一騎打ちに持ち込みましょうぞ」

三男・景茂が雄叫《おたけ》びを上げ、馬を馳せて行った。六男・景国、七男・景宗《かげむね》に加えて、八男の景則《かげのり》、九男の景連《かげつら》までこれに続いてしまう。

「待て。分が悪い。ここは」

背後の山に入って戦うべきだ──呼び戻す景時の叫びを聞き流して、子らは猛然と馬を馳せて行く。嫡子・景季が、後ろから腕を摑んできた。

「山に拠《よ》るのでしょう。参りますぞ」

「左様、景茂たちは時を稼がんとしておるのです」

次男の景高も兄に続く。景時は嚙み割らんばかりに歯ぎしりし、涙を浮かべつつ、二人の子に従った。如何にしても勝てぬ戦いである。せめて景茂らの心に報い、敵方に一矢でも報いてから討ち死にすべし、と。

山に入った頃には、時を稼がんとした五人の子らは、全て討たれたようであった。木立《こだち》の合間から野辺を見遣《みや》れば、飯田の兵、鎧の黒が山裾を指して押し寄せ始めていた。

「南無八幡大菩薩《なむはちまんだいぼさつ》」

願わくは、ひとりでも多くの道連れを。怒りと悲哀を込めて祈りを捧げ、弓の弦を弾く。唸りを立てて放たれた矢は、過《あやま》たずひとりの騎馬武者を射貫いた。子らの矢もそれぞれ敵を捉える。だが鎧の袖板に突き立ったのみで、討ち取るには至っていない。

それでも最後まで諦めず、父子三人は懸命に矢を放ち続けた。足止めにもならぬ矢ではあったが、敵方が山に踏み込むまでに十余りを討ち取っている。

「それ、手柄首じゃあ」

飯田の郎党と思《おぼ》しき若者が太刀《たち》を振り下ろしてくる。景時は「青二才め」と大喝し、自らの太刀を抜き払って、これを受け止めた。

だが、撥《の》ね退けることはできない。歴戦の猛者とは言え、景時は齢六十である。二十歳そこそこと見える敵の力は強く、ぐいぐいと押し込んで、そのまま首を掻き斬ろうとしていた。

「父上！」

「お助けいたす」

左手から景季と景高が馳せ寄ろうとする。それが、三人の隙となった。

やめよ。父を見捨て、目の前の敵を討つべし。叫ぼうとした景時の目の前で、子らが矢に襲われる。山肌、坂の下から打ち上げた矢は勢いに劣るものの、各々に十も集められている。景季が首筋を射貫かれて斃れた。景高は右目を射られ、足を止めたところへ股座《またぐら》への一太刀を浴びる。

「何と。景季、景――」

景時の悲痛な叫び声は、中途で止まった。脇を見ていたところへ、太刀を押し込もうとしていたのとは別の兵が襲い掛かったためであった。喉を貫かれていた。
がくりと力が抜ける。息ができない。だが、苦しいのはそれゆえではなかった。
頼家を守り果せなかった無念は、死の間際まで景時を苛《さいな》み続けた。

梶原一族が滅んで三年の後、源頼家は将軍位を奪われた。北条時政が「鎌倉殿は病に没した」と朝廷に奏上し、千幡――源実朝《さねとも》に将軍宣下を受けたためであった。翌元久《げんきゅう》元年（一二〇四）七月、頼家は時政の手で討たれた。さらにその十五年後、実朝も命を落とす。時政の子・北条義時が、頼家の子で僧門に入っていた公暁《くぎょう》を唆《そそのか》し、闇討ちさせたものであった。だが、この公暁とて捨て駒に過ぎない。実朝を討った咎で義時に成敗されてしまった。

鎌倉幕府は、その後も百二十年の長きに亘って続いた。大江広元らの能臣が支え、かつて頼朝が目指した「武士の世」を守ったためである。源実朝が死して後の「鎌倉殿」は、貴族の一門や皇家から将軍を迎えるも、ただの飾りに過ぎなかった。御家人衆は、執権・北条得宗家《とくそうけ》の当主をこそ主と仰いだ。

非命に斃《たお》る

高橋直樹

一

寿永《えいじゅ》元年（一一八二）八月十二日、武家の新都、鎌倉は大きな喜びに包まれていた。武家の棟梁《とうりょう》、源《みなもとの》頼朝《よりとも》に待望の嫡男《ちゃくなん》が誕生したのである。全鎌倉の御家人に歓呼の声で迎えられたこの子の未来は、当然栄華に包まれたものとなるはずであった。この子の運命を襲った出来事は、この子が自らの不徳によって招いたのか、それとも歴史の必然による不可抗力であったのか。答えを出す資格のある者はひとりもいない。

建久《けんきゅう》十年（一一九九）一月十三日、前《さきの》征夷大将軍源頼朝はこの世を去った。このとき寿永元年に生まれたこの子はすでに十八歳、元服して頼家《よりいえ》と名を改めていた。

この子の父、頼朝の偉業はいまさら言うまでもない。初めて武士の世をつくった。かつて坂東《ばんどう》の武士たちは「東夷《あずまえびす》」と蔑《さげす》まれるだけの地位にあった。武技を磨き新田の開発にいそしみ、東国の基盤を支えてきたのは坂東武士たちであった。しかし彼らは仲間同士で目先の寸土を争うほどの裁量しか持たぬ者が多く、都の貴族たちの頤使《いし》に甘んじてきた。その坂東武士たちをひとつにまとめ大きな力に結集していったのが頼朝なのだ。頼朝は源氏の嫡流の出である。坂東武士たちにとって、それは仰ぎ見るような尊い血であり、そして頼朝は貴種というにふさわしい男であった。背丈こそ長《た》りなかったが、品位のある整った顔立ちは、見る者を畏怖《いふ》せしむる威厳を常に感じさせた。少し冷たい印象だが、それが余計に武士たちの畏敬を集めたようである。根が単純な多くの坂東武士たちにとって、この頼朝の威厳は大きな効果を生み、統率の武器となった。

頼朝は政治力においてもひとり卓越していた。その導きにより、ついに「東夷」たちは武士の世にたどり着き、貴族たちの支配から解放された。己《おの》れの骨身より愛《いとお》しい所領を格段に増やすことができた坂東武士たちは、頼朝を神とも仰いだ。そして頼朝と直接主従関係を結ぶ「御家人」になることを何よりの名誉とした。頼朝が晩年、側近吏僚を重視し独裁色を強めたとき、旗揚げ以来の御家人たちは頼朝に不満を持ったが、敢《あ》えてそれを口に出す者はなかった。

武士の世は頼朝の手によって誕生したのだ。頼朝以前は彼らが人がましく住める場所はこの世の何処《どこ》にもなかった。ゆえに武士たちは頼朝の治世を規範としてこれに従い、背くことを禁忌とした。そうせねば安心できなかった。しかし武士の世を一人で支えてきた頼朝はこの世を去り、彼の血をもっとも濃く受けた嫡男頼家が跡を嗣《つ》いだ。頼家が家督を継いで二代目となったとき、頼家と鎌倉の武士たちは新たな局面を迎えた。

頼朝のいない鎌倉で、頼家も武士たちもそれぞれに未知の闇夜を手探りのまま走り出さねばならなかったのである。

二

建久十年の春まだ浅いある日、新将軍頼家は幕府政所《まんどころ》に威勢の良い近習たちを従えて現われた。二人の年配の男が待ちかねたようにこれを迎え、中へ招じ入れた。二人は先代頼朝のとき左右の両輪としてその政務をたすけた大江広元《おおえのひろもと》と三善善信《みよしぜんしん》である。二人は最も優秀な頼朝の側近吏僚であった。両名は所領安堵《あんど》の代償として軍事奉仕をつとめる御家人とは異なり、源家に直接仕え、家政を取りしきり、家を内側から支える役目を持っていた。大江広元は政所を所掌《しょしょう》し三善善信は問注所《もんちゅうじょ》を所掌したが、二人は先代のころより機に応じた連携によって職務に当っていた。

広元は頼家の後からかしましく従う若者たちを眼で叱り、頼家ひとりを中に入れた。広元に近習たちを追われ、頼家はむっつりと黙り込んだ。そして自分の円座《わろうだ》の横に山と積まれてある訴状を見て露骨にいやな顔をした。

「わしは政務を嫌っておるわけではない」

頼家は円座にすわると、左右から迫るように控えた二人に言った。

「そちたちのやり様はあまりにまわりくどく時間の無駄かと思うゆえ言うのじゃ。いま少し新しき事を考えてみよ」

頼家は不機嫌に口を尖《とが》らせたが、善信は知らぬ顔で言った。

「御所、幕下《ばつか》（頼朝）のご治世をなんと心得られる。幕下のご治世を見倣《みなら》わずして武家棟梁のつとめがなりましょうや」

頼家はむっとしたように口をむすんだ。同じ口上をくりかえす善信への反発が顕《あら》われていた。黙り込んだ頼家に、広元がとりなすように言った。

「われらはなにも御所に自らのお考えによる裁断をやめよと申しておるわけではございませぬ。ただ偉業を達せられた幕下に学ぶことの大切さを、幕下の側近く仕えた者として忘れてはならぬと、自ら戒めているゆえに申し上げるのでございます」

頼家は分別くさい広元の顔を見やり、少し意地悪く言った。

「幕下は予の父じゃ。予はこの世で最も幕下の血を濃く受けて生まれておる」

頼家の言葉に広元は急所を突かれたように口ごもり面《おもて》を伏せた。頼家はきまり悪げな広元にちらと目をくれ訴状に眼を通しはじめた。ややあって頼家が急に訴状から顔を上げた。頼家は一枚の訴状を問注所を所掌する三善善信の前に置いた。

「この件まだ片付いておらぬのか」

頼家は呆《あき》れたように言った。善信は頼家に示された訴状をのぞき込むように見たが、すぐ合点してうなずいた。

「この者はなかなかうるそうございましてな。こじれてはいけませぬゆえ、いま問注所で慎重に審理しております」

善信がそう答えると、頼家は不快げな顔をした。

「奇態なことを申すものじゃ。この件、提出の書状証文らを引き比べれば、この者に非があること分明《ぶんめい》ではないか。かような審理に問注所が無駄な時間を費やすとは、ご先代旧例もあったものではないぞ」

腹立たしげな表情の頼家に、善信はややためらうように小さな声で答えた。

「されどこの者は治承《じしょう》の旗揚げ以来、変らぬ忠勤を奉っておる者にございますれば——」

善信がここまで言いかけると、頼家はたまりかねたようにこれをさえぎった。

「また治承の旗揚げ以来か」

頼家は二人の顔を交互に睨《にら》んだ。

「治承の旗揚げ以来の者たちが大切であることは予も承知じゃ。なれどその者たちは、みな幕下よりそれぞれ働きにふさわしい恩賞を賜わっておるはずであろう。幕下のご恩を蒙《こうむ》りながら、なお理屈の通らぬ訴状を持ち込んでわれらの手を煩《わずら》わすとは、弓矢取る者として恥ずかしい不忠者とは思わぬか」

頼家の非難に、広元と善信はしばし顔を見合わせた。ややあって広元が抑えた声で口を切った。

「御所よ、道理はまさしく御所がいま仰せになられた通りにございます。なれど政事の中には道理で割り切れぬ所がずいぶん多うございます。御所にぜひ知っていただきたいのは、幕下（頼朝）も決してお血筋とご器量のみで武家の棟梁になられたのではないということでございます。幕下は他の誰よりも人の心というものをご存じであられました。御所もご承知のことと存じますが、幕下はご若年のころ父君大《たい》僕卿《ぼくきょう》様（義朝）を家人の裏切りによってなくされ、幾多の苦難を味わってこられました。その辛苦《しんく》が幕下を育てたのです。畏《おそ》れながら御所はご幼少よりこの方、幕下のごときお苦しみは何ひとつ味わわれたことはないはず。ゆえに人の心というものがおわかりになっておられませぬ。武家の棟梁のつとめとは、武技を磨くことよりも学問を学ぶことよりも、まず御家人たちの心を知ることにあります。理屈の通らぬ訴状を提出する者に対しては、なぜさような行為に及んだのかを察せられねば棟梁にふさわしい裁きもできませぬ。御所はお若くともこの鎌倉の棟梁。御家人たちはみな御所に幕下のごときご裁量を望んでおりますぞ。その点をようお考えに入れてわれらの申す事をお聞き下され」

広元は話し終えると重々しく一礼した。善信が頼家の膝下《しっか》に置かれた件《くだん》の訴状を取り上げて言った。

「この件につきましては明後日に問注所の審理を終え、その後に御所の直裁《ちょくさい》をいただきます。訴人の武士も参りますので棟梁にふさわしいお裁きをいただけますよう」

それからしばらくの後、件の訴状に対する裁決が行なわれた。訴人の武士は下座《しもざ》に控え、主座の左右に大江広元と三善善信が並んだ。やがて頼家の側近が入御《にゅうぎょ》を告げ、一同平伏するなか、頼家が主座についた。御簾《みす》が巻かれ、訴人である武士の姿が頼家の眼に入った。急に頼家の表情が不快げにゆがんだ。武士に非礼があったわけではない。

――ひどい金壺眼《かなつぼまなこ》じゃ

頼家は武士の顔に強い嫌悪感を覚えた。眼窩《がんか》の奥深くに陥没したまるい眼は、いたちのように光り酷《むご》い印象を人に与えた。癇癖《かんぺき》が強い頼家はこの武士が漂わせるけものじみた賤《いや》しさに我慢がならなかった。理屈の通らぬ訴状を持ち込んだことに対する怒りが再び涌《わ》き上り、頼家はその金壺眼の奥に将軍に拝謁《はいえつ》した喜びが宿っていることに気づかなかった。

「そちの訴え、誠に不届きじゃ」

頼家は前触れもなく怒鳴りつけた。武士が驚いたように眼を見瞠《みひら》いた。広元と善信があわてたように腰を浮かし、頼家と武士の双方をうかがった。頼家も最初から怒鳴りつけるつもりではなかった。諄々《じゅんじゅん》と説き、最後に非法を戒めるつもりであったが、口の方が先にすべり出してしまった。頼家は、この武士がある寺の領家職を持つ郷に濫妨《らんぼう》を働き、所領を押領した件について、容赦なく叱りつけた。押領した上に領家の方を泥棒呼ばわりにするなど弓矢取る者の風上にもおけぬ、と怒鳴った。怒鳴るうちにますます感情が激していき、とうとう「うぬは御家人より召し放ちじゃ」とわめいた。

さすがに頼家も言い過ぎたと感じたが、自分にここまでの不快感を与えた者に思い知らせねば気がすまなかった。憐憫《れんびん》は一切不要と思った。

頼家は一方的にまくしたてると、呆然《ぼうぜん》とする武士を置いて即座に退出してしまった。武士はしばしその場で魂が抜けたようにすわり込んでいたが、やがてその金壺眼からぽろぽろと涙をこぼしはじめた。武士の様子を見かねた広元と善信が慰めの言葉をかけたが、武士はまったく耳に入らぬ様子で、ついに大きな声をあげて泣きはじめた。広元と善信は深い溜息をつき、苦り切った顔を互いに見合わせた。突然武士の泣き声が止《や》んだ。と同時に武士の体が野獣のように跳ね、広元と善信の前を塞《ふさ》ぐように手をついた。二人は驚き、ぎょっとして腰を引いた。

「お願いにござる」

武士の生暖かい息吹が二人の頬を撫でた。

「なにとぞいま一度のおとりなしを」

金壺眼が狂気じみて光った。

「まぁ落ち着け」

広元が困惑したように言う。頼家の性格を考えれば、今一度取りつぐことの結果は火を見るよりあきらかである。難しい顔になって広元は考え込んだ。横合いから善信が言った。

「この際、尼御台《あまみだい》様におすがりしてみてはいかがにござろう」

「うむ」

広元は善信の顔を見てうなずいた。

「それより方法はあるまい。このまま放っておいては訴人の一分《いちぶん》も立つまい」

広元はそう言って、横で異様な眼つきをしている武士をちらと見やった。

広元と善信は、この武士の件を尼御台所へまわした。

御家人たちに「尼御台」と敬称される北条政子《ほうじようまさこ》は、故頼朝の正夫人であり、頼家の生母である。

政子の威権は頼朝の死後、急速に高まった。これは政子が特別な政治力をふるったからではない。頼朝なき後、御家人たちの精神的支柱になり得たのは政子だけであったからだ。治承の旗揚げ以来、常に頼朝の側にあり、苦労をともにしてきた政子は、嫡男の頼家よりも頼朝に近い存在として感じられた。このため政子は、おのずと幕府内に特別な地位を占めるようになったのだ。

頼家の叱責を受けた件の武士は、広元と善信の計らいで尼御台所に参上した。武士が御座所に進み出て平伏すると、尼御台政子の隣に二人の男が同席していた。政子は勝気そうな眼で武士を見やり、同席者を紹介した。

「北条の四郎時政《ときまさ》殿と小四郎義時《よしとき》殿じゃ。大夫属《だいぶのさかん》殿（三善善信）からそちの話を聞き、ちょうど良いと思うて同席してもろうた」

「これはこれは」

同席者の名を聞いた武士はあわてて二人に会釈《えしやく》をした。尼御台政子は、ここにいる北条四郎時政の長女として生まれ、小四郎義時とは姉弟である。

「おおよそは大夫属殿から聞いていますが、いま一度詳細を聞かせてくれるように」

政子のよく通る声にうながされ、武士は頼家との経緯《いきさつ》を語った。

——わしは何も押領の事実を認めぬわけではございませぬ。ただあの領家の雑掌《ざつしょう》が、あのクソ坊主が、地頭《じとう》であるわしに正当な取り分をよこそうとしないので、腹を立ててあのクソ坊主どもを追い出してやったのでございます。するとあのクソ坊主どもはわしを泥棒呼ばわりにして訴え出ました。わしは泥棒呼ばわりされては弓矢取りの沽券《こけん》にかかわると思い、逆にクソ坊主どもを泥棒呼ばわりにして訴えてやったのでございます
武士は話し終えるとまじめな顔をして政子を見た。政子はこらえ切れなかったのか、袖で口をおおい小さく忍び笑った。武士はきまり悪げにうつむいたが、邪気のない政子の笑いに悪い感じはしなかった。政子は赧《あか》くなっている武士を見てあわてたように笑みを引っ込めると、父親に対して言った。

「時政殿、いかがしたらよろしゅうございましょうな」

時政は太った軀《からだ》を揺すり、白髪まじりの鬢毛《びんもう》をかき上げながら少し思案したすえ、隣にすわる小四郎義時に小声で言った。

「ここは五郎に働いてもらうよりあるまい」

義時は、そっけない顔で父の塩辛声《しおから》を聞いていたが「五郎には私から話しておきます」と答えた。

「それは良い」

　政子は、常に反応の鈍い弟の分まで声を弾《はず》ませて言った。

　五郎時連《ときつら》は時政の三男で、政子、義時の実弟であるが、北条一門でただ一人頼家の近習としてその側近く仕えている。如才がなく立居振舞の清々《すがすが》しい五郎時連は、頼家お気に入りの一人だ。

「そちの面目《めんぼく》、わしと小四郎がしかと引き受けた。ご安心召されよ」

　頼もしげな時政の言葉に、武士はかしこまって頭を下げた。

　政子が武士の方に向き直る。

「御所は未だ若輩ゆえ、なにごとも幕下と同じというわけにはまいらぬが、このたびのことで御所に遺恨を含むことのないよう尼は願っております。今後とも御所のことを頼みますぞ」

　武士は尼御台直々の言葉を賜わり、手をついて平伏した。

　感激の面持ちで武士が下ろうとしたとき、義時がこれを呼びとめた。懐から控えめにあや絹の包みを取り出して、武士の手に軽く握らせる。

「些少《さしょう》ながらお受け取り願いたい」

　武士は掌に砂金の重みを感じつつ眼を白黒とさせた。

「こ、このようなことまでしていただいては――」

武士はうろたえたように「お気持ちだけを頂戴《ちょうだい》つかまつります」と固辞した。

「小四郎の気持ちじゃ、受け取ってくだされ」

時政が大きな眼をぎょろりとさせた。

「こたびの訴訟はさぞ物入りにござったろう。われらはみな、ひとしく幕下の御恩を蒙《こうむ》った御家人同士じゃ。困ったときは相身互《あいみたが》い。己れの所領に執着を持たぬ者などあろうか。水くさい遠慮などしてくださるな」

武士の金壺眼に涙がにじんできた。

「こ、この御恩は生涯忘れませぬ。この後、わたくしめがお役に立つときがございましたら、いつでもお召しくださいませ。必ずや命を的《まと》のご奉公を申し上げるでありましょう」

武士が御前を退出し、後に親子三人のみが残ると、政子が嘆息してつぶやいた。

「御所はどうにも御家人たちのことがおわかりになっておられぬようじゃ。若過ぎるせいもあろうが、何より幕下（頼朝）のご逝去《せいきょ》があまり急であったことが悼《いた》まれてならぬ。幕下はあの子に武家の棟梁のあり方についてろくに伝える間もなく逝《い》ってしまわれた。ほんに幕下がいま少しこの世にあって訓育を施されておられれば、かように続けて面倒を起すこともなかったろうに」

政子がとりとめもなく言ったとき、時政がちらと義時の横顔を振り返った。

時政は政子に向き直った。

「それにしても尼御台。御所はどうしてああもご気性がきついのであろうか」

政子は弱く首を振った。

「じつはわたしもあの子のことはよくわからないのです。存知のとおり御所はお生まれになって以来ずっと比企廷尉《ひきていい》（能員《よしかず》）の館でお育ちになりました。わたしは実の母とは申せ、決められた日に短い時間お会いするだけ。それも多くの取り巻きたちが一緒で、わたしはあの子と二人きりで母子らしい話をしたこともないのですよ」

政子はそう言って表情を曇らせた。

時政は何度も大仰《おおぎょう》にうなずいていたが「じつはの、尼御台」と、その巨軀を揺すってすわり直した。

「これはわしだけの存念ではなく、小四郎や因幡前司《いなばのぜんじ》（大江広元）、大夫属らとよう話し合《お》うて諮《はか》ったことなのじゃが」

いつの間にか時政の表情がきびしくなっていた。政子も父の様子につられて容儀を改めた。

「これからしばらくの間、御所の政務直裁を停止《ちょうじ》してはいかがかと思うのじゃ」

政子が息を呑む。

「しばらくの間、政務はわれら宿老による合議制とし、御所にはその間、武家の棟梁としての器《うつわ》を磨いていただくこととする……。これはここに居る小四郎や他の宿老たちすべての総意じゃ」

政子の顔が次第に険しくなってきた。確かに頼家の振舞には将軍としての自覚に欠ける所が見られるが、直裁権停止は征夷大将軍の権威そのものにかかわってくる。頼朝の威名を損なうことにもなりかねない。

時政は政子の危惧《きぐ》を読み取ったのか、急に表情をやわらげた。

「尼御台、われら御家人の中に幕下の遺命にそむこうとする者はひとりもおりませぬ。われらはみな幕下の偉業を末代まで守り抜く覚悟。なれど御所を今のままに措《お》いては、征夷大将軍の権威を汚《けが》しかねませぬぞ。われらが恐るるはその事のみじゃ。むろん合議制は期間を限ったかりそめの処置に過ぎぬ。預かった政務はおりを見て少しずつ御所へお返しし、御所が一人前になられたならば、幕下のなされたようにすべての政務を親裁していただくこととする。いかがじゃ」

政子は硬い表情で時政の話を聞いていたが、やがて重苦しい声で言った。

「合議制が宿老たちの総意であるなら仕方あるまい。御所にもその責任はあるのじゃ。なれどこのことを御所が伝え聞けば、激昂《げっこう》するだけではすみますまいぞ。鎌倉が割れるようなことにでもなれば、わたくしは浄土で幕下にお合わせする顔がありませぬ」

　このとき義時が初めて口を開いた。

「それゆえ、このたびの合議制については尼御台直々のお指図としていただきたいのです」

　義時は表情に乏しい瞳でじっと政子の顔を見た。

「わたしに何をせよというのじゃ」

　政子は頰に苦笑をにじませた。

「御所の直裁権停止を、梶原平三《かじわらへいぞう》（景時《かげとき》）と比企廷尉の両名に対し、尼御台おん自らお命じになっていただきたい。梶原と比企がこの処置に従うならば、いかに御所がご不満でも勝手はなりますまい」

　義時はそう言うと「よろしゅうに」と頭を垂れた。

　政子は父や弟に何がしかの底意を感じたが、

「ようわかった。引き受けましょう。御所にはよい薬かもしれぬ。わたしもこの後は折あるごとに幕下の故例など伝え、御所の母としてのつとめを果たしたいと思います」

　と答えた。

政子の瞳が強い光を帯び、父と弟を交互に見すえた。

三

その日の早朝、西侍《にしざむらい》から寝殿へ通ずる廊下に荒々しい足音が響いた。血相を変えた頼家の背後に近習たちが続く。頼家の眼が廊下の中央に立つ一人の男をとらえた。その男を見留めると、ことさらに怒気をあらわし、押しのけて通り過ぎようとする。瞬間頼家は顔をしかめた。男が強く頼家の手首を握ったのである。

「平三！」

頼家はうなり、梶原平三景時の横顔を睨んだ。しかし景時は頼家の手首を離そうとはせず、引きずるように奥の一室へ押し込んだ。景時が蔀戸《しとみど》を閉じるや、頼家の方が先に口を切った。

「うぬはわしの後見であろう。わが父の恩を忘れたか！」

景時は黙って奥の円座をすすめた。

「宿老のうぬがこの件を事前に知らなんだはずはあるまい」

「いかにも存じておりました」

景時の落ち着き払った態度に、頼家は癇癪《かんしゃく》を破裂させた。

「知っておってなぜそのまま黙過した。うぬは腰抜けじゃ！」

頼家は手の扇子《せんす》を投げつけた。扇子は景時の厚い胸板に当り、床に落ちた。筋ひとつ動かさず頼家を見る。ぷいと頼家が横を向いたとき、雷鳴のとどろくがごとくに景時が発した。

「たわけた振舞はいい加減に召されい」

顔色ひとつ変えぬのに、すさまじい迫力があった。

「御所、この鎌倉は強い者しか生きてゆけぬ所じゃ。その事しかと肝《きも》に銘じられよ」

頼家は目を剝《む》いた。

「何を抜かす！　己れの不始末を棚に上げて予を弱武者呼ばわりするか」

面を紅潮させせて頼家は腰を浮かした。

景時が軽く目礼して立ち上る。

「御所、なぜかような仕儀となったのか。誰が仕掛けたものなのか。とくと考えてから騒がれることじゃ」

「待たぬか！」

頼家は叫んだが、すでに景時は背を向けていた。蔀戸がゆっくり閉まって景時の姿が消え、床に先ほど投げつけた扇子だけが残された。

「くそったれ！」

頼家は扇子を蔀戸に叩きつけた。

それから八日後、頼家は侍所《さむらいどころ》別当、梶原景時を呼びつけると、新たな命令を布告した。

――将軍に対するお目見得《めみえ》は特に頼家の選んだ五名の近習のみとし、他の者は許可なく将軍にお目見得することを禁ず。また前記五名の者は将軍の思し召し《おぼめ》格別の者であるゆえ、市中で狼藉《ろうぜき》があろうとも、これを勝手に処罰することを禁ず――という内容で、直裁権停止に対する報復だった。

景時は何も言わず頼家の命を拝受して退出した。そのまま政所の大江広元、問注所の三善善信に伝える。

「なんとまた拗《す》ねた童《わらわ》のようなことを……」

まず広元が嘆息をついた。

「平三殿は侍所別当であろう。なぜ御所に意見されなんだ」

二人の吏僚は口を揃えて言った。

しかし景時は思いがけず眼を怒《いか》らせ二人を威嚇《いかく》してきた。

「ご両所、己れの職責をわきまえられよ。将軍家の命を直接奉行する者が、御所の下命を軽んじては、亡き幕下に対する不忠ぞ」

「何をいわれる。われらは将軍家大切を思うゆえ、御所の威を損ねかねぬこたびの御命を案じておるのだ」

広元の言葉に、景時の眼が凄みを帯びて光った。

「因幡前司、御所を侮《あなど》るか」

広元と善信の顔が紙のように白くなる。

「これは将軍家直々の命じゃ。懈怠《けたい》なく行なわれるべし」

射すくめるような景時の眼光に、二人は気圧《けお》されてうなずいた。

このころ、頼家は比企能員邸で気に入りの近習衆を前に盃を傾けていた。頼家は比企能員の妻を乳母《めのと》としてこの邸に育ち、能員の娘、若狭局《わかさのつぼね》との間に一子一幡《いちまん》をもうけている。生まれ育った比企邸は、頼家の実家といってよい。

頼家は酔いに充血した眼に皮肉な色を浮かべていた。

「ご老体どもが予に休みをくれたわ。ありがたく頂戴して酒を飲み女でも抱こうぞ」

一息に盃を干す。

「予はあの分別顔の親爺どもと違《ちご》うて若いのじゃ。予が充実するころには、親爺どももはみな杖にすがって歩きおろう。その時にはたっぷりとこたびの礼をさせてもらう」

　頼家は盃を置き、北条五郎時連の顔を見た。

「のう五郎、そちの親父の時政と兄の義時にはとりわけ念入りにさせてもらいたいがかまわぬか」

　頼家は荒《すさ》んだ眼で、五郎の反応をうかがった。

「御所のご存分に」

　五郎は、はっきりと顔を上げて言った。

「ほう」

　頼家は屈託を感じさせぬ五郎の瞳に見入った。

「父や兄が没落してもかまわぬか」

「代りに私めにご厚恩を賜われば」

　五郎はぬけぬけと言ってのけた。

　頼家は一瞬毒気を抜かれたようにきょとんとしたが、すぐに手を拍《う》って大笑した。

「愉快じゃ」

　心地良げに五郎へ盃を突き出す。

「取らす」

五郎は盃を受け一息に飲み干した。すずやかな立居振舞である。

「親父や兄とは似ても似つかぬ」

頼家はそうつぶやき、急に考え込むような表情になった。座が沈黙した。頼家の横に侍《はべ》る比企弥四郎《やしろう》が、座を取りなそうと元気の良い声を上げる。

「ときに御所、あの安達弥九郎《やくろう》めに女ができたことをご存じにおわすか」

頼家は眼を上げた。

「なんとな。して、いかなる女子《おなご》じゃ」

「なんでも京下りの白拍子《しらびようし》とか。弥九郎め、他人《ひと》の女遊《あそ》びを咎《とが》め立てしながら、己れが白拍子を引っ張り込むとはまこと不埒《ふらち》な奴にございます」

比企弥四郎は頼家の顔をうかがった。

「おお、その話ならわしも聞いておる」

と他の近習たちも応ずる。

「なんでも女の側を離れたくないばかりに任国の三河《みかわ》へ出向する日を延ばし延ばしにしておるとか。あのカタブツがえらいことになったものじゃ。それにしても弥九郎めはいかなるふうに女をくどくのかの。あの取り澄ました顔で『ソチナシデハワシハイキテユケヌ』などとほざきおるのかのう」

近習が弥九郎の口真似をしてみせ、一座はどっと沸いた。

しかしともに笑った頼家が突然怒気を顔に表わした。

「たわけめ！」

頼家は安達弥九郎のまじめくさった顔を見るたびに小癪《こしゃく》な思いがしてならなかった。

「あの者、尼御台や北条にへつらい、いい気になっておる。三河国は近年盗賊の押妨《おうぼう》度々に及び、往来の旅人を悩ませておる。三河は安達の任国。かような懈怠《けたい》は許せぬ。予をないがしろにする振舞じゃ」

頼家は憎々しげに顔をゆがめた。

座が再び静かになったとき、体格の良い中年の男が入ってきた。この邸《やしき》の主《あるじ》、比企廷尉能員である。比企能員は常と変らぬ快活な表情を見せて頼家に挨拶した。

「御所、こたびの事、気に病まれるには及びませぬぞ。この廷尉も宿老のひとりなれば、かの合議制などたちまち骨抜きにしてご覧に入れ申す」

「言うな」

頼家は横を向いた。

「かの者たちには、予が幕下に劣らぬことを思い知らせてくれるわ」

「おお、その意気にござる」

能員は破顔して大きくうなずいた。

「この廷尉、御所のお気持ちが少しも萎《な》えておられぬのを知って安堵《あんど》いたしました」

能員は頼家の盃に酒を満たした。

「今宵はこちらにお泊まりになられ、ゆったりとされることです。一幡若君もちょっと見ぬ間に一段と大きゅうなられて爺などの腕にはずしりとこたえますぞ。若狭も首を長うして御所のおなりを待っておりましょう」

能員はそう言って少し曖昧《あいまい》な笑みを浮かべた。頼家は体の奥に、若狭の粘りつくような肌のぬくもりが蘇ってくるのを感じた。

この年の八月十九日、鎌倉は殺気だった雰囲気に包まれた。甲冑《かっちゅう》に身を固めた武士たちが松明《たいまつ》を手に続々と御所に向って集まりつつあった。征夷大将軍頼家の命により安達弥九郎景盛《かげもり》の追討が発せられたのである。

頼家はこの三月《みつき》の間、安達弥九郎に対し、執拗《しつよう》に三河国下向を命じていた。弥九郎が、盗賊の害は追捕使《ついぶし》を送るほど甚大ではないとして、なかなか命《めい》に従おうとしなかったことが、頼家を意地にさせた。

「本来の任を果たせぬというなら、三河国守護職は召し上げじゃ」

頼家の威嚇に、弥九郎は渋々《しぶしぶ》腰を上げ、三河国へ向けて出発した。

頼家は近習たちとともに弥九郎の一隊を見送った。

――弥九郎め、さんざんに手間取らせおって。あやつは尼御台の仰せなら素直にきくという。幼少の頃より大人の顔色を見て器用に立ちまわる虫の好かぬ奴だった。わしの命をきかぬのも、きかずとも大事あるまいと思うておるからじゃ

頼家の胸に弥九郎に対する憎悪がふつふつとたぎった。

「弥九郎めはお役目と女のどちらを大切に思うておるのでありましょうや。ほんに女々《めめ》しき奴にございます」

背後に控える比企弥四郎が言う。

弥四郎の言葉を聞いたとき、頼家は弥九郎に対する鬱陶《うっとう》をきれいに晴らす方法を急に思いついた。弥四郎を手招きして耳打ちする。

「そち、弥九郎の女をさらってまいれ」

頼家の眼は弥九郎を苦しめることができる悦びに異様に光っていた。

三河国へ下った弥九郎は、一月たつかたたぬうちに鎌倉へ戻ってきた。この弥九郎の態度は、頼家から女を寝取ったやましさを消し、代りに憎悪を倍加させた。

御所の一室で、頼家は三河国下向《げこう》の報告に参上した弥九郎と対面した。

「かの地においで各所を探索いたし申したが、すでに一味の輩《やから》は他国へ逃亡した模様……」

弥九郎は儀礼を守った態度で言ったが、その眼には恨《うら》みがにじんでいた。

「各所を探索したとな」

頼家は弥九郎を睨んだ。

「それにしては早いではないか。うぬはいったい幾日三河に滞留したのじゃ」

「十日ほどにございます」

「うぬはわずか十日で三河国中を探索できるのか。これは驚いた」

弥九郎は唇をかんだ。恨みが染みた弥九郎の眼と頼家の視線がぶつかった。

「何じゃその眼は」

顔を真赤にして頼家は立ち上る。

「うぬの懈怠は許せぬ。謹慎《きんしん》じゃ。甘縄《あまなわ》に戻って謹慎しておれ。ただちに鎌倉より失《う》せよ！」

弥九郎は深く一礼したが、その場を動こうとしなかった。

頼家は大きく息をつき、その姿を上からじっと見下ろした。

「弥九郎。女を返して欲しいか」

いたぶるように言う。

「女は返さぬぞ。うぬのごとき不忠を働く懈怠者には返さぬ。わかったらとっとと失せよ」

しかし弥九郎は石のようにすわり続けた。

頼家は嘲笑《わら》った。

「年寄りのご機嫌取りだけが取り柄で、まったくの臆病者であるうぬが、こと女となればさように性根がすわるか」

空気が緊迫し頼家の手が佩刀《はいとう》に伸びた。

「御所！」

傍らの近習が頼家を押さえ、残りの近習たちが弥九郎の腕を左右から取り部屋の外へ引きずり出した。揉みくちゃにされた弥九郎の眼に、深い軽蔑が宿っているのを頼家は見た。

翌日、安達弥九郎景盛が謀反《むほん》を企てているとの注進が幕府に入った。これに対する頼家の動きは、まるで注進を待っていたかのように敏速であった。

――弥九郎め、女で身を滅しよるわ
御家人たちは、頼家の下命《かめい》を受けて御所へ向って駆けつつ、そう思った。

安達家は先代頼朝との所縁《ゆかり》が深く、弥九郎の父、藤九郎盛長《とうくろうもりなが》は、頼朝がまだ伊豆の流人《るにん》であった頃から仕えてきた。このため所領も多く、御所に参集した御家人たちの顔は、大きな期待に輝いていた。誰もが自らの手で安達父子の首をあげ、いちばん多く褒美《ほうび》をもらおうと張り切っている。御所内には数多《あまた》の篝火《かがりび》が等間隔に並び、真昼のようにあたりを照らし出していた。頼家自ら具足をつけ、滞りなく合戦の支度も整いつつある。

「みな集まっておるか」

頼家は甲冑姿で居並ぶ近習衆へ向けて鋭く発した。

「すでにみなの者、石の御壺《おつぼ》に馳せ集まり、御所のお成りをお待ち申しております」

「うむ」

頼家はすっくと立ち上り、勢い良く蔀戸を開けて、外に出た。立ちはだかっていた梶原平三景時とぶつかる。景時が一礼した。

「何用じゃ」

頼家は不機嫌に横を向いた。

「御所、巷《ちまた》では『御所は横恋慕した女を取り上げるため、安達を三河にやり、望みを達するや邪魔になった安達を誅《ちゆう》すのだ』との流言《りゆうげん》がささやかれておりますぞ」

頼家は一瞬顔色を変えたが、挑むように景時を睨んだ。

「何とでも言わせておけばよい。予は将軍である予の命に服さぬ者を誅すのじゃ。止めだては無用」

「止めはいたしませぬ」

景時は言った。

「御所、理由の是非《ぜひ》はいかにあれ、いったん事を起した以上、必ずお仕遂げ下され。何があろうとも安達父子の首を挙げられるべし」

「言われるまでもない。弥九郎の首を挙げねば将軍としての面目が立たぬわ」

景時は深くうなずき「今のお言葉、お忘れあるな」と言った。

暁闇《ぎょうあん》のころ、頼家の近習小笠原長経《おがさわらながつね》を大将とする討手《うって》は御所を出立し、甘縄の安達邸へ向った。頼家は、安達父子討滅の報を、具足姿のまま庭に出て待った。

「お使者にございます」

近習の声に「おう」と頼家は立ち上った。

「早かったの」

笑みを浮かべて見やると、近習は面を伏せていた。

「いかがした……」

頼家は訊ねたが、近習の後ろから現われた男を見て顔をしかめた。やって来たのは甘縄からの使者ではなく、尼御台政子の使者、二階堂行光《にかいどうゆきみつ》であった。

頼家は行光に向って怒鳴った。

「これは表向きの事、口出しは無用に願いたいと母上に伝えよ」

しかし行光は落ち着きはらって言った。

「尼御台様はすでに甘縄の安達邸に渡御《とぎょ》されておられます。御所様が敢えて安達邸をお攻めになるなら、まずご自身最初の矢にあたって果てられるとの仰せ」

行光の口上《こうじょう》に頼家は顔を紅潮させ唇を震わせた。

「な、なぜ母上はそこまで安達を庇《かば》う。わしより安達の方が大切なのか」

ややあって討手に向った小笠原長経より使者が到着した。使者は尼御台政子が安達邸の正面に頑張っており、いかんともしがたいことを告げた。

「致し方あるまい……」

頼家は力なくつぶやき、撤兵を命じる使者を出した。頼家は気の抜けたような足取りで二、三歩進んだが、ふいに激情が蘇ってきた。眼を剝《む》いて近習たちを睨みつける。

「母上にいらぬ事を吹き込んだのは誰じゃ。そやつを探し出し、首を刎《は》ねてここへ持って参れ」

胸の奥から次々と鬱憤《うっぷん》が涌き出し、近習たちに当り散らした。ふいに鋭い視線を感じた。振り返ると梶原景時の姿があった。頼家は急に黙り込んだ。景時は無言のまま頼家の顔を見ていた。

四

この騒ぎから約三月後の十一月十二日、政所別当の大江広元が困惑した表情で頼家のもとに伺候《しこう》した。

「じつは御所にお目にかけたいものがございます」

広元はそう言って分厚い書状を頼家の前に差し出した。一読した頼家は驚いて広元の顔を見た。

「どういうことなのじゃ」

広元は苦渋をにじませながら答えた。

「ご覧になってのとおり梶原平三景時に対する弾劾《だんがい》状にございます。鎌倉中の主な御家人たちすべてが署名いたしております。先月の二十八日、和田義盛《わだよしもり》が私のもとに持って参りました」

「して、なぜかような仕儀となった」

「事の起りは先月の二十五日、結城朝光《ゆうきともみつ》が故幕下（頼朝）への一万回の念仏供養を提唱したことに始まります。じつはあのおり、結城朝光が幕下の治政を懐かしむ発言をいたしました」

「うむ」

頼家は知っているという表情でうなずいた。

「ところがその翌日、結城朝光は自分が誅殺されると聞かされ、狼狽《ろうばい》して三浦義村《よしむら》の邸に駆け込んだとのこと」

「なぜ結城が誅殺されねばならぬ」

「先代を懐かしみ当世を謗《そし》った不忠赦《ゆる》し難しとて、梶原平三が結城誅殺を御所に進言したとの話を、ある者が結城に告げたようにござる」

「さような事を結城の耳に入れたのは誰じゃ」

「それが……」

広元は声を低めた。

「どうも阿波局《あわのつぼね》のようにございます」

「阿波局とな……」

頼家は阿波局の心棒が欠けたような白い顔を思い浮かべた。局は尼御台政子の実妹にあたり、故頼朝の次男で頼家の実弟である千幡《せんまん》の乳母をつとめている。頼家にとっては叔母《おば》に当るが、局は実家の北条邸に居るためあまり行き来はない。

「口さがない女じゃ。勝手なことをしゃべりおって」

頼家は腹立たしげに言って広元を見た。広元は軽く会釈したが、ふとその眼が自分を憐れんでいるように感じられた。

　広元は言った。

「御所、梶原平三は御家人衆には不人気な男にございますが、幕下第一の郎党として将軍家に大功のあった者にございます。今の御所にもまだまだ必要な男であるはず。それゆえ何とか和睦《わぼく》の方途を探さんと連判状を私の手許に留め置きましたが、もはや私の手には負えませぬ。一昨日、御家人どもが強硬に連判状の提出を求めにやって参りました。御所、御家人どもは本気ですぞ」

　広元は言い終えると、逃げるように頼家の面前から姿を消した。

　頼家は即刻、梶原景時を召し出した。連判状を景時の前にひろげる。

「この鎌倉の主な御家人すべてが、そちへの弾劾状に名を連ねておる。どうするつもりじゃ」

　景時は無言で頼家を見た。

「どうするつもりじゃと聞いておる」

　頼家は焦《じ》れたように言葉を重ねた。

「御所……」

　景時は重い口を開いた。

「この鎌倉の棟梁は御所におわす。すべては御所がお決めになること。この平三は御所の仰せに従うのみにござる」

「平三！」

　頼家は叫んだ。

「わしはそちがなぜ鎌倉中の御家人から指弾されるに至ったかを述べよと申しておる。そちと同じく予の後見をつとめる比企廷尉の名まであるぞ」

　景時は静かに顔を上げると、いたましげな眼で頼家を見た。瞬《まばた》きもせずに頼家を見つめる。頼家は居心地悪げに足を組みかえると念を押した。

「この連判状について申すことは何もないというのだな」

「御所の命に従うのみ」

　景時の眼が暗い膜でおおわれたように翳《かげ》った。

　梶原平三景時は弾劾状に対し、何ら弁明することなく相模《さがみ》一の宮の自領へ帰っていった。頼家はさすがに景時を失うことに惧《おそ》れを感じ、比企能員邸滞在中、梶原一族のひとりである景茂《かげもち》を比企邸に呼び寄せた。景茂は景時との連絡のため、ひとり鎌倉に残っており、頼家は比企能員に御家人たちと梶原景時との間を周旋《しゅうせん》させようと考えたのだ。しかし能員は景時の所業を悪《あ》し様に言い、「君側《くんそく》の奸《かん》、梶原景時を追放すべし」とくりかえした。

　困惑した頼家に能員は言った。

「御所、この廷尉ある限り、決して御所に仇為《あだな》す者を措きはいたしませぬ。ご安心召されよ」

頼家は比企能員の態度を景茂に伝えた。景茂は落ち着いた様子で「一の宮の景時にはしかとそのように伝え申す」と言った。頼家は景茂の冷静な瞳に強い非難がこめられているのを感じ、なだめるように言って聞かせた。

「いま、源氏一族の長老たちに周旋させるべく広元と善信に申しつけておるところじゃ。しばし待て」

しかし新田、大内《おおうち》ら源氏の長老による調停は不調に終わった。御家人たちの結束は、長老たちが首を傾《かし》げるほどに固かった。十二月十八日、梶原景時の追放が正式に決定。

景時は年が改まった正治二年（一二〇〇）一月十九日、一族を率い京都をめざして出奔《しゅっぽん》した。すぐ鎌倉より追手が差し向けられたが、景時一族は追手にかかる前に、駿河国清見関《するがのくにきよみのせき》で在地の武士たちによって悉《ことごと》く討ち果たされた。

数日後、景時の首が実検のため鎌倉へ送られてきた。

――身から出た錆《さび》じゃ。成仏せい

頼家は景時の首につぶやいた。

五

梶原景時滅亡後、鎌倉と頼家の周囲は落ち着きを取り戻した。停止《ちょうじ》されていた直裁権も少しずつ頼家の手に戻され、政務を裁き蹴鞠《けまり》に興じる日々が続いた。一芸に秀でた者を側近に集め、己れの手足として自在に使いこなしはじめた。頼家は、自信を回復しつつあった。

尼御台政子の訪問を受けたのは、そんなある日のことである。

「お呼びいただければ、こちらから出向きましたものを」

頼家は機嫌よく政子を迎えた。

「畏れ多いことを申されますな。わが子とは申せ将軍家を呼びつけなどしては罰《ばち》が当りましょうぞ」

政子は微笑《ほほえ》んだ。

「じつは、この尼の頼みを聞いていただきたくて参りましたのじゃ」

政子は言った。

「なんなりと仰せ下され。母上の頼みとあらば、いかような事でもお聞き届けいたしましょうぞ」

頼家は胸を張って応じた。

「お言葉をうかがい安堵いたしました」

政子はうれしげに居住いを改めた。

「じつはの、わが父北条四郎時政殿の事じゃ」

政子の口から出た名に、頼家は複雑な顔をした。脳裡を達磨《だるま》に似た北条時政の風姿がよぎる。政子の声が耳奥に響いた。

「――時政殿を『遠江守《とおとうみのかみ》』に任官させていただきたいのじゃ」

頼家は一瞬狐につままれたような面持ちで政子を見た。

「お願い申す」

深々と頭を下げる。

「母上……」

頼家は顔を緊張させた。

「幕下――父上の遺命をお忘れか。『受領《ずりよう》への任官は源家一族の者に限り、御家人にはゆるさず』と定められたのをお忘れか」

「それはようこの尼も存じております」

政子が膝を乗り出してくる。

「確かに時政殿は幕下とはまったくお血筋はつながりませぬ。なれど当世殿（頼家）には実の祖父ではありませぬか。源家一族の待遇をお与え下されても幕下の定めに背くことにはなりますまい」

　頼家は沈黙した。政子の背後にある時政とその子義時に危険な匂いを感じたのだ。

「大事ゆえ即答はしかねまする。数日お待ちになるように」

　硬い表情で政子に申し渡した。

　頼家は北条時政任官について、まず大江広元と三善善信に諮《はか》った。意外なことに両名ともまったくこの件に異を唱えようとはしなかった。

　頼家は両名を交互に見すえ、

「幕下の遺命に外れることとは思わぬか」

　と問うたが、

「尼御台様の仰せであれば間違いありますまい」

　と答えるのみであった。

　頼家は続いて比企能員に諮った。

「さほど深刻にならずともよろしかろう。『遠江守』くらいくれてやりなされ。御所はいずれ大納言、大臣になられるお方ではありませぬか。確かに同じ御家人として時政に先を越されるのは悔しいが、行く行くは御所とわが娘若狭の間に生まれた一幡君が跡をお継ぎあそばされるはず。そのあかつきには私めも受領の位をいただきたいものじゃ」

そう言って能員はほがらかに笑った。

頼家は和田、三浦、畠山ら主な御家人に残らず諮問したが、誰ひとりとして反対する者はなかった。御家人たちは自分にも受領に任官する道が開けたことを喜んでいた。誰もその気持ちを隠そうとすらしない。彼らはみな北条父子に一目おいていた。頼家は時政が自分の祖父であるゆえのことと思いたかったが、とてもそれで納得しきれるものではない。御家人たちの様子は以前とは変ってしまっていた。ようやく「重し」がとれたとばかりに勝手な方向へ翔《と》んでいこうとしているようだ。北条父子が一目おかれているのは「重し」を取り除かんとする張本《ちょうほん》だからではないのか。

この年の四月十九日、北条時政は従五位下遠江守に任ぜられた。即日、時政は義時を連れ、頼家のもとへ御礼言上《ごんじょう》に訪れた。鎌倉中より集まった源氏の一族、主だった御家人たちが満座を埋めつくす中、頼家は北条父子を引見した。時政は絹の紋織物で製した狩衣《かりぎぬ》を身につけ、仰々《ぎょうぎょう》しく任官の礼を述べた。一歩退いた所に義時が控えている。義時は父の口上を無表情に聞き、父に従って黙念と頭を下げた。頼家は父子の様子を見るうち、ふと寒気を覚えた。満座の御家人たちを従えていながら冷たい風が躰《からだ》に直接当るのを感じた。取り返しのつかぬことをしたのではないかという惧《おそ》れが頼家の心を重くとらえて放さなかった。

その夜、頼家は深更に目を醒ました。寝間を出て庭に下りる。夏を間近に控えた夜の庭は単衣《ひとえ》でも寒さを感じることはない。自ら手燭をかざして庭石を踏み、小さな池の前にたたずんだ。ごく浅いはずの池の水面《みなも》は夜闇を吸い込み黒々とした厚味を帯びていた。

「そうだったのか」

頼家は声に出してつぶやいた。

――あれは北条の罠《わな》だったのだ

手燭を水面にかざす。黒い水面にぼんやりと顔の輪郭が浮かび上った。水に映った己れの顔が、別の男に変っていく。

――平三……

頼家は低くうめいた。しんとした闇の中で頼家の脳裡は冴えわたった。

――あの事件で結城朝光に「梶原景時が朝光を誅殺しようとしている」と吹き込んだのは阿波局だった。薄ぼんやりとしたお喋り女房の愚挙としか思わなかったわしは、なんと馬鹿な男よ。梶原平三は父上が遺された「掟《おきて》」の番人のような男だった。あの男だけは父上が亡くなられた後も、それに忠実であったのだ。だから北条は平三を恐れた。平三さえいなくなれば己れの出る幕が来るというわけだ。では北条の狙いは何か。わしは幕下（頼朝）の血を受け継ぐ者が、わしの他にもう一人いることに気がつかねばならなかった……。わが弟、千幡だ。あの病弱な少年の乳母が阿波局ではないか。そして阿波局は北条一族の女じゃ。時政の娘で尼御台の妹じゃ。この一件で阿波局を操っていたのは、おそらく局の夫の阿野全成《あのぜんじょう》であろう。あの目立たぬ男、北条の入婿のようになっているが、思い返してみれば幕下の弟、わしの叔父、源家の一族じゃ。わしが消え千幡が将軍になれば、あの男は将軍の養父として大きな力を持つことになろう。あの事件は阿野全成と北条父子が結託して仕掛けた罠だったのだ

頼家はここまで思い至ると、手燭を池の中へ投げ捨てた。たちまち漆黒の闇が頼家を包む。やり場のない怒りが五体に溢《あふ》れてきた。

――わしはどのようなことをしてでも平三を庇《かば》わなければならなかった。平三を庇い通すことは、わが身を守ることでもあったのだ

頼家は景時に御家人の連判状を見せ、申し開きをするよう迫った日の事を思い出した。あのとき「なぜ鎌倉中の御家人から弾劾されるに至ったかを申せ」と言った頼家の顔を、景時はいたましげな眼をして見返した。

――さもあろう。「なんと愚かな将軍よ」と思ったことであろう。この鎌倉は道

理など少しも通らぬ所じゃ。ここでは小さな傷ひとつがたちまち命取りになる。御家人どもはみな横眼で誰が次に弱味を見せるか、うかごうておるのだ。そして誰かが傷ついた動きを見せるや、その者にみなで襲いかかり食いつくしてしまう。平三はわしを信じわしのために傷ついた。しかしわしはその平三をむざむざと死なせてしまった。わしは将軍でありながら、この鎌倉の真の姿すらわかっていなかった

頼家はふと背筋に冷たい汗が流れているのを感じた。周囲の闇が凶々《まがまが》しく牙を剝いているようであった。

——もはや北条がわしに仕掛けてくるのを阻める者は居《お》るまい。だが征夷大将軍であるわしが、清和源氏嫡流であるわしが、北条ごときの勝手を許すことなどできようか。幕下から尊い血筋を受け継いだわしは、武家の秩序を守るべくして生まれたのじゃ。北条の勝手など決して許さぬ

頼家はひとりになった実感を噛みしめるように、四囲《しい》を厚くおおった闇を睨みすえた。

六

頼家は北条一族打倒を心中深く決意した。北条一族を斃《たお》すことによってのみ征夷

大将軍の権威は亡き父のころの姿に戻るのだ。

頼家は自分の周囲を守る近習衆のてこ入れからはじめた。北条時政の三男である五郎時連を思い切って重用《ちょうよう》する。周囲はこれを諫《いさ》めたが、頼家は耳を藉《か》さなかった。

いまの頼家に安心して使える武力は、比企一族のみである。

比企一族は頼家を養君として育《はぐく》んできた家であり、両者の紐帯《ちゅうたい》は血のつながりよりも強い。しかし比企一族のみの武力では、北条を斃《たお》せない。また北条を斃すには、それにふさわしい大義名分が必要である。

頼家は自分の地位を最大限につかわねばならぬと思った。征夷大将軍として全御家人の上に君臨する頼家が、大義名分によって動員令を発すれば、御家人どもは争って北条の喉元を食い破るであろう。

北条を斃す大義名分を得るには北条一門内に楔《くさび》を打ち込む必要があった。頼家は五郎時連を比企弥四郎ら比企の子弟とともに、常に連れ歩き蹴鞠を共にした。

建仁二年（一二〇二）六月のある日、頼家は北条五郎、比企弥四郎ら近習衆といつものように蹴鞠を楽しんだあと酒宴に入った。顔を揃えたのは常に頼家に近侍する者たちばかりだったが、この日に限って座に白拍子たちが侍っていないのが奇妙であった。

大盃をあおりつつ列座の者を見まわしていた頼家が、ふと五郎に目を留めた。

「五郎」

酔いにふちの赧《あか》らんだ眼で北条五郎を見やる。比企弥四郎らの盃を持つ手が止まり、鋭い視線を五郎へ投げかけた。座の気配が緊迫する。弥四郎らはいつでも腰刀に手をかけられる体勢にあった。殺気の見え隠れするなかで、五郎は平然と盃を傾けていた。

頼家の眼が凄味を帯びて光った。

「五郎、身の危険を感じぬか」

五郎時連は静かに盃を置いた。

「よほど鈍い者でも感じぬわけには参りますまい」

しかし、その頬には微笑が浮かんでいる。

「五郎、名を変えよ」

頼家は突然に言った。

「そちの名『時連』は銭を連《つら》ぬくに当り卑しい。予が『時房《ときふさ》』という名を与える。受けるか」

ためらうことなく五郎は答えた。

「御所より名をたまわること、この五郎の本望にございます。さすれば親より授かり名も惜しくはございませぬ」

頼家は一座を見渡して言った。

「五郎は予が直々に名を与えし者じゃ。皆もそのこと肝に銘じて忘れるな」

盃を一息に干す。

「五郎は決して逃げぬぞ。予が健在でおるかぎりな……」

頼家の瞳に凄愴《せいそう》な光が宿り、列座の者たちは息を呑んで主人《あるじ》の姿を見つめた。


狙っていた機会が訪れた。ある夜、名を時房と改めた北条五郎が、頼家のもとへ伺候して告げたのだ。

「御所、阿野全成殿が動き出したとのこと」

「わが舎弟、千幡の擁立を謀《はか》っての企てか」

「御意《ぎょい》」

五郎はうなずいた。

その報告によると、全成は妻の阿波局が乳母をつとめる千幡を次期将軍に立てるため、京都の朝廷に対し画策しているという。全成は頼家の追放を前提に、頼家の嫡子一幡を除き、千幡に対し将軍宣下《せんげ》が与えられるよう、朝廷の要路へ極秘に働きかけていた。全成と朝廷との連絡には、在京している全成の子、頼全《らいぜん》が当っているとの事。むろん全成の背後には北条時政、義時父子がいる。

「千幡が将軍になれば、幕府は北条父子の思いのままだな」

頼家は稚《わか》い千幡の蒼白い横顔を思い浮かべた。

「五郎よ、予は時政と義時を誅する。このこと、しかと胸に刻んでおくがよい」

「御意《ぎょい》」

五郎はまっすぐに頼家を見た。

「父兄を誅さるるとも迷わぬな」

「さにあらず」

五郎は屈託のない表情で笑みを浮かべた。

頼家も釣られて笑った。

「怖じ気づいたのなら、今から父兄の許に戻っても良いぞ。止めはせぬ」

「この五郎の胸中は誰よりも御所がご存じのはず」

頼家は軽く首を振り、戯《たわむ》れるように言った。

「予もそちのことはようわからぬ。わかっておるのは、そちも面《つら》の皮一枚剝《は》げば、時政や義時と同じほどに欲の皮が突っ張っておることくらいじゃ」

「見そこなっていただいては困ります」

五郎は言った。柔和な微笑をたたえてはいたが、その瞳の奥は気色《けしき》ばむほどに真剣であった。

「御所、私は黙っていても家督を継げる父や兄とは違います。父や兄と同じに生きて浮かぶ瀬などありましょうや」

五郎の両眼にちらと嘲笑がまたたいた。端正な面ざしから放たれた眼光が、鋭く頼家を射抜いていた。

建仁三年（一二〇三）五月十九日、頼家は阿野全成を謀反のかどで捕えた。

全成の逮捕は北条父子に大きな衝撃を与えた。全成が謀反人と定まれば、頼家に北条一門誅伐《ちゆうばつ》の口実を与えかねない。頼家はその翌日、全成の妻、阿波局逮捕のため尼御台政子邸に兵を送った。

頼家方は多数の兵で尼御台邸を囲み、強硬に阿波局の引き渡しを要求した。だが政子の態度はより強硬だった。頼家に対し「仮りに全成に謀反の事実があったとしても、女人である阿波局にそのような大事が洩らされるはずはない。姉である自分が局の潔白を請け合う」と申し入れ、決して頼家の要求に応じようとはしなかった。

「やはり尼御台は北条の人間じゃ」

頼家の背後に控える比企弥四郎が舌打ちし、

「御所、尼御台邸の門を破り、力ずくで阿波局を引っ捕えましょうぞ」

とほえた。

しかし頼家は首を振った。

「今はそこまでせずともよい。母上の身に間違いがあっても困る……」

頼家は胸に蕭条《しょうじょう》と風が吹き抜けるのを感じた。政子は身を張って妹である阿波局を守ろうとしている。阿波局を守るということは、北条一門と千幡を守るということにつながる。政子はこのたびの頼家と北条一門の相剋《そうこく》をどのようにとらえているのであろうか。頼家を理不尽な圧迫者と見ているのであろうか。

「尼御台は御所より千幡君の方が可愛いのでございましょう」

背後で比企弥四郎の憤然《ふんぜん》とした声が響いた。

頼家は先刻の政子の口上を反芻《はんすう》した。

──仮りに全成に謀反の事実があったとしても……

「全成は、──叔父御は切り捨てられたな」

頼家はつぶやいた。北条の入婿にまでなった源氏長老の末路であった。

この年六月二十三日、頼家は常陸国《ひたちのくに》へ追放していた阿野全成を誅殺させた。頼家は全成を殺すことで、さらに北条氏への圧力を強めた。もし北条氏が少しでも隙《すき》を見せれば直ちに誅伐命令を出すつもりだった。さすがに北条父子は抜目がなく、謀反の証拠をつかまれる真似はしなかったが、頼家はじっと北条父子が小さなほころびをみせる時を待った。心配なのは母であり、今は北条の楯となって身を張る政子の動向であったが、今度こそ政子の介入を許さず時政と義時を討取る覚悟だ。

——源家のため、将軍家のため北条父子だけはなんとしても討取らねばならぬ。いつ五郎が親父と兄貴のしっぽをつかんで来るかだ

頼家は緊《しま》った表情で思案を続けた。すでに夕闇が迫り、あたりは影を濃くしていたが、暑気は容易に引かなかった。

頼家は井戸端に出て何杯も水をかぶった。気合を入れようとしたのだ。そして雫《しずく》を全身から滴《したた》らせたまま、階《きざはし》に腰を下ろし思案の続きにふけった。思案に没入する頼家の視界にひとりの男が映った。藤蔵《とうぞう》という下僕で、ときおり姿を見かける。藤蔵は手に大きな布を持っていた。頼家が不機嫌に横を向く。思案の邪魔をされたくなかった。藤蔵は頼家の前にうずくまり、しばしおずおずとしていたが、やがて思い切ったように発した。

「御所様、まだ暑い時期とは申せお体にさわります。お拭き下され」

藤蔵は一礼すると頼家の後ろに回り、その背を拭こうとした。頼家の平手打ちが藤蔵の頬をしたたかに打った。藤蔵は他愛もなく地べたに転がり、起き上ると頭を

こすりつけて平伏した。

「失せよ、下郎《げろう》」

藤蔵は小さくかしこまると、布を遠慮がちに頼家の脇へ置き、もう一度ぺこりと頭を下げて退いた。

その翌日、頼家は久方ぶりに比企能員邸を訪れた。急に愛妾若狭局と嫡男一幡に会いたくなり、会いたいとなったら矢も楯もたまらなくなったのだ。突然の来訪に、若狭局は驚いたが、すぐ一幡を抱いて頼家の前に現われた。一児を産んでなお若狭の体は若々しい線を保っており、一幡をあやす姿に健康な色香が漂っていた。

一幡はその若狭の膝にぺったりと座り込んで、先ほどからじっと若い父親の顔をまばたきもせずに見つめている。

「さっ、父様《てて》のお膝にお行きなされッ」

若狭が微笑んでうながすと、一幡はよちよちとした足取りで頼家の前まで来て、すとんとその膝にすわり込んだ。頼家は一幡の髪を撫《な》で、小鼻や頬を軽く突ついた。

「どうじゃ、息災にしておったか」

頼家が一幡の顔をのぞき込むと、顎《あご》が胸につくほどに大きくうなずく。

一幡は神妙な表情で父の膝にすわったまま、何を訊ねられても、ただ大きく頭を縦に振った。

「どうした一幡、口が利《き》けぬようになってしもうたのか」

頼家がからかうと、真面目な顔をして、今度は横に大きく頭を振った。

頼家はおかしげに若狭を見やった。

「久方ぶりのおめもじが気恥ずかしいのでございましょう。もっとしばしばおいで下されればよろしいのに」

若狭はそう言って、軽くしないをつくってみせた。

頼家はあわてたように視線をそらし、

「娘のようなことを」

と口ごもりながら、膝に居る一幡の小さな手をもてあそんだ。

若狭は袖で口をおおって小さく笑い、上眼づかいに頼家を見て、

「酒《ささ》をお持ちいたしましょう」

と体を弾ませるように言った。

やがて酒が運ばれ、若狭の酌を受けて盃を口に運ぼうとした。

突然背骨の内で何かが走った。頼家は異常を感じて盃を置いた。背筋を走る異様な感覚は、しだいに手足の隅々にまで拡がっていく。それが激しい悪寒に変るまでいくばくもなかった。

「御所、いかがなさいました」
気づかわしげな様子に変った若狭の顔が、しだいに霞《かす》んでいった。
──発病した
頼家は遠のく意識の中で冷たい恐怖を感じた。重病であることを、本能が切迫した調子で訴えかけている。
──この大切な時に何ということだ
歯の根も合わぬ悪寒の中で、激しい後悔が頼家を襲った。濡れた体で風に当っていた頼家に、布を差し出した下僕の顔が浮かんでくる。
──南無八幡大菩薩、なにとぞ今しばしのご猶予を
頼家は振り絞るようにうめくと、そのまま意識を失った。

七

頼家重病の知らせはたちまち鎌倉中を駆け巡った。
この知らせを北条時政は、躍り上って聞いた。年甲斐もなく興奮して伜《せがれ》の義時に言う。
「聞いたか、小四郎。御所は倒れられたぞ。明日をも知れぬほど重いとのことじ

や。天はわれらに味方したもうたぞ」

「御所ご危篤《きとく》の報は間違いのない所から出たものでしょうな」

義時が用心深く念を押した。

「うむ、間違いない。わが手の者を薬箱持ちの端に加えて、しかと御所のお姿を見届けさせた。近頃の御所は何を企むかわからんでな。うっかり虚言に乗せられでもすれば身の破滅じゃ」

時政はちらと苦々《にがにが》しげな顔をしたが、すぐ喜色を戻し、

「御所はのう、ただ昏々《こんこん》と眠るばかりじゃそうな」

と言ってくすくすとわらった。

「父上、喜ばれるのはよろしいが嬉しさのあまり事をせいてはなりませぬぞ」

義時が釘を刺す。

しかし時政の上機嫌は変らない。

「わかっておる。そのようにこむずかしい顔でわしを見るな」

時政は愛想に欠ける息子の脇腹を突ついた。

義時はそれにかまわず、たんたんと頼家失脚への手順を時政に確認した。

「今度は大丈夫じゃ」

時政は隣室まで届くほどの声で言った。

「御所さえ倒れてしまえばこちらのもの。こちらには尼御台も居れば千幡君も居る。千幡君は御所と同じく幕下と尼御台の間にお生まれになった和子《わこ》じゃ。比企の娘などが産んだ一幡を押し除《の》けたところで、御家人どももさしたる抵抗は感じまい。やはり梶原平三を消しておいたのが効いたの」

八月七日、頼家の病状がいよいよあらたまった。そして八月二十七日、突然譲《じょう》補《ほ》が発表された。

それによると頼家の家督を二つに割り、関西三十八カ国を頼家の弟千幡が管領《かんりょう》し、関東二十八カ国を頼家の嫡子一幡が管領するとされた。譲補の発表は一方的に行なわれ、一幡を擁《よう》する比企一族に対しては何らの相談もなかった。

この決定は頼家の名で発布《はっぷ》されたが、北条父子の独断であることは、誰の眼にも明らかだった。

譲補は比企一族に深い衝撃を与えた。

「御所のご病状は重く、悩乱状態と申しても良い。粥《かゆ》を差し上げることすら大仕事じゃ。ご本復《ほんぷく》の見込みはまずあるまい」

比企能員は苦渋の色をにじませて一族の者たちに語った。

膝に一幡を抱いた若狭が、身を捩《よじ》るように訴えかけた。

「父上、なぜいつになってもわたくしが御所にお目にかかるお許しが出ないのでございます」

「知れたこと」

能員は舌打ちして若狭を見た。

「尼御台のさしがねじゃ。尼御台は夜も昼も御所の病床に付きっきりなのだ。うるわしき母の愛と言いたいが、都合の悪い者が御所に近づかぬよう番をしておるのよ」

「いかがなさるおつもりです」

若狭の声は悲鳴に近かった。

「北条がどう出てくるかによるが、いずれ決着をつけねば事はすむまい」

能員は重苦しく息をついた。

「ときに父上」

比企弥四郎が、ふと顔を上げて能員をうかがった。

「明日、北条邸で行なわれる仏像供養、まさか参られるおつもりではありますまいな」

「いや、行くつもりじゃ」

能員はきっぱりと言った。一座が大きくざわめく。

「無茶にござる。みすみす虎口へ入らんとされるおつもりか」

弥四郎が叫び、他の者も口をきわめて諫止《かんし》した。しかし能員は諾《き》こうとしない。

たまりかねた弥四郎が、

「どうしても参られるというなら、われらが甲冑で身を固め、郎党どもを連れてお供し申す」

と叫んだ。

「うろたえるな！」

能員が血相を変えている弥四郎を一喝する。

「さような真似をすれば、逆に北条からつけ込まれるのがわからぬのか。今の鎌倉を戦《いくさ》支度で時政邸まで向ってみよ。たちまち『千幡君に対する謀反人』に祭り上げられるは必定じゃ。とにかく行かぬかぎり、必ず時政は難癖をつけてくる」

「なれど」

「心配は無用」

能員は一座を見渡した。

「あの腹黒い時政とて、このわしをそう易々《やすやす》と討つ気にはなるまい」

能員はそう言って一座の者へ鷹揚《おうよう》にうなずいてみせた。

翌朝、比企能員は水干葛袴《すいかんくずばかま》姿でわずかの郎党を連れ、北条時政邸へ出向いていった。巳《み》の刻になって能員の供をした郎党が顔色を失って戻ってきた。

「お屋形様、時政邸にてお討たれになりましてございます！」

郎党の報告に比企弥四郎は蒼ざめて立ち上った。

「われらの出遅れが敗因じゃ。父上が時政のもとへ出向かねばすまなくなった時点で、われらの負けは決まっておった」

弥四郎はすぐに若狭と一幡を連れてくるよう命じた。一幡を抱きしめた若狭が侍女に連れられてくる。鈴を張ったような若狭の瞳が激しく動揺していた。

「兄上！」

若狭は唇をふるわせ弥四郎を呼んだ。

「取り乱すでない」

弥四郎は厳しい声で若狭の動揺を咎めた。

「よいか、若狭」

若狭の肩を抱いて諭《さと》す。

「間もなく邸は多勢の討手に囲まれるであろう。比企一族の命運は尽きたのじゃ。われらはここで最期の戦して武士らしく死に際を飾らねばならぬ」

眼に涙を浮かべた若狭の唇が動きかけたが、弥四郎はそっと押し留めた。

「われらは死んでもそなたは生きのびねばならぬ。一幡君の御為《おんため》じゃ。見事生き抜いて一幡君を立派にお育て申すのだ。そしていつかわれらが恨みを晴らしてくれ」

弥四郎の言葉に若狭は深くうなずいたが、なおもその場で一幡に頬ずりをくりかえし、たたずんだ。弥四郎が若狭の背を強く押す。

「さらばじゃ、若狭。さらばにござる、一幡君」

弥四郎は二人を連れてきた侍女を振り返った。

「頼んだぞ」

侍女は弥四郎に一礼すると若狭をうながした。一幡を抱いた若狭は、弥四郎を何度も振り返り去っていった。

討手の軍兵が比企邸を取り囲んだのは午《うま》の刻ころである。誅伐令は、尼御台政子が将軍代行の資格で発し、比企一族は幕府と千幡に仇為《あだな》す謀反人となった。

弥四郎は櫓《やぐら》に登って討手の様子を眺めた。畠山重忠《はたけやましげただ》、稲毛重成《いなげしげなり》、和田義盛、三浦義村……。主だった御家人たちが勢揃いしている。

――ああ……あの時と同じじゃ

弥四郎は梶原景時が弾劾された時のことを思い出した。

――すべては北条父子の思惑通りに行きよった。御所が倒れては尼御台の権威に抗することは叶わぬわ

弥四郎は顔を揃えた御家人たちを見るうちに口がむずむずとしてきた。大音声《だいおんじょう》を上げ、主な御家人たちの名を次々と呼ばわる。呼ばれた御家人たちが一斉に弥四

郎のいる櫓《やぐら》を見上げた。頃合よしとばかりに弥四郎の片頬がにやりとする。

「お歴々がお揃いじゃ。よう見ればどれもこれも欲の皮が突っ張ったツラばかりじゃのう」

嘲罵《ちょうば》の声に、武士たちは気色ばみ、弓に矢をつがえた者もいた。

弥四郎は続けた。

「われらの所領などいくらでもくれてやるわ。盗っ人め！」

討手の群がる中から、ひょうと一本の矢が飛び出し、弥四郎の頬《ほお》を掠《かす》めた。白眼を剝いて睨みつける。

「北条の口車に乗せられた馬鹿者どもめ。この次はうぬらの誰かがまたこうして囲まれるのだ。その日は遠くないぞ」

そう言ってけたたましく笑った弥四郎へ、第二の矢が飛んできた。今度はあやまたず弥四郎の眉間《みけん》を射抜いた。

「先に地獄で待っておるぞ……うぬらも間ものう来ようほどに」

弥四郎の体はもんどり打って櫓から転げ落ちた。

申《さる》の刻、比企館は焼け落ち、すべては灰燼《かいじん》に帰した。比企一族焼亡は直ちに北条父子のもとに知らされたが、若狭局と一幡の脱出を聞いて、時政の機嫌はたちまち悪くなった。

「一幡は、仮りにも御所の嫡男じゃ。比企の謀反に巻き込まれ、一族自害の巻き添えを食って灰になったのでなければ都合が悪いではないか」

時政は怒って義時の顔を見た。

「案ずるには及びますまい」

義時は落ち着きはらっていた。

「逃げ落ちた先は、おそらく比企の縁者。居所を突きとめることはたやすいはず。実際にどこで死んだかなどはたいした問題ではありませぬ。後で一幡は比企邸で死んだと公表すればそれでよいでしょう。見つけしだいわれらの手で闇に葬ってしまえば、御家人どもも余計な事は知らずにすむのです。また、たとえ知ったところでわれらの申すことに異を唱える馬鹿者は、もうこの鎌倉にひとりも居りますまい」

ここまで言うと義時は初めて口許をほころばせた。

その数日後、一幡と若狭が比企邸で一族と運命をともにした事が知らされた。

焼跡から一幡の小袖の一部と称する布の切れ端が発見され、頼家の蹴鞠の相手をつとめた大輔房源性という僧が、これを高野山におさめるため旅立っていった。

北条父子は比企一族を滅ぼしたその日に京へ使者を送り、頼家の弟、千幡に対する征夷大将軍の宣旨《せんじ》を請うていた。

ところが、その宣旨が間もなく到着しようという時に、余命いくばくもないはずの頼家が奇跡的に生き返った。

目覚めた頼家の枕元に政子が居た。

「母上……」

頼家は小さな声で呼びかけた。

高熱も悪寒もきれいに消えていた。半身を起してみると、衰弱し切っていたものの、平癒《へいゆ》が自覚できた。

「まだ起きてはなりませぬ」

政子がそっと頼家の肩に手をかけて体を横たえさせた。

「母上、ずっと傍《そば》に居て下さったのですか」

見上げるような頼家の視線が、政子にその幼かりしころの姿を蘇らせた。政子は頼家の視線から逃れるように軽く目を伏せた。

「いま、粥の支度をさせます」

政子は立ち上ろうとした。

「いますこし傍に居て下され」

頼家の瞳に宿った無邪気さが、政子の心を打った。政子が腰を下ろすと、安心したように眼をつぶる。

「私のやり方は強引すぎましょうか」

頼家は目をつぶったまま言った。

「でも私は一日でも早く幕下に追い着きたいのです。早く父上のようになりたい……」

頼家はさらに続けようとしたが、政子は軽くこれを押し留めた。

「まだ本復しておられぬのにそのようなことを考えてはお体に障《さわ》ります。いまは滋養のあるものを食され、ゆっくり休まれて、一日も早う体をもとに戻されることじゃ」

母の言葉に、頼家は素直にうなずいた。

「少し腹がすきました……」

政子は微笑み「粥を」と侍女に支度を命じた。すぐに膳が二部運ばれ、母子はともに食事を摂《と》った。食事の途中、政子が箸を止めぽつりと言った。

「そなたと二人きりで御膳をいただくのは初めてじゃ」

頼家は顔を上げて政子を見た。

「もっとしばしばそのようにしておれば……」

ふいに政子の顔がゆがんだ。

「どうなさいました、母上」

頼家は笑った。

「この後はいくらもそういう折がございまする。そのようにいたします」

きっぱりとそう言い、ぎこちなく箸を運ぶ頼家に、政子の表情がいたましげに変った。

食事が終る頃、頼家はふいに言った。

「比企弥四郎を呼んでいただけませぬか」

政子は狼狽《ろうばい》したように頼家を見つめた。

「……弥四郎は今おりませぬ」

「さようですか、それでは――」

頼家が別の近習の名を言おうとするのを、政子はさえぎった。

「今は表向きの事はお考えにならぬほうが良い。ゆっくり休むのじゃ」

「母上、いかがなされた」

頼家は引き攣《つ》った政子の顔を見て、なだめるように笑ったが、ハッとしたように笑みを消した。黒い予感が涌き上ってきた。

「母上、まさか……」

頼家は衰弱した体で立ち上ると「誰かある、誰かある」と叫んだ。政子が頼家の腰にしがみついてくる。

「なりませぬ。そなたの病《やまい》はまだ癒えておらぬ。寝ておらねばなりませぬ」

頼家は政子の腕を振りほどいた。

「誰かある、誰かある」

さきほど膳部を運んできた侍女が、おびえたような顔を現わした。

「弥四郎を呼んで参れ。今すぐここに呼んで参れ」

侍女が困惑した様子で政子の方をうかがった。

「いったい何があったのじゃ」

頼家は蒼白な顔で政子と侍女を交互に見すえた。

政子が観念したように言った。

「弥四郎は死にました」

「弥四郎が死んだということは……」

「そうじゃ……」

比企一族と若狭一幡母子の最期を聞かされた頼家は、しばし呆然と立ちつくした。

大きく開かれた瞳が異様に血走りはじめる。喉の奥で獣のごとくうなった。北条父子への憎悪が次々とほとばしった。やにわに太刀をつかんで叫ぶ。

「北条を誅伐せよ。時政と義時の首を梟《さら》すのじゃ。鎌倉中にわしの命を伝えよ」

「気をお鎮《しず》めなされ」

政子が脇から取りすがった。

「さような事はもう叶わぬのじゃ」

頼家は腕にすがった政子を睨みつけた。

「叶わぬことがあろうか。わしは征夷大将軍じゃ。この鎌倉の棟梁じゃ。母上の実《さ》家《と》とて許しはせぬ」

「違うのじゃ」

政子は涙まじりに叫んだ。

「そなたはもう征夷大将軍ではない。新しい征夷大将軍に千幡が決まったのじゃ」

「な、なんと言われる……」

頼家は政子の宣告を何度も己れの口で反芻《はんすう》したが、声にならなかった。腰からくずおれる。抱きかかえようとする政子の手を、頼家ははらいのけた。

「二度とお顔を見とうございませぬ……二度と見とうない！」

八

九月二十九日、頼家は修善寺の配所へ向けて出発させられた。

近習衆の供奉《ぐぶ》は一切許されず、一人だけ下僕を連れて良いという厳しい処遇であった。それを告げられたとき、頼家はかつて自分の体を拭こうとして折檻《せっかん》された下僕のことを思い出した。

「あの男、藤蔵とかいった。あの者にしよう」

頼家はつぶやくように言った。

頼家の配所は指月《しげつ》ヶ丘《おか》の中腹にあった。近くに修禅寺の伽藍《がらん》が見えるほかは、湯《とう》治《じ》小屋のみすぼらしい板屋根が点在するのみの寂しい風景が続く。配所には頼家の身の回りを世話する者が十数人いたが、いずれも幕府差し回しの監視者であることは明らかだ。

配所へ来た頃、頼家は毎日ただ鬱蒼《うっそう》と緑に覆われた山々を見て過ごした。一人の話し相手すらいなかった。かつての華やかな日々を考えれば、その寂寥《せきりょう》悲嘆は察して余りあるものがあった。

修善寺へ来てしばらくたつと、頼家は藤蔵を連れて附近を散策するようになった。下僕とはいえ、いまの頼家には他に気を許せる者すらいない。主従はたいてい黙ったまま野道を歩んだ。育ちの違い過ぎる二人に、共通の話題などあろうはずがなかった。

ある夏の日、頼家はいつものように藤蔵を従え散策に出た。起伏のある野道を足早に進んだが、見晴らしの良い丘まで来ると、休息のため立ち止まった。藤蔵が準備した敷皮に腰を下ろした頼家は、眼前にひろがる田圃《たんぼ》の様子にじっと見入る。若い稲穂が風に揺れさざめき、みずみずしい香りをこの丘まで運んできた。

「刈り入れまであとどれほどじゃ」

頼家が田圃に眼を向けたまま訊ねた。

「およそ一月半ほどにございましょう」

頼家はうなずき、田圃を眺め続けた。

畔道《あぜみち》を数人の子供がやって来るのが見える。子供らは田の傍まで来ると何やら歓声を上げて動きはじめた。地面にしゃがみ込み、鼠を狙う猫のように何かを捕えて、持参の袋の中に入れている。

頼家は藤蔵を振り返った。

「あれは何をしておる」

「蝗《いなご》を取っているのでありましょう」

藤蔵は答えた。

「イナゴ……」

頼家は蝗がよくわからないらしく、

「それはこのあたりにだけいるものか」

と問うた。

藤蔵が微笑する。

「いえ、どこにでもおりまする。私の故郷にもおりました」

「ほう……」

頼家は要領を得ない表情でうなずいたが、ふと藤蔵の言葉に気を留めて訊ねた。

「そちの故郷は何処じゃ」

「越後国《えちごのくに》にございます」

頼家は驚いたように目を瞠《みは》った。

「越後とな……それは遠いのう」

「はい、遠うございます。それに冬になると人の背丈の倍ほどに雪が積ります」

「人の背丈の倍とな」

頼家はその様子を想像しようとしたが、うまく実感が涌かなかった。

「冬は屋根より家に出入りいたします」

頼家は目をまるくした。

「一度行ってみたいのう」

思わぬ頼家の言葉に藤蔵はあわてた。

「滅相《めっそう》もございませぬ。御所様がおいでになるような所ではありませぬ」

「わしはもう将軍ではない」

頼家の表情が翳《かげ》った。

「御所様はまだお若《わこ》うございます。必ずや近い将来、鎌倉の棟梁に返り咲かれることでございましょう」

「言うな、そちなどが口を挟むべき事ではないぞ」

藤蔵はハッとしたように飛び下ると、地に頭をこすりつけて平伏した。

「行くぞ」

頼家は立ち上った。再び頭を上げた藤蔵の眼に、しだいに遠ざかり小さくなっていく頼家の後姿《うしろすがた》が映った。


元久《げんきゅう》元年（一二〇四）七月十八日深更、頼家は周囲のただならぬ気配を察して眼を醒ました。太刀をつかんで寝間を出た所へ、藤蔵が飛び込んでくる。

「御所！」

藤蔵が悲痛な声をあげた。

「周囲を取り巻かれておるのか」

絶望した表情で藤蔵がうなずく。

戸口が破られ十人ほどの武士がなだれ込んできた。先頭に立った武士が頼家を認め、軽く一礼する。

　武士は言った。

「畏れながらお命申し受ける」

　頼家は静かに前へ出た。

「北条時政の命か」

　武士は頭を横に振った。

「では義時か」

　武士が再び頭を横に振る。

　頼家は頬に嘲笑を浮かべた。

「他に誰がおるというのじゃ」

　武士は言った。

「北条五郎時房様の命にござる」

　頼家は瞬間、度を失った。五郎時房のすずやかな笑顔が幻のように浮かんだ。

　──そうじゃ。わしとしたことが、あの男を忘れておった
　頼家は突然甲高《かんだか》い声を立てて笑った。

「五郎に伝えよ」

　威厳を損ねぬ太い声で発する。

「はじめ予に仕えて父兄を討たんとし、次いで父兄が為に主を討つ――か。わしは今にしてようやくうぬの胸のうちがよめたぞ。だがうぬは自らその望みを達することはできまい。たとえわしの首をさげて北条に戻ったところで、もはや北条の家督を得る機会は永遠《とわ》に去ったのじゃ。うぬの念願は義時かその倅《せがれ》が、三代将軍の千幡あらため実朝《さねとも》を斃して達するであろう。せいぜいよく輔《たす》けてやるが良い」

頼家はいま一度甲高い声を立てて笑った。眼のふちから涙が一粒こぼれ落ちた。すらりと太刀を抜き放つ。

「前征夷大将軍《さきの》が相手じゃ。不足はあるまい」

そう叫ぶや鋭く床を蹴った。刃風がうなり血飛沫《しぶき》が上った。返り血に染まり、悪鬼のごとき形相《ぎょうそう》で次の標的を睨む。

「あな、恐ろしや。御所に刃など向けては八幡様の神罰が下ろうぞ」

中の誰かが叫ぶや武士たちの間に恐怖が走り、みな壁際まで退いた。

頼家は太刀を構え直し、じりじりと武士たちとの間合を詰めていった。が、突然、頼家の動きが乱れた。見ると頼家の首に投げ緒の縄が巻きついている。背後に異相の武士が縄の端を持って、頼家の体を手繰《たぐ》り寄せていた。

「御所！　我が恥辱今に晴らさん！」

異相の武士はそうわめき、背後から頼家に襲いかかった。頼家は壮健な体力に恵まれ膂力《りょりょく》も強い。組みつかれたまま男を振り回しねじ伏せようとした。男の体は傾きかけたが、急に頼家の顔が痙攣《けいれん》した。男が頼家のふぐりを思い切り握ったのだ。

斜めによろめく。男はすかさず腰刀を抜いて頼家の脾腹《ひばら》を突き通した。仰向けに倒れた頼家に馬乗りになってわめく。

「御所、わしの顔を覚えておるかッ」

しかし白蠟のような頼家の顔には死相が現われつつあった。

「御所、目を開けよ。わが恨み思い知ってから逝け」

頼家の眼が空《うつ》ろに開いた。頼家は焦点の合わぬ瞳で、じっと男の顔を見つめた。

「ひどい金壺眼じゃ……」

頼家が無惨な死を遂げてから一月後のよく晴れたある日、鎌倉を旅立った一人の僧形の若者があった。いかにも俄《にわか》出家という風情の藤蔵である。

藤蔵はいったん捕縛《ほばく》され鎌倉に収監《しゅうかん》されたが、なぜかこのほど放免《ほうめん》となった。剃髪《ていはつ》した藤蔵に対して、莫大な路銀が与えられた。

「尼御台様よりの下されものじゃ」

と包みを渡してくれた小役人が藤蔵の耳許でささやいた。

藤蔵は巨福呂《こぶくろ》坂を足早に上った。藤蔵には頼家の母である尼御台政子の気持ちはよくわからない。

——身分ある方のお心のうちを、わしごとき匹夫《ひっぷ》が考えても頭が痛うなるばかりじゃ
藤蔵は脇目もふらず進みながらも、ときおり胸もとにそっと手を置いた。そこに頼家の遺髪が匿《しま》われている。

藤蔵は経の読み方もろくに知らなかったが、頼家の菩提《ぼだい》を弔いたいという気持ちに寸分の嘘もなかった。この世の誰よりも大きな祝福を受けて生まれながら、今はその追善《ついぜん》のため身を捧げる者のひとりとていないことに、藤蔵は怒りすら覚えた。

——頼家公と自分は前世の因縁《いんねん》とて薄かったはずだ
と藤蔵は思う。

征夷大将軍であった頼家から見れば、藤蔵など人のうちにも入らぬ身分なのだ。ところがその自分ひとりだけが、頼家の非業《ひごう》の最期に立ち会った。菩提を弔う唯一の者が、自分のような下僕であることに、藤蔵の胸は痛んだ。

藤蔵はようよう峠の頂上までたどり着いた。振り返ると鎌倉の街が、一望のもとに見渡せた。

「なんと狭い所じゃ」

藤蔵は思わず声を上げた。

大きく湾曲した海岸線と三方から迫って来る山並に押し潰されそうな所であった。その猫の額ほどの平地に無数の屋根がへばりついている。街全体が気息奄々《えんえん》としていて今にもうめき声を立てそうだ。

——この街がある限り侍たちは殺し合いを続けていくのであろう

藤蔵は鎌倉の街に背を向けて峠を下り始めた。幕府には善光寺へ詣《もう》でると言っておいたが、藤蔵の胸に秘められた行先は別の所だ。

——御所、背丈に倍する雪をお見せ申す。この藤蔵がお供し申す

藤蔵はいま一度胸の遺髪に手を当てると、二度とは振り返らず歩き出した。

重忠なり

矢野 隆

「今、なんと申された父上」
息子の顔にみなぎった怒気に、上座《かみざ》に座る父が顔色を変えた。
どうしてここまで鈍《どん》してしまったのか。
子の覇気《はき》すら真正面から受けられなくなっている父の衰《おとろ》えを前にして、北条義時《ほうじようよし》
時《とき》は落胆《らくたん》を禁じ得ない。どうしても父の言にうなずくことができなかった。胸に宿る怒りの炎《ほむら》は、一向に収まる気配がない。
「確かな筋からの報《しら》せなのだ。重忠《しげただ》が謀反《むほん》を企《くわだ》てておるは、まず間違いあるまい」
子の機嫌を取るように、父、北条時政《ときまさ》は、肥えて丸くなった頰を揺すりながら上
つ調子で言った。その卑屈さが余計に癪《しやく》に障《さわ》る。かつては、流人《るにん》であった源頼《みなもとのより》
朝《とも》を担《かつ》ぎ、平大納言清盛《へいだいなごんきよもり》入道と相対した反骨の武人であった父が、こうも見事になまくらになるものなのか。ゆるみ切った顔と体には、もはや武人としての気骨は微《み》
塵《じん》も感じられない。
脂《あぶら》で黄色く濁った父の目を正面から見据え、義時は丹田《たんでん》に力を込めて問う。
「あの畠山《はたけやま》重忠殿にござりまするぞ」
圧の籠《こ》もった息子の言葉に、どこからが顎《あご》でどこからが首なのか判然としない父
の喉《のど》が、ごくりと音を発《た》てる。
「ありえぬ」

語を継ごうとしてしきりに口をぱくぱくさせている父の機先を制し、義時は続けた。

「重忠殿は治承《じしょう》四年（一一八〇）よりこのかた、忠直《ちゅうちょく》を専《もっぱ》らとし、その武は亡き頼朝公の信頼篤《あつ》く、頼朝公御《おん》みずから出陣のみぎりには、先陣を仰せつかっておられたほど。頼朝公が身罷《みまか》られる時には、息子たちを頼むと直々《じきじき》に遺言なされた。重忠殿の鎌倉への忠節は、疑いありませぬ」

背筋を伸ばし毅然《きぜん》と言い放った息子に、父は苦虫を噛みつぶしたかのごとき渋《じゅう》面《めん》で答える。

「確かな筋よりの報せであると申したであろう」

「その筋とやら、是非《ぜひ》とも御教えいただきたい」

義時の言葉に、隣に座る弟の時房《ときふさ》がうなずく。異母弟の心も同じ。重忠の謀反などありえないと思っているし、父の思惑《おもわく》も見透かしている。上座の父は、不機嫌《ふきげん》をあらわにした二人の息子ににらまれて、青息吐息《あおいきといき》であった。

確かな筋よりの報せ……。

誰からの注進なのか、見当は付いている。こちらから言い当ててやっても良いのだが、黙って言葉を待つ。

「朝雅《ともまさ》よ」

父の声と弟の溜息《ためいき》を、義時は同時に聞いた。弟の落胆は理解できる。義時自身も、父が己の手の内をここまで無防備に晒《さら》すとは思わなかった。

平賀《ひらが》朝雅。重忠の本領、武蔵守《むさしのかみ》を務める男だ。秩父平氏《ちちぶへいし》の惣領《そうりよう》として代々武蔵国の惣追捕使《そうついぶし》を務める畠山家とは微妙な間柄であるのだが。

「娘婿《むすめむこ》殿の讒訴《ざんそ》にござるか」

弟が溜息に留めていた内心の落胆を、義時は言葉にして父にぶつけた。上座の肥えた顔があからさまに引き攣《つ》る。

朝雅は時政の娘の婿だ。といっても、後妻である牧《まき》の方《かた》の娘の婿である。前妻の子である義時にとっては他人に等しい間柄だ。

義時はこの後妻が気に喰わない。なにかというと、政《まつりごと》に口を出したがる。娘婿の朝雅に肩入れし、父に便宜《べんぎ》を図らせるのも気に喰わない。父はこの後妻に甘く、朝雅を引き立ててやって得意になっている。そういう父と継母《ままはは》を、義時や時房だけでなく、姉の政子《まさこ》も毛嫌いしていた。

強硬な態度を崩さない息子に、父が引き攣った顔をむりやり笑みの形にゆがめて言を重ねる。

「朝雅は先年、重忠の息子と揉《も》めたであろう」

先年（元久《げんきゆう》元年〈一二〇四〉）の十一月、将軍、実朝《さねとも》の妻をむかえるための使者として京に上《のぼ》った者のなかに朝雅と重忠の嫡男《ちゃくなん》、重保《しげやす》がいた。朝雅の京の屋敷で使者たちの酒宴があったさい、二人は激しい口論になったという。この件は、鎌倉の時政の耳にも入り、一時は北条家と畠山家の対立へと発展しそうな不穏な気が流れた。だが年が明けると、有力御家人《ごけにん》、千葉成胤《ちばなりたね》の口添えによって一応の和解を見た。

それから六ヶ月。

「今更、そのようなことを蒸し返しまするか」

呆れて物が言えぬとはこういうことか。父は朝雅が重保に罵倒《ばとう》されたことを未だに根に持っている。いや、根に持っているのは朝雅自身と牧の方か。己が力で無念を晴らすことができぬから、政所執権別当《まんどころしっけんべっとう》であり鎌倉御家人の頂点に立つ父に泣きついたのであろう。

「父上」

あまりの愚かさに口が開けぬ義時に代わり、時房が口火を切る。色香に惑《まど》い、見境をなくしている父は老いて白くなった眉をちいさく上下させてから、下座《しもざ》の息子に笑みを見せた。もちろん弟は、そんな父親に笑みで応えるつもりはない。精悍《せいかん》な眉をきっと吊り上げ、堂々と声を張る。

「先年の諍《いさか》いと、重忠殿の謀反の企みは別儀にござりましょう。それとも父上は、先年の諍いがあったが故《ゆえ》に、重忠殿が鎌倉に弓を引かんとしておられると申されるのか」

「それ……」

「それはいささか無理がございましょう」

父の言葉を断ち、時房は毅然と続ける。

「京での諍いは、あくまで重保殿と朝雅殿の間でのこと。まぁ、父上が御怒りになられた故、重忠殿と我が北条家との間で和睦《わぼく》の席が設けられはいたしましたが、某《それがし》はそもそも、この一件に北条家が関与することはなかったと思うておりまする。しかしもし、畠山殿が今度の諍いによって、北条家を恨んだといたしましょう。それでも、北条家と畠山家の諍いにござる。重忠殿がそのあたりのことを失念し、鎌倉に弓引くような真似をするとは某には断じて思えませぬ」

「時房の申すこと尤《もっと》も。それに、重忠殿が北条家に弓引くような真似をなさらぬということも、比企《ひき》との戦《いくさ》において明白」

二年前、先の将軍、頼家《よりいえ》が急病に倒れた。病は重く、後継が決まらぬまま将軍が没するのではないかと鎌倉じゅうが騒然となった。将軍継嗣《けいし》が有力御家人たちの間で話し合われ、頼家の息子一幡《いちまん》に関東二十八ヶ国の地頭職《じとうしき》と惣守護《そうしゅご》職が、頼家の弟の実朝に関西三十八ヶ国の地頭職が相続されることになった。この時、実朝に力添えしていた北条家は、一幡を推す比企家と対立。時政は屋敷に比企家当主、能員《よしかず》を招いて謀殺《ぼうさつ》した。これに怒った比企一族は、一幡の居所である小御所に立て籠もった。時政によって討手を命じられた加藤景朝《かとうかげとも》等は、強硬な抵抗の前に退却。北条方に付いた重忠の奮戦によって、比企一党は小御所に火を放ち、一幡も落命して決着をみた。この戦によって三代将軍実朝が誕生したといっても過言ではない。

「頼朝公の、息子たちを頼むという遺言がありながら、重忠殿が我等北条方に与《くみ》したのは、娘婿として北条家を選んだということ」

重忠の妻は、義時の妹にあたる。つまり父は重忠の舅《しゅうと》なのだ。

「あの重忠殿が、息子の口論などで兵を挙げるとはどうしても思えませぬ。重忠殿の度重なる鎌倉への勲功《くんこう》を顧みずに誅殺《ちゅうさつ》なされば、かならず後に悔いを残しましようぞ。慎重なる詮議《せんぎ》を行い、真偽を確かめてからでも遅くはないと思いまする」

「某も兄上と同じ想いにござりまする」

あくまで提案であるが、浅く頭を下げた兄弟の総身《そうみ》からは反論を許さぬという無言の圧が上座の父に向けて放たれている。

「稲毛重成《いなげしげなり》を使って重保殿を鎌倉に呼びつけておられるようですが、まずは重保殿から話を聞いてみてはいかがかと」

稲毛重成は、秩父平氏の傍流である。大方《おおかた》、秩父平氏惣領の座という餌《えさ》をちらつかせて、父が釣ったのであろう。

「良うわかった」

意にそわぬ息子たちに体ごとそっぽを向き、時政が座を立つ。義時も弟とともに、辞儀もそこそこに父の屋敷を辞した。


父の屋敷を後にした義時を、牧の方からの使いだと言って大岡時親《おおおかときちか》が追ってきた。屋敷に戻った義時は、広間に時親を通し、みずからは遅れて姿を現した。上座に重い体を落ち着けて、脇息《きょうそく》に肘を置き、若き継母の兄弟を見る。

「いかがなされた」

片方の眉を吊り上げ問う義時に、時親は皺《しわ》が寄る額に手を当てながら厭《いや》らしい笑みを浮かべた。追従《ついしょう》の色を隠そうともしない年下の義理の伯父《おじ》に、義時は嫌悪の色を隠さない。

「いや……」

「畠山殿のことであろう」

卑屈な声を長々と聞きたくなかった。義時は時親をにらみつけながら、言を重ねる。

「大方、父上と我等の話をどこぞで聞いておったのであろう、母上は。それで、急いで其方《そのほう》を我が屋敷に走らせたのだな」

　母上という語を荒く言い放ち、義時は脇息から肘を離して大きく身を乗り出した。顎を突き出すような格好で、上座から伯父に殺気を浴びせかける。ろくな武功もなく、妹の美貌《びぼう》にすがって出世したような男には、坂東武者《ばんどうむしゃ》の気迫を受け止めるだけの胆力はない。今にも泣き出してしまいそうなほど顔をゆがめて、哀れなほど一生懸命に笑ってみせる。こういう態度でしか、己よりも強き者と相対せない時親を哀れに思う。

　今の父は、この男と大差ない。

　そこまで落ちぶれてしまったのは、この男の妹の所為《せい》だ。日ノ本《ひのもと》の武士の頂点に立ち、強大な力を手にした父は、もはや戦わずともその身を保っていられる。金と力を得た年寄りが、安穏《あんのん》のなかで欲するのは、しょせん美しく若い女かと思うと虚《むな》しくなる。

　己はそんな風にはなりたくない。

　心の底から義時は思う。

「そのような物言い、聞き捨てなりませぬな」

　妹の威光《いこう》を笠に着た矮小《わいしょう》な男が、身の丈に似つかわしい厭らしい笑みを満面に湛《たた》えながら、義時の顔を上目遣いで覗き込む。

「母上の言伝《ことづて》、さっさと申されよ」

遠回しな嫌味など聞くに堪《た》えない。このまま長々と相対していると、我を忘れて斬り捨ててしまいそうだ。

「重忠殿の謀反はすでに明らかなることにござります。鎌倉のことを想うが故に、我が妹は事情を時政様にお聞かせしただけのこと。聞くところによりますと、先刻の義時殿の申されようは、まるで重忠に成り代わり、事の理非《りひ》をくつがえさんとするかの如きであられたとか」

事の理非をくつがえすとは、片腹痛い。私情によって理非をくつがえそうとしているのは、いったいどちらであろうか。義時は腸《はらわた》が煮えくり返る思いをこらえ、伯父に殺気を浴びせる。

「ほぉ。重忠殿の謀反について、父上は朝雅殿が報せて来たと申されておったが、そうか、母上であったか」

「い、いやたしかに朝雅殿も」

時親は頬を引き攣らせたまま、己が使命を粛々《しゅくしゅく》と遂行しようと躍起《やっき》になる。

「そうか朝雅殿も母上も、ということであるか」

「義時殿は我が妹を仇《かたき》と思われておるのであろう。それ故、我が妹を讒者《ざんしゃ》にしたてあげたいのでは」

「そは」

眉根に皺を寄せ腹から声を吐くと、時親の肩がぴくりと震えた。努めて怒りを抑えながら、義時は言葉を吐く。

「それも、母上からの言伝でありましょうな」

「も、もちろ……」

「母上御みずから、己を讒者にしたてあげるつもりかと、某に問うておられるのだな」

丸々と肥えた時親の肉に埋もれた顎が、かくかくと上下した。

義時殿は妾《わらわ》を讒者にするつもりなのです……。

従わなければ、父に泣いてそう訴えるとあの女は言っている。牧の方の色香に惑う父のことだ。息子の諫言《かんげん》など耳に入らないだろう。どれだけ鈍しても、政所執権別当である。父が命ずれば御家人たちは動く。

外堀から埋める。

あの女らしい。

前のめりのまま、義時は胡坐《あぐら》の膝を思い切り叩いた。乾いた音が広間に響く。開け放たれた部屋を抜け、廊下や庭にも肉を打つ音が轟《とどろ》いた。眼前に聞いていた伯父は、腰が抜けそうになって束の間よろけた。しかしそこは腐っても鎌倉御家人。手を付くのだけはすんでのところでこらえた。

「わかり申した」

うろたえる伯父を正面から見据えて、義時は腹から声を出す。

「そこまで母上が腹を括《くく》っておられるというのなら、某も仰《おお》せに従いましょう」

己が役目を果たせたことに安堵《あんど》した伯父は、涙目のまま破顔した。

吐き気と怒りが身中でのたうっている。

義時は関東随一の武人との戦を前に、獅子《しし》身中《しんちゅう》の虫こそが鎌倉の真の敵であることを痛感していた。

＊

「そうか……。重保が死んだか」

武蔵国二俣川《ふたまたがわ》、鶴ヶ峰の麓《ふもと》に布《し》いた陣中で、畠山重忠は鎌倉からの使者をむかえていた。陣幕の左右に並べられた床几《しょうぎ》に座した郎党《ろうとう》たちが、重忠の息子、重保の死を知り、目を紅く染めている。

三日前、重忠は息子の後を追うように本拠である菅谷《すがや》の舘《やかた》を百三十騎あまりの手勢とともに出た。鎌倉に不穏《ふおん》な気配ありという報せを受けての出陣である。

よもや、息子が殺されることになるとは。この時まで重忠は思ってもみなかった。

胡坐の己が足をにらみ、涙で声を震わせながら、使者が報告を続ける。

「謀反人が誅殺《ちゆうさつ》されるという噂を聞き、鎌倉の軍兵が由比《ゆい》ガ浜《はま》に殺到いたしたなかに、重保様もおられました。その時、三浦義村《みうらよしむら》の郎従《ろうじゆう》、佐久間太郎等に囲まれ、抵抗する間もなく」

使者が言葉を詰まらせた。

「三浦義村だと」

脇に控える郎従たちの先頭で、本田近常《ほんだちかつね》が苦々しい声を吐く。長年、畠山家に仕えてきた近常だ。重忠と三浦義村の因縁《いんねん》も、重々承知している。

二十五年前、頼朝が時政等とともに伊豆で挙兵した折、重忠は平氏方として出陣。頼朝と直接干戈《かんか》を交えることはなかったが、源氏方の将、三浦義明《よしあき》の籠もる城を攻め、義明を討った。

この時、重忠十七歳。初陣《ういじん》であった。

石橋山《いしばしやま》での敗戦の後、房総《ぼうそう》に逃《のが》れ関東の御家人たちを糾合《きゆうごう》した頼朝に、重忠は頭《こうべ》を垂れその軍門に降《くだ》った。畠山家に遺恨《いこん》のある三浦家を頼朝が説き伏せての合流であった。

三浦義村は義明の孫である。

「鎌倉では、重忠様御謀反との噂が真《まこと》しやかに囁かれておりまする」

「ぬうぅえぃっ」

近常に相対する床几に座す若者が、怒りに肩を震わせ叫んだ。小次郎重秀《こじろうしげひで》。殺された重保の兄である。重秀の母は、鎌倉御家人足立遠元《あだちとおもと》の娘であった。一方、重保は北条時政の娘を母に持つ。時政の娘の子である重保を、重忠は嫡男とした。兄でありながら重秀は、畠山家を継ぐべき立場にはない。母の生まれが嫡統《ちゃくとう》を決めるのは世の定めである。重秀は弟をねたむこともなく慈《いつく》しみ、弟もまたそんな兄を心から慕っていた。

弟の死を知った重秀が怒りに身をまかせ、床几を蹴って立ち上がった。皆の視線が、猛《たけ》き若武者の紅く染まった顔に集中する。己よりも年嵩《としかさ》ぞろいの郎従たちに臆《おく》することなく、重秀は上座の父に向かって吠《ほ》えた。

「時政じゃ。時政に謀られたのじゃ父上っ」

齢《よわい》二十三。重忠が二十歳の時の息子である。血気盛んな若人《わこうど》は、政所執権別当の名を悪《あ》しざまに吐き捨てた。

「いや……」

重秀の勢いに押されることのない落ち着いた声が、郎従たちのなかから上がった。近常の隣に座る榛沢六郎成清《はんざわろくろうなりきよ》である。成清は重忠の乳母《うば》の子であり、乳兄弟《ちきょうだい》の間柄であった。年も近い。四十半ばでありながら、成清の眉や髪は大半が白く染まっていた。細《こま》やかな気性《きしょう》が、その色に顕《あらわ》れていると、つねづね重忠は思っていた。

いつもどおりの冷静な成清の声に、郎従たちは口をつぐんで言葉を待つ。怒りのまま立ち上がった重秀も、そのままの格好で父の乳兄弟の冴《さ》え冴《ざ》えとした顔を見つめている。

「どうした成清」

重忠は声を投げた。主《あるじ》の許しを得た成清は、白く染まった顎鬚《あごひげ》を指先で撫《な》でてから、静やかに語り出す。

「出所《でどころ》は恐らく平賀朝雅あたりかと。その裏にはもちろん、牧の方が控えておりましょう」

「稲毛は抱え込まれたか」

重忠が短い言葉を投げると、成清はうなずきで応えてから髭を震わせる。

「まぁ、武蔵国惣追捕使にするとでも言われたのでござりましょう」

「だろうな」

「笑っておる時ではござりませぬぞ、父上っ」

相槌《あいづち》とともに笑みを浮かべた父に、立ったまま重秀が喰ってかかる。息子の鼻息の荒さは頼もしい限りである。が、一時の怒りに流される重忠ではない。たしなめられた笑みをそのままに、息子を見上げる。

「急《せ》くな重秀」

「しかしっ」

掌《てのひら》を掲げる。偉丈夫《いじょうぶ》の顔を握りつぶせるほどの大きな手だ。父に止められてもなお、息子は幾度か発言を試みようと肩を震わせた。しかし、ゆるんだ微笑を浮かべる重忠の無言の圧を前に、言葉を発することができない。郎従たちは主の発言を黙《もく》して待っている。怒りに流されぬ皆の姿を、重忠は武士として好ましく思う。

「すでに我等は大きな罠《わな》に絡《から》め取られておる。我を忘れて道を誤れば、後々までの汚点となろうぞ」

「某は別に我を忘れてなどおりませぬ」

「わかっておる」

目に熱い涙を溜めて息を荒らげる息子に、穏やかな声で語りかける。

「わかっておるから、少し落ち着け。御主《おぬし》は優しき男だ。弟の死を許せぬのであろう。わかっておる。儂《わし》も気持ちは同じじゃ」

「父上」

重秀の頬が濡れる。

「まずは座れ」

父にうながされ、重秀は己が手で床几を戻し腰を下ろした。

「さて」

言ったのは成清だった。顎先を掻《か》き、郎従たちを見回してから下座の使者に目を止める。

「鎌倉の動きは」

問いかけた成清に、汗と埃《ほこり》に塗《まみ》れた使者が答える。

「北条義時を大将に、先陣、葛西清重《かさいきよしげ》、後陣に千葉常秀《つねひで》、大須賀胤信《おおすかたねのぶ》、国分胤道《こくぶたねみち》、相馬義胤《そうまよしたね》、東重胤《とうしげたね》を配し、足利義氏《あしかがよしうじ》、小山朝政《おやまともまさ》、三浦義村、長沼宗政《ながぬまむねまさ》、結城朝光《ゆうきともみつ》、宇都宮頼綱《うつのみやよりつな》、小田知重《おだともしげ》、安達景盛《あだちかげもり》、中条家長《ちゅうじょういえなが》らが従い、一万を超す兵が集まり、武蔵へと向かっております。その軍勢のなかには、河越次郎重時《かわごえじろうしげとき》殿、江戸忠重《えどただしげ》殿、児玉《こだま》党、横山《よこやま》党等の姿もございます」

「なんと」

呆れたように成清が溜息まじりに言った。無理もない。河越、江戸、児玉、横山という家々は、畠山家と縁続きであり秩父平氏の一門といっても過言ではない武蔵の侍たちである。

「味方はおらぬかっ」

拳で己の膝を叩き、重秀が口惜《くや》しそうにつぶやく。しかし重忠とともに多くの戦場をともにしてきた郎従たちに狼狽《ろうばい》の色はない。武家とは、戦とはこういうものである。糾弾の矛先が向けられれば、味方も平気で敵となる。重忠自身もそうして梶梶《かじ》原景時《わらかげとき》や比企能員に刃を向けたのだ。覚えがないわけではない。

「いかがなさりまするか」

重秀の慟哭《どうこく》に耳を傾けることなく、成清が上座に問う。そして重忠が答えるよりも先に、己が考えを述べる。

「我等は百三十あまり。一万を超す軍勢に敵《かな》う訳がありませぬ。ここは本拠に戻り態勢を整えて、一戦するが上策かと」

「ならぬ」

重忠の即答に、成清の白い眉が揺れた。同様の策を思い描いていたであろう他の郎従たちも、主の言葉に首をかしげている。

「退くことはまかりならぬ」

「父上」

戦いを望む重秀だけが、喜色を満面にあらわし父を見た。それに微笑で応え、いぶかしがる郎従たちに語る。

「梶原景時が死んだ時のことを覚えているか」

六年前、頼朝の腹心であった景時は、頼朝の死とともに日頃から不興を買っていた御家人たちからの突き上げを喰らい、領地を没収され鎌倉を追放された。その後、景時は上洛《じょうらく》を試みたのだが、駿河国清見関《するがのくにきよみがせき》に至った時、同国の御家人に襲われ命を落とした。

「景時は都に上ろうとした故に、かねてから謀反の企みがあったのだと死後も疑われることとなった。もし命を惜しみ、本所《ほんじょ》に戻り要害に頼って一戦すれば、痛くもない腹を探られよう」

重保が殺されたと聞いた時から、重忠の腹は定まっていた。

すでに鎌倉は、時政は、己を許すつもりはない。

恐れているのだ。

秩父平氏の惣領であり、武蔵国惣追捕使である己を。恐れるが故に、虚報でおびき寄せただけでは飽き足らず、一万もの軍勢を差し向け、騙し討ちのような下策に頼ろうとしているのだ。

なればこそ……。

坂東武者の誇りを天下万民に見せつけるのが己の役目。

一度決めると迷わない。

それが重忠という男の性根《しようね》であった。

「大将というものは、戦にあっては家を忘れ親を忘れねばならん。重保は死んだ。もはや家を思うこともない。こうなれば本所も忘れ、この地で一戦するのみ」

「はいっ」

鼻の穴を真ん丸に広げながら、涙目で息子がうなずく。重忠は郎従たちに目をやった。誰の顔にも異心はない。主がこうと決めたら容易《たやす》く腹を括る。そういう男たちばかりだ。

「そうと決まれば出陣じゃ」

「応《おう》っ」

立ち上がった重忠は、まだ見えぬ敵の大軍を夢想し、身震いする。武士として死ねることが、死場《しにば》を与えられたことが、たまらなく嬉しかった。

＊

眼前を横切る二俣川の向こうに、小勢が見える。秩父平氏の惣領である重忠が率いるには、少なすぎる手勢であった。

「どうやら縁者等は、国許におるようだな」

馬上で義時は誰にともなくつぶやいた。

重忠には弟をはじめ、多くの肉親縁者がいて、それぞれが関東一円に広がり領地を持っている。彼等を呼び集めれば、数千の兵を集めることも容易い。

「なにが謀反の疑いあり、だ」

吐き捨てるように言った義時の目は、万を超す味方の向こうにある重忠の姿をとらえている。鎌倉に異変ありという報せを受けての出馬であった。とうぜん武人は鎧《よろい》など着けていない。濃紺の狩衣《かりぎぬ》を着た大きな重忠の姿は、男たちの群れのなかでも一際目を引いた。率いる郎従たちも誰一人甲冑《かっちゅう》を着けていない。手に手に弓を携え、大軍を見据える姿に恐れは微塵《みじん》もなかった。主、郎従いずれも、見事な武者ぶりである。

意気揚々と大軍を待ち構える重忠たちに比べ、対岸の味方からは士気の昂《たか》ぶりが感じられない。これから戦に臨むというのに、長い行軍の途上であるかのごとき倦《けん》怠《たい》が軍勢を包んでいた。

目の前にいる男が誰であるかを、皆が承知しているのだ。

先の将軍、源頼朝よりその武を愛《め》でられ、常に先陣を仰せつかった強力《ごうりき》の武人。よもや己が畠山重忠と刃を交えることになろうとは。この場にいる誰もが思ってもみなかったであろう。篤実《とくじつ》で忠義に篤い重忠の気性《きしょう》は、ここにいる者すべてが承知している。そのうえ、眼前の武士たちの装束《しょうぞく》を見れば、重忠が謀反を企てていたかどうかは愚か者でも見極められるはずだ。

冤罪《えんざい》である。

それでも、やるのか。

己は……。

そう。決断するのは大将である義時なのである。義時が采配《さいはい》を振り下ろせば、万を超す軍勢が川を越え、甲冑も着けぬ男たちに向かって殺到するのだ。それはもはや、戦とは呼べぬ。

殺戮《さつりく》ではないか。

怒りが義時の総身を焼く。手綱《たづな》を握る手に力が籠もる。奥歯が鈍い音を立て、頭骨を揺らす。

今、本当に義時が殺したい者は、この場にはいない。継母風情の姦計《かんけい》のために、鎌倉きっての武人を討たねばならぬとは。対岸の大軍を前にして、狩衣姿のまま百数十人あまりが臆しもせずに襲来を待ち受けているのだ。

目頭が熱くなる。

平賀朝雅に。稲毛重成に。我が父に。重忠とその郎従のような真似ができるか。

大軍に背を向けず、戦がはじまるその時をじっと待つことができるのか。

できはしない。できるはずもない。人を陥れて殺すような者たちに、正々堂々正面から刃を交えることなどできようはずがないではないか。

たとえ重忠が真実謀反人であったとしても、愚劣《ぐれつ》な父たちよりも幾層倍も好ましい。何故、重忠のように堂々と立ち振る舞えぬのか。何故、牧の方のような無知蒙《もう》昧《まい》で我欲に従順な愚か者に躍らされるのか。武蔵が欲しいから重忠を殺せと言われたほうが、よっぽど好ましい。

退く……か。

逡巡《しゅんじゅん》する。

「まさか」

迷う義時の目の前で、信じられないことが起こった。重忠が馬を駆り、川を渡り始めたのだ。手にした弓を天高く掲げながら水飛沫《しぶき》を巻き上げる主を追うように、狩衣姿の男たちが雄叫《おたけ》びとともに次々と川に馬を走らせる。

「畠山勢が動きましたっ」

「わかっておる」

家人が発した自明の報告に吐き捨てるように応えてから、義時は采配を振り上げた。

あれこそ真の武人。

畠山重忠はこの地で死のうとしている。死ぬことで、みずからの潔白を、みずからの名を天下に誇示せんとしている。

「解り申した」

川面《かわも》を愛馬の蹄《ひづめ》で割る濃紺の武人に、届かぬ声を投げる。

重忠の決意に応えるため、義時も武士の真心を示さなければならない。もはや父や継母の愚昧《ぐまい》な欲など眼中になかった。

真の武人との一戦に、無心で臨むのみ。

「義時殿っ」

味方の群れから一騎の武者が駆けてくる。己と年格好の変わらぬそれは、武蔵の御家人安達景盛であった。振り上げた采配を下ろし、景盛をむかえる。

「義時殿っ、某と重忠は若き頃よりともに弓馬を競い合った仲にござりまする。どうか、どうか某に先陣を仰せつけくだされ」

馬を飛び降りひざまずく景盛の声に悲愴《ひそう》の念が籠もる。

討つならば己が手で。

義時も景盛と同じ想いである。叶うなら、己みずから先陣を駆け、希代の坂東武者と直接刃を交えてみたいと思う。しかし義時は大将。ここを動くわけにはいかない。

「御主に任せる」

声が震えるのを抑えきれない。

「有難き幸せっ」

景盛の声も震えていた。

＊

「我こそはっ」

「其方の名を忘れるはずがなかろう景盛っ。名乗らずとも良いわ。ぬはははははっ」

多くの郎従を引き連れて到来した安達景盛の名乗りを出だしで止めて、重忠は大声で笑った。馬上で息を呑んだ景盛の顔は、遠くからでもわかるほど真っ赤に染まっている。朴訥《ぼくとつ》で正直な男だから、気持ちがすぐに顔に出る。

「重秀」

隣の馬にまたがる息子に声をかけた。無言のまま敵をにらむ重秀が、父にうなずきを返す。

「在奴《あやつ》は幼き頃よりともに遊んだ友よ」

「存じ上げておりまする」

「そうであったな」

「はい」

息子は敵から目を逸らそうとしない。重秀の心中では、すでに目の前の大軍は同朋ではなく敵なのだ。それで良いと思うが、重忠は声にはしない。子を褒めるのは苦手だった。

「見よ」

己が気持ちを眼前の旧友に定めるため、言いながら弓をつかんだ手を景盛へと差し出した。

「万は下らぬ兵を差し置いて、景盛が先陣を務めんとしておる。義時殿に願い出たのであろう」

古き友の心が身に染みる。

「奴の心を無駄にしてはならぬ。命を惜しむなよ重秀」

「もとよりその覚悟にござりまする」

「よくぞ申した」

弓を天高く掲げる。

「かかれぇいっ」

体のなかの気のすべてを言葉に込めて放つ。そして、馬腹を蹴って我先にと敵に向かって馬を走らせる。そんな重忠の背を追うようにして、重秀を先頭に郎従たちの馬が走り出す。

手綱を放し、背の箙《えびら》から矢を抜いて弓弦《ゆづる》に番《つが》える。

狙いはひとつ。

黒金の兜に金の鍬形《くわがた》が輝いている。幾度もともに戦場を駆けた景盛を、鏃《やじり》の先にとらえた。

ひょっ、とちいさな息を吐き、弓弦を弾《はじ》く。

主を守ろうと幾重にも立ちはだかる安達の郎従たちの間を掻い潜り、重忠の放った矢が唸《うな》りを上げて景盛の喉元《のどもと》へと吸い込まれてゆく。

「阿呆がっ」

叫んだ景盛が、腰の太刀を抜き放ち、抜いた挙動のまま刃を振り上げる。喉へと飛来した矢は虚空で真っ二つになってそれぞれ別々のほうへと飛び、敵のなかに消えた。

「名乗りの代わりじゃっ」

馬を走らせながら、友に向かって言い放つ。周囲では敵味方それぞれが弓弦を弾き、矢の雨を降らせている。

己には当たらない。

根拠などないが、重忠はそう信じて疑わない。現に、これまでそうして矢の雨を幾度も潜り抜けてきた。策を弄《ろう》するのは馬を走らせる直前まで。一度駆け始めたら、どれだけ我が身と命を忘れられるかが勝敗を分ける。その点において、重忠は他の誰にも敗けぬと自負している。矢は当たらぬし、己を傷付ける刃などない。

そして。

己は絶対に敗けない。

「退《の》けぇい、邪魔するなっ」

景盛の前に立ちはだかる敵めがけて吠える。矢を番えた弓弦を引く。家中で引ける者は重忠のみという強弓《ごうきゅう》である。思い切り引くと、ぎりぎりと弦が悲鳴を上げる。

放つ。

鏃が一直線に飛んだあと、あまりの勢いにぐいと上向きに跳ね上がった。風を切る鏃が、鎧のど真ん中を貫く。なにが起こったのかわからぬまま、敵が鞍《くら》から弾《はじ》け飛んだ。あまりの強弓に、周囲の男たちが静まり返る。

畠山重忠の武は坂東武者ならば知らぬ者はいない。その尋常ならざる威力を目《ま》の当たりにして、安達の郎従たちが怯《ひる》みをみせる。

「ええいっ、臆するなっ、臆するでないっ」

みずからを奮い立たせるように叫んだ景盛が、駆け寄って来る重忠を狙って矢を放った。

童《わらべ》のころからともに武勇を争ってきた古き友である。さすがの弓勢であった。

しかし、重忠の顔から笑みは消えない。

飛来する閃光《せんこう》の軌道を冷徹に見極めながら、気迫の呼気をひとつ吐くと、重忠が左手で虚空を掻いた。

景盛の放った矢を掌中で二つに折る。

「なはっ」

小賢《こざか》しい競《せ》り合いは好きではない。重忠は肩越しに味方を見る。徒歩《かち》の下男が必死に追って来るのを視界の端にとらえた。

「権助《ごんすけ》っ」

名を呼びながら弓を放る。甲高い声で短く啼《な》いた下男は、飛びつくようにしてなんとか弓を抱き留めた。権助の必死の形相など見ていない。重忠は腰の太刀を引き抜いて、弓を構えたままの敵に向かって馬を走らせる。

万を超す敵が安達勢の背後で不気味な沈黙を保っていた。緒戦《しょせん》で下手な姿を見せるわけにはいかない。

敵の放った矢が重忠に集中する。

当たらぬ。

避けもせず、弓手《ゆんで》に太刀、馬手《めて》に手綱を握り、真っ直ぐ駆けた。

鏃が狩衣を掠《かす》める。いくつかの矢が衣を裂いた。二の腕のあたりにむず痒《がゆ》さを感じるが、それもまた己が冷静である証《あかし》だ。心の芯からのぼせていると、痛みは感じぬものである。そうなると、視界が極端に狭くなる。目の前の敵しか見えなくなってしまう。存分に戦うためにはのぼせないことだ。戦に、血に、酔わぬことである。

一万の敵を前にして、重忠は己がのぼせていないことを改めて知り、みずからの武にひとりうなずく。だが慢心はしない。慢心は油断に通じ、弛緩《しかん》を生む。のぼせとは真逆の弛緩は、隙を生み、油断の元となる。

緊張と弛緩の中間、日頃と同様であることこそが肝要だ。

そう。

箸で飯を口に運ぶように。

斬る。

口許をゆるめたままの重忠の眼前で、弓ごと鎧を斜めに断ち割られた敵が絶叫とともに馬から崩れ落ちた。

斬った敵に心を留めはしない。噛み砕いて喉の奥に流し込んだ米粒をいちいち思っていては、飯を喰うのもままならぬ。呑みこんだ時には、箸は次の米粒をつかんでいるものだ。

斬り伏せた刃は、虚空でひるがえり、一人、二人、三人と淀《よど》みなく敵を仕留め続ける。殺すことに重きは置かない。戦えなくさせればそれで良いのだ。ある時は右の手首、またある時は鎧と脇の隙間。柔らかい場所を選んで抉《えぐ》る。太刀は重い。常人ならば両手で振り回すだけで、相当に疲れる。息が上がるよりも先に、腕、手首が痺《しび》れ、ゆくゆくは指の力を失う。そうなってしまうと敵に刃を弾かれただけで、簡単に得物を飛ばされる。

それはあくまで常人のこと。

重忠はそんな心配とは無縁だった。

人一倍腕っぷしが強い。本来なら両手で振るべき太刀を、右手一本で振り回し、一向に疲れない。真っ向から敵が両腕で握った太刀を渾身の力で振ってきても、正面から合わせて右手一本で弾くことができる。現に今も、目の前の敵が諸手で振るった太刀の峰を、右手一本で叩いて落としたところだ。信じられぬことが起こり、目を真ん丸にした敵が頬を引き攣らせて固まっている。

太刀を刃とは逆に振り、身幅の太い峰で兜の横をしたたかに打つ。強烈な一撃に、敵が白目をむいて泡を吹き、馬から転げ落ちた。完全に脱力している。頭から落ちれば首の骨を折って死ぬが、背や尻から落ちれば助かるかもしれない。そのあたりは、この男の武運次第である。重忠が案ずることではない。

ひたすらに敵を切り崩す。

恐らく背後を付いて来ているであろう仲間のことも頭にはなかった。いろんな形の将がいるのだろうが、重忠はみずから先頭に立って戦うのが性《しょう》に合っている。重忠が戦闘で奮闘する。その背を見て、味方が奮起し主に負けじと戦う。そうして畠山の兵は精強でいられるのだ。

そういう意味で、重忠は頼朝よりも、義経を好ましいと思っている。頼朝は平氏が潰《つい》えるまで鎌倉に腰を据えて動かず、奥州討伐《おうしゅうとうばつ》の折も総大将ではあったが一度として前線に立つことはなかった。いっぽう義経は、どんな時も戦の最前線にいた。時には総大将でありながら武功を求めるとはなんと浅ましいことかと御家人たちから非難されることもあったが、それでも義経は郎従たちを率い前線に立ち続けた。それ故、義経は目覚ましい武功を挙げられたのである。

真の武人、真の武士ならば、戦場に立って血が騒がぬわけがない。

重忠に言わせれば、戦場でみずからの命を第一に考えるような者は武士とは呼べなかった。

今、目の前で重忠をむかえ撃つ者たちの顔は、どれも死の恐怖に支配されている。万という味方がいるのだ。百三十あまりの敵を相手に、己が死ぬなど思ってもいなかっただろう。

怖れを満面に湛える敵の向こうに安達景盛が見える。古き友はさすがに、恐れなど微塵も感じさせない堂々たる武者ぶりであった。

その遥か後方……。

北条義時の姿があった。

「ふふ」

重忠は思わず笑む。

兜の下の義時の顔にも、死の恐れはない。

これぞ武士。

胸に熱きものが滾《たぎ》る。血脂で切れ味が鈍る太刀の勢いが、ひと振りごとに鋭さを増してゆく。物打ちのあたりは刃こぼれでぼろぼろである。もはや人を斬る得物たりえていない。それでも重忠が振るえば、不思議と敵の手は宙を舞い、掲げた刃は真っ二つ。斬れる斬れないではないのだ。

斬る。

いや、断つのだ。

わかる者だけにしか味わえぬ境地である。半端な武士は、重忠の境地の足元にすら一生かけても辿りつけない。恵まれた体軀《たいく》と天性の膂力《りょりょく》を、戦場で極限にまで鍛えあげたが故に、重忠の刃はぼろぼろであろうと斬れるのだ。刃筋や体の使い方などという些末《さまつ》なこだわりなど、ここまでくると関係ない。自然と体が敵を断つように動き、刃が重忠の想いに沿って走る。頭で動く者には一生わからない場所に、重忠は立っている。

幾人の敵を斬ったのか。数えていないからわからない。喰った飯の粒を覚えていないのと同じだ。淡々と箸を動かすように、太刀を振るう。

気付けば目の前まで景盛が迫っている。

「景盛ぃぃっ」

血塗れの悪鬼に名を呼ばれ、さすがに古き友も顔を強張《こわば》らせている。

駄目だ。

そんな顔をしていると死ぬぞ。

脳裏で語りかける重忠は、馬をゆるめることなく景盛へとひた走る。

新手《あらて》……。

景盛と重忠をへだてるように、安達の兵たちとは思えぬ軍勢が横から現れた。

「無粋《ぶすい》な」

つぶやきながら重忠は笑う。

構わぬ。

安達の兵だろうが、新手だろうが斬り伏せるのみ。

背後から悲鳴が聞こえてくる。下男の権助だ。太刀を振りながら肩越しに目をやるが、敵の群れに囲まれて、権助の姿は見えなかった。助けるような余裕はない。息子も郎従たちも各々がみずからの場所で戦っている。

そう……。

敵は重忠を討てばこの戦に勝利できる。だが、重忠にとっては、決着のない戦なのだ。よしんば義時を討てたとしよう。一万の兵たちが蜘蛛《くも》の子を散らすように逃げ去ったとしよう。しかしそれでも、戦は終わらない。鎌倉まで攻め上れば終わるのか。時政を、重保を殺した三浦義村を討てば勝ちといえるのか。

否だ。

なぜなら重忠は謀反人ではない。鎌倉に弓を引くつもりはないのだ。

何故戦うのか。

重忠は今なお、鎌倉御家人である。斬り伏せ続けている者たちは、同朋であり、その臣なのだ。多くの仲間を殺し、戦場を駆けているのはいったい何故なのか。

畠山重忠ここにあり。

坂東武者、秩父平氏の惣領としての道は決して曲げられぬ。

己が武のため、重忠は戦う。

もはや子も郎従も、鎌倉も畠山家すら関係ない。

「済まぬ」

ぼろぼろの太刀で敵を打ちながら、重忠は謝る。敵にではない。みずからの死に様に付き合わせることになってしまった郎従たちに対してである。

次から次へと敵が湧く。もはや景盛の姿はない。それでも愚直に刃を振るい続ける。

いたるところが、ずきずきと痛む。

あれほど当たらぬと思っていた矢が、肩や背中、太腿《ふともも》にも突き立っている。息を荒らげ汗を煌《きら》めかせながらともに駆ける漆黒の愛馬も総身に矢を受けていた。それでも愛馬は足を止めない。腰や股、鐙《あぶみ》に乗せた足の動きで重忠の意図を機敏に悟ってくれる。もはや重忠の体の一部であった。

空が紅い。

すでに二刻あまりもの間、休まずに太刀を振り続けている。身幅の厚い剛刀も、さすがに限界をむかえようとしていた。刃こぼれは大きな亀裂《きれつ》となり、刀身の中程あたりが裂けて曲がっている。

馬上の敵を構わず物打ちで叩く。案の定、太刀は亀裂から折れてしまった。気を失って鞍から滑り落ちた敵の脇を抜け、徒歩の男が薙刀《なぎなた》を振り、馬上の重忠を襲う。

重忠は膂力も優れているが、目も良い。下からせり上がって来る刃を体を傾けてかわすと、折れた太刀を徒歩の顔に向かって投げた。血と汗に塗れた柄でしたたかに鼻を打たれた男が怯む。その隙に薙刀の柄をつかんで、強力で引っ張る。男はいとも簡単に薙刀を放し、刹那《せつな》、得物を取られたことに驚き、顔を上げた。

「借りる」

言いながら石突《いしづき》で男の腹を突く。激痛に悶絶《もんぜつ》しながら、男が地面でのたうち回る。

馬上で薙刀を構え、虚空を一度斬った。刃がびょうと鳴り、周囲の敵が息を呑む。太刀の柄と同じように楕円《だえん》になった薙刀の柄は、手の裡《うち》を極《き》めやすい。太刀を振るうのと同じように、斬ることができる。

「さぁ仕切り直しじゃ」

馬の腹を腿で締める。重忠の意を悟った馬が、真っ直ぐに駆けはじめた。

臆した敵が左右に割れる。

重忠は一直線に戦場を疾駆《しっく》する。

武を示してこその武士。

「我こそは桓武《かんむ》天皇十一代の御末《おすえ》、武蔵国菅谷住、畠山庄司次郎重忠なりっ」

この場にいるすべての武士たちよ。

聞こえたか。

「我こそは相模国《さがみのくに》住人っ、愛甲季隆《あいこうすえたか》なりっ」

一騎の騎馬武者が弓を構え、手勢とともに駆けて来る。

若き武者の目が、鏃の切っ先のごとき鋭さで重忠を射た。

「うむ」

歓喜の笑みとともに、重忠は薙刀を構えて馬を走らせる。

季隆の郎従が一斉に矢を放った。重忠の頭上の紅い空だけが黒く染まる。

腹に気を込め、薙刀を振り回す。鏃の雨を刃、柄、石突、薙刀のすべてを使って叩き落としてゆく。人馬ともに数本は受けたが、動きを止めるほどのものはひとつも喰らっていない。

「っ……」

銀の雨が止んだ虚を衝き、一本の矢が重忠の喉を貫いた。

正確無比な一矢に、重忠は体の動きを止められた。

季隆だ。

冷徹な一撃であった。

見事……。

吹いた血で濡れた唇はかろうじて動いたが、喉を射られてしまい声が出ない。

頬をほころばせたまま、重忠は地に没した。

＊

これを。

勝ちと呼べるのか。

愛甲季隆が持って来た重忠の首を見つめながら、義時は空虚《くうきょ》な想いに囚われている。

百三十あまりの敵を前に、義時は一万もの兵で二刻半もの長きにわたり戦った。こちらは翻弄《ほんろう》されただけ。戦ったとも言えぬ。重忠の奮戦に味方はただただ翻弄《ほんろう》され、彼の振るう太刀の前に成す術《すべ》もなく討ち果たされるばかり。

重忠の軍勢を目にした時から、味方は戦う気がなかった。百三十あまりの兵でいったいなにができるのか。謀反の意思がないことは明らかだった。しかも忠勇優れる重忠である。はじめから御家人たちの間には義時同様、謀反という報せに疑いを持っていたのだ。自然と刃が鈍る。

決死の覚悟を定めた重忠とその郎従の敵ではなかったのだ。

「重忠殿」

冷たくなった頬に両手で触れ、義時はそっと目を閉じた。ひとつ違い。どれほどこの男の武勇に憧れたことか。

「どうしてこうなったのであろうなぁ」

固く閉じた瞼《まぶた》の間から熱いものが零《こぼ》れ落ちる。

「平氏と戦うておったころは、梶原も其方も儂も皆、頼朝殿の御為《おんため》だけに馬を駆っておった。あのころは皆、武士であった」

将軍が日ノ本の武士の頂《いただき》に立ち、鎌倉に政が集約され、すべてが変わった。父や大江広元《おおえのひろもと》のような腹黒い大人たちが、幕府の中枢に座り、他者を追い落とす。武功で名を挙げる日々は遠くなり、奸智《かんち》に長《た》けた者が力を得る醜《みにく》き世となった。

「其方のような者には生き難い世となってしもうた。許せ重忠殿」

涙が止まらない。

しかし。

こんなところで止まっているわけにはいかない。

義時にはやらねばならぬことがある。

「もう迷わぬ」

冷たき頬に熱き掌を当てたまま、首だけになった武人に誓う。

「せめてもの償《つぐな》い。天より見ていてくだされ」

濡れた瞳をかっと見開き、義時は立ち上がる。周囲で静かに見守っていた御家人たちを睥睨《へいげい》し、腹から声を吐いた。

「鎌倉に戻るぞ」


重忠との激闘の翌日、鎌倉に戻った義時はその足で父の元に推参《すいさん》した。

「親類縁者ことごとく遠方にありて、重忠殿に従うておったのは己が郎従百三十あまり。ともに戦うておった小次郎重秀や郎従たちは、重忠殿の死を知ると皆、見事に自害して果て申した」

「御苦労であった」

卑屈に笑う父を、背筋を正して義時は真正面から見据える。

「重忠殿に謀反の意がなかったことは明らかっ」

床を叩く。

「ひ」

哀れなほど肩を激しく上下させ、父が短い声を吐いた。

構いはしない。

すでに腹は決まっている。もう父に対して謙譲《けんじょう》も忖度《そんたく》も追従もしない。

「讒訴にて誅殺されたとしか思えぬ」

殺《や》ったのは義時自身だ。誅殺という語を吐いた時、胸がちくりと痛んだが、重忠を討ってしまった罪は一生背負う覚悟である。だからこそ、この陰謀の真の首謀者どもには相応の報いを受けてもらう。

「昨日戦場にいた御家人たちは、皆わかっており申す。重忠殿の鎌倉に対する忠節に異心なきことを」

重忠の首に触れて涙する義時を見つめる御家人たちからは、すすり泣く声が聞こえていた。一人として歓喜する者のいない、虚しい勝利であった。

「父上」

もはや父は、答える声すら発せられずにいる。救いようがないほどに鈍してしまったといえど、己の立場がどのようなことになっているかくらいはわかるようだ。

「なにか申されたきことはござりまするか」

「い、いや義時……」

「なきようならば、これにて」

哀願の色を父の目に見た義時は、脆弱《ぜいじゃく》な言葉が吐かれるより先に、立ち上がって背を向ける。

これ以上、父の零落《れいらく》を見たくはなかった。

義時が父と対面したその日、鎌倉は変事に揺れた。

重忠を鎌倉に呼び、時政の陰謀に加担していた稲毛重成と、重成の弟である榛谷《はんがや》重朝とその子等が殺されたのである。

彼等を殺した下手人《げしゅにん》たちは責めを受けることはなかった。鎌倉の御家人たちの間では、重忠が無実であったということが公然の事実として受け入れられていたという証である。

重忠誅殺というこの一件によって、政所執権別当である時政の権威は失墜《しっつい》し、頼朝の妻であり義時の姉である政子が政の実権を握ったのであった。


そして重忠の死の二ヶ月後。


時政は牧の方と謀《はか》り、将軍実朝を暗殺して、朝雅を将軍に据えようとした。しかしその企みは事前に義時等の知るところとなり、義時はすみやかに御家人たちを招集した。時政の元に集っていた御家人たちも、義時に合流。

父は鎌倉じゅうを敵に回し、息子に追い詰められることとなった。

ぞ」
「将軍を害し奉《たてまつ》り、朝雅を将軍に成そうとは、あまりにも浅はかな企みにござる
屏風《びょうぶ》を背にして身を縮める父の眼前まで詰め寄る義時の声に淀みはない。
「もはや、父上を守る御家人は一人もおりませぬぞ」

言った義時の背後には甲冑に身を包んだ御家人たちが並んでいる。

「わ、儂は……。ま、牧が……」

「この期《ご》に及んで言い逃れは見苦しゅうござりまするぞ」

泣いている。

浅ましい。

愚かな若妻の娘婿などを担いで将軍を殺そうなどと策した父を、御家人たちは見限ったのだ。

当然の報いである。

「もはや鎌倉に父上の居場所はありませぬ」

「わ、わかった。わかったから、い、命だけは……」

子に命乞いをするとは。

義時は目を閉じ熱いものをこらえる。ここで泣いては、死んだ重忠に申し訳が立たぬ気がした。

一度息を深く吸って瞼を開くと、紅く染まった目で父をにらむ。

「伊豆に戻られよ」

この日、時政は出家し牧の方とともに伊豆に帰り、二度と鎌倉の地を踏むことはなかった。重忠誅殺の元凶となった牧の方の娘婿、平賀朝雅は、この陰謀の罪を問われ、京で殺された。


その後、畠山重忠は関東武士の鑑《かがみ》として鎌倉御家人たちの間で語り継がれてゆく。彼の並外れた大力と武勇は神格化され、鵯越《ひよどりごえ》において馬で崖を駆け降りる義経たちを見て、馬を哀れみ、みずから担いで降りたという逸話をも生む。

在世中から頼朝や義時たちにその武を愛された重忠は、生き様と死に様によって武士としての己を、後世に示したのであった。

八幡宮《はちまんぐう》雪の石階《いしばし》

安部龍太郎

一

定刻正午を四半刻《しはんとき》（三十分）ほど過ぎたが、唐船《からふね》建造所の扉《とびら》が開く気配はなかった。頭上の陽《ひ》が少しずつ西に傾いていく。由比《ゆい》ヶ浜《はま》に集まった数千の群衆のざわめきが次第に大きくなった。

「どうした。何をしておるのじゃ」

陣幕の中央に座った実朝《さねとも》は、じっとしていられなくなった。

周囲の反対を押し切って建造を命じた唐船である。失敗すれば、死ぬしかない。そんな切羽詰まった思いがあった。

「それがしが、見て参りましょう」

北条義時《ほうじようよしとき》が立ち上がった。母政子《まさこ》の弟で、執権として幕政を牛耳る老獪《ろうかい》な男だ。

「それには及ばぬ」

実朝は甲高《かんだか》い声で制した。夢の船を、こんな薄汚ない男に触られたくなかった。

「仲章《なかあき》、その方見て参れ」

実朝の侍読《じどく》（家庭教師）を務める源仲章に命じたとき、建造所の扉が開き、宋人陳和卿が出てきた。東大寺の大仏を造営するために宋から招いた技師である。実朝は彼に命じて、渡宋のための大型船を造らせたのだ。

陣がさっと右手を上げた。二人の武士が陣太鼓を連打した。白木の板で作った建造所の屋根と壁が、百人ばかりの人夫に引き落とされた。真新しい船が姿を現わした。

「ウォーッ」

数千人の群衆から驚きの声が上がった。

巨大な船だった。長さ十五間（約二十七メートル）、幅四間（約七・三メートル）、高さが三階建ての家ほどもあった。

「あれに二本の帆柱を立てるんだ。そうすると、もっと大きく見える」

実朝は興奮に声を上ずらせて、正室の清子を振り返った。坊門信清《ぼうもんのぶきよ》の娘で、実朝と同じ二十六歳だった。

「まあ、きれい」

船体は檜《ひのき》の地肌《じはだ》を生かした白木、船側の垣楯《かいだて》は朱。主屋形と艫《とも》屋形には金や銀の金具がちりばめられ、陽をあびてまぶしいほどに輝いていた。しかも、船体がジャンク型にそり返って、絵を見るような華麗さだった。

「あの船に帆を張って、真っ青な海を行くんだ。海に浮いたら、もっともっと美しい」

「でも、どうやって海まで出すのですか」

「ほら、柱を二本並べているだろう。あの上に丸太を渡して転がすんだ」

「倒れないかしら」

「両側から縄《なわ》をかけて少しずつ動かすから大丈夫だ。浅瀬にさえ入れば、潮が満ちたときに浮かぶ。あの船でなら、宋の国へ行くのも悪くないだろう」

「ええ」

「宋の医王山《いおうさん》に着いたら……」

そう言いかけた実朝の袖《そで》を、仲章がそっと引いた。義時や政子ら北条一門の者たちが、冷たい目を向けていた。

「構わぬ」

わしはあの者たちがうとましくて、宋の国に渡るのじゃ。喉《のど》まで出かかった叫びを、実朝はあやうく抑えた。

実朝が生まれたのは建久《けんきゅう》三年（一一九二）。父頼朝《よりとも》が征夷《せいい》大将軍となって武家政権を打ち立てた年である。源氏の栄光と繁栄を担《にな》う者として生を享《う》けたが、家には暗雲がつきまとった。

六歳のときには長姉の大姫が、八歳のときには父と次姉の三幡《さんまん》姫が、謎《なぞ》の死をとげた。

十二歳のときには、兄頼家《よりいえ》の妻の実家である比企《ひき》一族が亡《ほろ》ぼされた。兄は伊豆の修禅寺《しゆぜんじ》に幽閉され、翌年殺された。

十四歳のときには畠山重忠《はたけやましげただ》の一族が亡ぼされ、重忠に無実の罪をきせたとして稲毛重成《いなげしげなり》が殺された。

二十二歳のときには、和田義盛《わだよしもり》が挙兵して敗死した。

こうした事件の陰では、北条一門が暗躍していた。競争相手である有力御家人を次々と罠《わな》に落として亡ぼし、幕府の実権を我手にしてきたのだ。その中心となったのが、母政子と義時だった。

「いよいよ船を出しますよ」

清子がはずんだ声をあげた。

船の垣楯に数十本の縄を結び、大勢の人夫が引いていた。船は平行に並べた柱の上を、海に向かってゆっくりと滑りはじめた。

実朝自ら装飾を考え、建造所に何度も足を運んで作り上げた船である。数百人の人夫たちは、狂暴な牛のたづなでも引くように、緊張に顔を強張《こわば》らせながら少しずつ海に向かった。

「さあ、もう少しだ」

実朝は身を乗り出した。

陣幕の重臣たちも、竹矢来の外の群衆も、群衆の前に立ちはだかる武士たちも、海まで半町（約五十五メートル）ばかりに迫った船を喰《く》い入るように見つめた。船はその期待に応《こた》えるように早さを増した。

「わっしょい、わっしょい」

群衆から歓声と手拍子が上がった。

実朝も手をたたいた。声を合わせた。みんなが私を祝福してくれる。その思いに涙がせり上がった。

「じっとしていられないのなら、あなたも引いたらどうですか」

政子が声をかけた。

「いいのですか」

実朝は子供のように目を輝かせた。いつもは、そんなことを許す母ではなかった。

「ええ、今日だけですよ」

実朝は沓《くつ》をぬぎ捨て、砂浜を走った。日焼けした人夫たちが、人なつっこい笑顔で迎えた。

「将軍、もっと前を引きやすかい」

そう言う者がいた。実朝は有頂天になって前に出ようとした。

その時、バギッという鈍い音がした。左舷《さげん》の垣楯が折れたのだ。船は右舷に引かれ、実朝たちの頭上にゆっくりと倒れかかった。

「あぁっ」

実朝は立ち尽くしたまま、船体が迫って来るのを見つめた。誰かが後ろに引きずり出した。叫び声と砂煙が同時に上がった。逃げ遅れた二十人ほどが下敷きになった。実朝は両手で顔をおおうと、砂浜に崩れ落ちた。

二

熊野詣《くまのもうで》のために上洛《じょうらく》した政子と北条時房《ときふさ》が実朝をたずねたのは、翌建保《けんぽう》六年（一二一八）五月五日のことだった。

「仙洞《せんとう》（後鳥羽《ごとば》上皇）のご様子はどうじゃ。ご壮健にあらせられるか」

「はい、去る八日の梅宮祭にご臨幸《りんこう》なされました。また院の御所で蹴鞠《けまり》の会を催され、それがしも愚息二郎時村《ときむら》と共にご拝顔の栄をたまわりましてございます」

「そうか。蹴鞠をのう」

二人を前にして翳《かげ》っていた実朝の顔が、晴れやかにほころんだ。実朝がこの世でただ一人敬愛し崇拝しているのが後鳥羽上皇だった。

「なにかお言葉をたまわったか」

「畏《おそ》れ多くも、それがしの蹴鞠をご賞讃いただき、時房、生涯《しょうがい》の面目《めんもく》をほどこしてございます。これがその折にたまわったものにございます」

時房が桐《きり》の箱におさめた鞠を差し出した。緋色《ひいろ》の絹に、翼を広げた銀色の鶴《つる》が二羽描かれていた。

「時房、これを譲ってはくれまいの」

実朝は上皇の姿を偲《しの》んで、鞠を胸元に引き寄せた。こみあげてくる懐《なつか》しさに胸が一杯になった。

「当家代々の家宝でござれば、その儀ばかりは……」

「そうか。そうであろうの」

実朝は目に涙をためてうつむいたまま、いつまでも鞠を放そうとしなかった。

「あなたは鎌倉将軍なのですよ。そのようなことでどうしますか」

政子がたまりかねて叱《しか》りつけた。

「頼朝公は政治の実権を武家のものとするために、一生戦い続けられたのですよ。それを守り抜かねばならないあなたが、上皇の鞠などを欲しがってどうしますか」

尼装束《しょうぞく》をした政子の目は険しかった。いつもいつも実朝を叱責《しっせき》し続けた目だった。北条一門のために、父の死を早め兄を殺した女である。六十二歳になるというのに、その顔には気味の悪いほどのあでやかさがあった。

「母上は仙洞がご対面を希望なされたのに、お断わりになられたそうですね」

「当たり前です。上皇の祖父後白河法皇は、義朝《よしとも》公を誅《ちゅう》されたお方ですよ。しかも上皇は、院の西面《さいめん》に新たに武士を召し抱えられ、幕府を倒す隙《すき》をうかがっておられます。そのようなお方に、対面できるわけがないではありませんか」

「では、どうして上皇の皇子《みこ》を将軍に乞《こ》われたのですか」

「そ、それは」

政子は色を失った。熊野詣を理由に上洛したものの、真の目的は実朝の次の将軍に、後鳥羽上皇の皇子を申し受けることだった。

「それは、あなたに世継ぎが出来なかったときのことを考えたからです」

「そうですか」

実朝は鼻白《はなじろ》んで横を向いた。鋭敏な詩人である彼には、北条家のためなら我子を犠牲にしても構わないという政子の腹が透けて見えた。

「世継ぎを作るのも、将軍としての大事な務めです。和歌や蹴鞠などに興じてばかりいないで、その方もお励みなさい」

「一幡《いちまん》も栄実《えいじつ》も、殺されたではありませんか」

二人とも頼家の子だが、一幡は比企氏の乱に連座して、栄実は和田氏の乱の残党に擁されたために殺された。

「そうする理由があったからです」

「北条一門のためですか」

「幕府のためです」

「幕府のためなら……」

唐船の垣楯に細工をして、私を押しつぶすのですね。実朝は喉元までせり上がった言葉をこらえた。鼻筋につんと痛みが走り、涙がにじんだ。


六月初め、実朝は長谷寺《はせでら》に参籠《さんろう》した。北条一門が牛耳る御所にいるのが、耐えがたくなったからだ。

長谷寺からは、由比ヶ浜を一望におさめることが出来た。

浜辺には実朝の夢の船が横倒しになったまま放置してあった。下人たちが金銀の金具や板をはぎ取るために、身をはがれた魚のように骨組みだけが残っていた。実朝には、その姿が我身のように思われた。

自分を除こうとする企てが進んでいることを、実朝は周囲の視線から感じていた。だが、逃れる術《すべ》はなかった。頼りにしていた畠山重忠や和田義盛は亡ぼされ、今や北条一門に反してまで実朝を守ろうとする武士はいなかった。

参籠五日目に天変があった。戌《いぬ》の刻（午後八時）に東の空に白い虹《にじ》がかかった。星もまばらな夜空にかかる白虹《はっこう》は、無気味だった。

八日目の卯《う》の刻（午前六時）には、明けたばかりの西の空に、五色の虹が現われた。薄紅色の帯の中に、黄、赤、青、紅梅の筋がくっきりと見え、目を洗われるほどに美しかった。

鎌倉中の者たちが何の前ぶれかと怪しんだが、実朝にはその意味が分った。東の白虹は幕府の滅亡を、西の五色の虹は朝廷の再興を示しているのだ。

奥山のおどろが下もふみわけて　道ある世ぞと人に知らせん

実朝は後鳥羽上皇の歌を三度繰り返した。武家が政権を握っているかぎり、血の抗争が続く。それくらいなら源氏が亡び、朝廷に政権を返上したほうがいい。

（そのためなら、私は殺されても構わない）

実朝は西の空に目を上げた。救いはそこにあるはずだった。

三

「どうしたのです。まだ仕度が整わないのですか」

様子をのぞきに立ち寄った政子は、いつになく浮き立っていた。建保七年（一二一九）一月二十七日、右大臣拝賀の儀を鶴岡八幡宮《つるがおかはちまんぐう》で行う日のことだ。

「もう少しです」

侍女に髪を整えさせていた実朝は、真っ直ぐに前を向いたまま答えた。

「早くしなさい。遅れてはなりません」

「今日は、公暁《くぎょう》も参列するのでしょう」

公暁は頼家の次男で、鶴岡八幡宮の別当（長官）に任じられていた。

「いいえ、あの子は還俗《げんぞく》の希望があるらしく、除髪もしていないので、参列を禁じました」

「なんだかお若くなられたようですね」

「親をからかってはいけません」

「今日、なのですね」

策謀家の血が騒ぐのだろう。父が死んだ日も兄が殺された日も、政子が朝から華やいでいたことを、実朝は知っていた。

「夜になると底冷えしますよ。いつもより厚着をなさい」

政子は実朝の言葉の意味に気付かないふりをして、いそいそと立ち去った。

束帯《そくたい》に着替えた実朝は、一同が待つ南門に向かった。庭には昨夜から降り続いた雪が、二尺（約六十センチ）あまりも積っていた。ようやくほころび始めた紅梅にも、綿のような雪が積っている。腰を縮めて重さに耐えているような梅に、実朝は心を揺さぶられた。


出でて去《い》なば主なき宿と成りぬとも　軒端《のきば》の梅よ春を忘るな

侍女が持参した歌帳にそう記した。悪い出来ではないと思った。たとえ我身は亡びても、歌だけは残る。それが自分が生きたことを証《あか》してくれるだろう。

それは静かな諦《あきら》めであり、熱い願いだった。

行列は予定通り酉《とり》の刻《こく》（午後六時）に、御所の南門を出た。先導役の武士に続き、この日の祝いに都から駆けつけた殿上人《てんじょうびと》が十人、次に前駈《まえがけ》の重臣二十人が、雪を掃き、清められた道を、八幡宮に向かって歩いた。

実朝は四人の車副《ぞえ》がついた檳榔毛《びろうげ》の車に乗った。その後ろを色あざやかな鎧《よろい》をまとった十人の騎馬武者が固め、公卿《くぎょう》を乗せた五台の車が続いた。

鎌倉幕府始まって以来の大行事である。御所の南門から八幡宮までの六町（約六百六十メートル）ばかりの道には、一千騎の兵が物々しく警固していた。

（これで見納めか）

そう思って御所をふり返ったとき、政子が侍女にかしずかれて見送っているのに気付いた。築地《ついじ》に積った雪が舞いかかるのも構わず、じっと立ち尽くしている。墨染めの衣に包んだ体は、雪景色の中ではいっそう小柄《こがら》に見えた。

「母上……」

実朝の胸に、長い間忘れていた慕情がこみ上げてきた。

二の鳥居の前で車を降りた実朝は、源平池にかかる赤橋を渡り、南大門から境内《けいだい》に入った。朱塗りの回廊をめぐらした境内にも、厚く雪が積っていた。

「その方らは、ここに留《とど》まれ」

拝殿の前の中門まで来たとき、実朝は北条義時に命じた。中門より先に入れるのは、三位《さんみ》以上の公卿ばかりだ。実朝は義時の不満そうな視線を背中に感じながら、上宮《うえのみや》につづく石階《いしばし》を登った。

神拝の儀が終わったのは、戌の刻だった。あたりは闇《やみ》に閉ざされていた。闇の底が雪あかりでほんのりと明るかった。回廊の燈籠《とうろう》には火を入れてあったが、境内を照らすほどの力はなかった。

　石階の上段に立った実朝は、一瞬足がすくんだ。目の下の闇が、自分を呑《の》み込む地獄のように思えた。

「仲章、前駈を頼む」

「お任せあれ」

　仲章が松明《たいまつ》で足元を照らしながら先導した。両手で笏《しゃく》を持った実朝は、千尋《せんじん》の谷にかかった橋でも渡るように、一歩一歩踏みしめながら石階を降りた。右手には葉を落とした大銀杏《おおいちょう》が、雪をかぶって立ち尽くしていた。

　石階を降りると、供の公卿が並ぶ前をゆっくりと歩いた。

（ああ、何ごともなかった）

　中門を前にして、ほっと気がゆるんだとき、背後からあわただしく走り寄る足音がした。

「何者だ」

　仲章がかがり火をかざした。法衣をまとった身の丈六尺（百八十センチメートル）あまりの若者が、闇の中に浮かび上がった。

「公暁、お前か」

　実朝は船が倒れかかったときのように、太刀を振りかざす公暁を茫然《ぼうぜん》と見つめた。

「父上の仇《かたき》、思い知れ」

公暁は束帯の下襲《したがさね》を踏みつけて実朝の動きを止め、上段から太刀を振りおろした。

実朝は手にした笏で太刀を払おうとしたが、武芸のたしなみのない彼に防げる太刀筋ではない。厚刃の野太刀《のだち》は冠ごと額を断ち割り、鼻のあたりで止まった。

五人の公卿は、血を噴いて倒れる実朝を身動きも出来ずに見つめた。

「ちがう……」

兄を殺したのは、お前をそそのかした者たちなのだ。そう言おうとしたが、すでにその力はなかった。

（母上……）

実朝は雪に顔をうずめ、口元に皮肉な笑みを浮かべて息絶えた。

解説

細谷正充

二〇二二年のNHK大河ドラマは、三谷幸喜《みたにこうき》のオリジナル脚本による『鎌倉殿の13人』に決定した。時代は、平安時代末から鎌倉時代初期。主人公は北条義時《ほうじょうよしとき》。北条政子《まさこ》の弟であり、鎌倉幕府の熾烈《しれつ》な権力闘争を勝ち抜いた人物である。といっても大河ドラマの主人公にしては、マイナーな存在といっていい。

歴史時代小説を俯瞰《ふかん》すると、鎌倉時代そのものが、いささかマイナーである。もちろん平家《へいけ》を滅ぼし日本初の武士政権である鎌倉幕府を創立した源頼朝《みなもとのよりとも》と、その妻の北条政子を題材にした作品は多い。永井路子《ながいみちこ》の『北条政子』から伊東潤《いとうじゅん》の『修羅《しゅら》の都』まで、読みごたえのある作品が並んでいる。また、元寇《げんこう》を描いた作品も色々ある。しかし、戦国や幕末と比べると、やはり少ないといわざるを得ない。面白い人物やエピソードは幾《いく》らでもあるのに、不思議なことである。

一例を挙げれば、鎌倉幕府二代将軍源頼家《よりいえ》の時代に始まった、宿老たち十三人による合議制だ。この時代では破格というべき、合議制による政治体制なのである。大河ドラマのタイトルから察するに、この合議制がクローズアップされるのであろう。さすがは三谷幸喜、いい題材に目を付けたものである。その他にも、鎌倉時代初期は注目すべき人物とエピソードがてんこ盛り。本書は、そんな時代の諸相に切り込んだ、七人の作家の作品を集めた。

なお、「水草の言い条」「蝸牛《かたつぶり》」「讒訴《ざんそ》の忠」「重忠なり」の四篇は、書き下ろしである。ベテランの名作から、フレッシュな新作まで、存分に味わってほしい。

「水草の言い条」谷津矢車

トップに据えた本作は、鎌倉時代初期のルートマップである。鎌倉で流人《るにん》生活をしていた源頼朝が挙兵し、平家を倒して幕府を開いてから、三代将軍実朝《さねとも》が鶴岡《つるがおか》八幡宮《はちまんぐう》で暗殺されるまでの時代の流れが、簡潔かつ的確に綴《つづ》られている。しかも、ナビゲーター役が北条義時だ。ただし本作の彼は、権謀術数《けんぼうじゅつすう》の人ではない。ただただ周囲に流される、水草のような人であるのだ。

北条時政《ときまさ》を父に、政子を姉に持つ義時。北条一門に、いいように使われてきた彼は、野心もなく、流されるままに生きている。そんな義時が、亡き兄の言葉を胸に、自らの意思で動くのだが……。

人生一度の血の滾《たぎ》り。その高揚も、ある人物により水を浴びせられる。だが、巨大な歴史の流れの中では、誰もが時代を形成する一部に過ぎないのではないか。作者は、義時の人間性に独自の光彩を与えながら、歴史と人間の本質を掴み出してみせたのである。

「蝸牛《かたつぶり》」秋山香乃

本書唯一の女性作家である秋山香乃は、源頼朝の娘の大姫《おおひめ》と、源義経《よしつね》の愛妾だった静御前《しずかごぜん》の人生をクロスさせた。夫になるはずの木曾義仲《きそよしなか》の嫡男《ちゃくなん》を、父親である源頼朝により殺された大姫は、生ける屍《しかばね》のようになっている。だが、静御前が義経の行方の詮議《せんぎ》のために、鎌倉に送られてくると聞いて生気《せいき》を取り戻す。義経のために尽くし、吉野の雪山に置き去りにされても心の揺らがぬ静御前に、興味を抱《いだ》いたからだ。

一方の静御前は、ここに至るまでの経緯《いきさつ》に、さまざまなことを感じながら、なおも義経を守ろうとする。そんな静御前に、自らの気持ちを打ち明ける大姫。心の通じ合ったふたりは、頼朝の命《めい》を利用しようとする。

静御前が鶴岡八幡宮で見せた白拍子《しらびょうし》の舞いが、頼朝を怒らせたことは史実である。作者はそこに、大姫と静御前の想いを託した。静御前が頼朝に与えた痛撃は、女性を踏みにじる男性に対する怒りでもあろう。女性作家ならではの視点を生かした佳品である。

「曾我《そが》兄弟」滝口康彦

日本三大仇討《あだう》ちといえば、「赤穂浪士《あこうろうし》の討ち入り」「伊賀越えの仇討ち（鍵屋《かぎや》の辻《つじ》の決闘）」、そして「曾我兄弟の仇討ち」である。「赤穂浪士の討ち入り」――いわゆる忠臣蔵については説明不要だろう。「伊賀越えの仇討ち」も、剣豪の荒木又《あらきまた》右衛門《えもん》が仇討ち側に参加していたことで、よく知られている。それに対して「曾我兄弟の仇討ち」は、いまひとつ知名度が低い。三大仇討ちから外して、代わりに江戸時代の「浄瑠璃坂《じょうるりざか》の仇討ち」を入れようという意見があるほどだ。

実際、「曾我兄弟の仇討ち」といわれても、曾我兄弟が父親の仇を討った程度の知識しかない人が多いだろう。そんな読者にこそ、本作を読んでもらいたい。曾我十郎と五郎の兄弟が、仇《かたき》である工藤祐経《くどうすけつね》を、艱難辛苦《かんなんしんく》の末に討つまでが、分かりやすく描かれている。ただし物語は、それだけで終わらない。ある人物に対する、ささいな違和感。その理由が、仇討ちの裏にある謀略として提示されるのだ。もっとも、作者はそれを、本当とも嘘とも決めつけない。ふわりとした可能性の中に、権力の闇を、巧みに埋め込んだのである。

「讒訴《ざんそ》の忠」吉川永青

鎌倉時代初期の重要人物のひとりとして、梶原景時《かじわらかげとき》の名を挙げることができよう。最初の挙兵に失敗して逃亡中の源頼朝を発見しながら見逃したといわれる景時は、その後、頼朝の寵臣《ちょうしん》になる。しかし源義経と激しく対立。軍目付《いくさめつけ》として平家討伐時の義経の行動を報告するが、これが「梶原景時の讒言《ざんげん》」といわれている。義経の悲劇を招く大きな一因となり、悪辣《あくらつ》な人間というイメージが強い。

ところが吉川永青は、まったく違う景時像を打ち立てた。彼は頼朝の忠臣だったのだ。義経と対立したのも理由がある。義経が頼朝の考えを、まったく理解していなかったからなのだ。そして頼朝が亡くなってからも、景時の姿勢は変わらない。だからこそ、あのような最期を迎えたのか。〝坂東武者《ばんどうむしゃ》を引き締める役目を得て、甘んじて奸物《かんぶつ》の名を受けた〟男の忠義の果てを、作者は鮮やかに表現したのである。なお、第五十二回直木賞を受賞した、永井路子《ながいみちこ》の『炎環《えんかん》』に収録されている「黒雪賦」も、景時の内面に深く切り込んだ名作である。本作と読み比べてみるのも一興であろう。

「非命に斃《たお》る」髙橋直樹

第五回中山義秀文学賞を受賞した髙橋直樹の『鎌倉擾乱《じょうらん》』は、鎌倉幕府を題材にした優《すぐ》れた作品集である。本作は、そこから採った。主人公は、鎌倉幕府二代将軍の源頼家である。

鎌倉幕府を創立し、武士の政権を確立した源頼朝は、落馬が原因で亡くなった。その後を継いで二代将軍になったのが頼家だ。しかし突然の交代劇であり、まだ若い頼家は政治も人の機微《きび》もよく分かっていない。作者はそれを冒頭の訴状の裁決の場面で露《あら》わにする。その後、頼家の能力を疑問視する宿老たちにより、裁決の権を取り上げられ、十三人の合議制に移行。頼家は大いに腐ることになる。しかし頼家は馬鹿ではない。むしろ聡明だ。揺れ動く鎌倉幕府の裏に潜む権謀を見抜くのだから。だが幕府の権力闘争の前では、将軍の地位ですら無意味であった。

周知のように頼朝直系の将軍は三代実朝で絶え、以後は、実朝時代に執権の地位に就いた北条家が実質的なトップとなる。そのような時代の動きを作者は、頼家の悲劇的な人生を通じて、描き切ったのである。冒頭のエピソードを生かした後半の展開や、ラストで示される鎌倉という土地の印象的な表現など、小説の妙を堪能《たんのう》していただきたい。

「重忠なり」矢野 隆

頼朝が亡くなってから、北条一門が権力を掌握《しょうあく》するまで、鎌倉幕府の歴史は権力闘争の歴史であった。かつての仲間が敵対関係になり、隙を見せた者から滅ぼされていく。畠山重忠《はたけやましげただ》も、そのひとりである。

と書くと、またドロドロとした人間ドラマが繰り広げられると思われるだろう。だが本作のベクトルは、全然違う方向を指し示す。武人としての生き方だ。叛逆《はんぎゃく》者《しゃ》に仕立てられ、寡兵《かへい》で大軍に挑むことになった重忠。思うことは色々あるだろう。それでも彼の行動に迷いはない。大軍に真っすぐに突っ込んでいくのだ。

そこから始まる戦闘が、本作の読みどころだ。バトル・シーンを得意とする作者らしく、重忠の激闘が凄い迫力で描かれる。その戦いによって、真の武人の姿が浮かび上がってくるのだ。権謀術数の時代に吹き抜けた爽《さわ》やかな一陣の風。矢野隆は物語の力で、重忠の悲劇の死に、熱い意味を与えたのである。

「八幡宮《はちまんぐう》雪の石階《いしばし》」安部龍太郎

安部龍太郎の名が、広く知られるようになったのは、「週刊新潮」連載の『血の日本史』によってである。短篇により、大和時代から明治維新まで、千三百年にわたる日本の歴史を描く。この難題を見事にクリアし、新たな歴史小説の書き手として注目されるようになったのだ。本作は、その『血の日本史』の一篇である。

週刊誌の読み切り作品ということで各話の枚数は少ない。これを逆手《さかて》に取った作者は、三つの場面を並べて、三代将軍実朝の半生を活写した。自らの夢を託した唐船建造の失敗と、その裏で蠢《うごめ》く権謀。そしてすべてを諦めた実朝は、鶴岡八幡宮に向かう。鎌倉時代はその後も約百二十年続くが、実朝の死が大きな区切りとなったことは間違いない。静かな悲しみに満ちた本作は、本アンソロジーのエピローグに相応《ふさわ》しい名作なのである。

なお、実朝とその妻を主人公とした作品に、第三十二回小説すばる新人賞を受賞した、佐藤雫《しずく》の『言の葉は、残りて』、実朝暗殺後の人々の思惑と混乱を描いた作品に、葉室麟《はむろりん》の『実朝の首』がある。どちらも優れた歴史長篇なので、併せてお薦めしたい。

毎年恒例なのだが、大河ドラマに合わせて、扱う人物や時代を描いた作品が次々と刊行されている。今回も同様のことが起こるはずだ。これにより、鎌倉時代初期を舞台にした作品が増えるのは、なんとも嬉しいことだ。そして、その中の一冊に本書が加わるのは、名誉なことである。源頼朝から実朝に至る鎌倉幕府の激動を、どうか存分に楽しんでいただきたい。

（文芸評論家）

出典

「水草の言い条」（谷津矢車 書き下ろし）
「蝸牛」（秋山香乃 書き下ろし）
「曾我兄弟」（滝口康彦『権謀の裏』所収 新潮文庫）
「讒訴の忠」（吉川永青 書き下ろし）
「非命に斃る」（高橋直樹『鎌倉擾乱』所収 文春文庫）
「重忠なり」（矢野 隆 書き下ろし）
「八幡宮雪の石階」（安部龍太郎『血の日本史』所収 新潮文庫）

矢野 隆（やの　たかし）
1976年、福岡県生まれ。2008年、『蛇衆綺談』（刊行時に『蛇衆』）で第21回小説すばる新人賞受賞。著書に、『とんちき』『乱』『愚か者の城』『戦始末』『至誠の残滓』『朝嵐』『戦百景 長篠の戦い』『大ぼら吹きの城』などがある。

安部龍太郎（あべ　りゅうたろう）
1955年、福岡県八女市生まれ。90年、『血の日本史』で作家デビュー。2005年、『天馬、翔ける』で第11回中山義秀文学賞、13年、『等伯』で第148回直木賞、15年、福岡県文化賞、20年、京都府文化賞を受賞。著書に、『レオン氏郷』『家康』『信長はなぜ葬られたのか』『特攻隊員と大刀洗飛行場』などがある。

編者紹介
細谷正充（ほそや　まさみつ）
文芸評論家。1963年、埼玉県生まれ。時代小説、ミステリーなどのエンターテインメントを対象に、評論・執筆に携わる。主な著書・編著書に、『歴史・時代小説の快楽 読まなきゃ死ねない全100作ガイド』「時代小説傑作選」シリーズなどがある。

著者紹介

谷津矢車（やつ　やぐるま）

1986年、東京都生まれ。2012年、「蒲生の記」で第18回歴史群像大賞優秀賞受賞。13年、『洛中洛外画狂伝 狩野永徳』でデビュー。18年、『おもちゃ絵芳藤』で第7回歴史時代作家クラブ賞作品賞受賞。著書に、『吉宗の星』『小説 西海屋騒動』『廉太郎ノオト』などがある。

秋山香乃（あきやま　かの）

1968年、北九州市生まれ。柳生新陰流居合道四段。2002年、『歳三 往きてまた』でデビュー。18年、『龍が哭く』で第6回野村胡堂文学賞受賞。著書に、『氏真、寂たり』『伊庭八郎 凍土に奔る』『獺祭り 白狐騒動始末記』などがある。

滝口康彦（たきぐち　やすひこ）

1924年、長崎県佐世保市生まれ。58年、「異聞浪人記」でサンデー毎日大衆文芸賞、59年に「綾尾内記覚書」でオール新人杯（のちのオール讀物新人賞）を受賞。著書に、『異聞浪人記』『粟田口の狂女』『西の関ヶ原』などがある。2004年、逝去。

吉川永青（よしかわ　ながはる）

1968年、東京都生まれ。2010年、『我が糸は誰を操る』（刊行時に『戯史三國志 我が糸は誰を操る』と改題）で第5回小説現代長編新人賞奨励賞、16年、『闘鬼 斎藤一』で第4回野村胡堂文学賞を受賞。著書に、『新風記 日本創生録』『ぜにざむらい』『憂き夜に花を』『海道の修羅』などがある。

髙橋直樹（たかはし　なおき）

1960年、東京都生まれ。92年、「尼子悲話」で第72回オール讀物新人賞、97年、『鎌倉擾乱』で第5回中山義秀文学賞を受賞。著書に、『真田幸村と後藤又兵衛』『五代友厚 蒼海を越えた異端児』『西郷隆盛 荒天に立つ山の如く』などがある。

・本書は、ＰＨＰ文芸文庫のオリジナル編集です。
・本文中、現在は不適切と思われる表現がありますが、差別的な意図を持って書かれたものではないこと、また作品が歴史的時代を舞台にしていることを鑑み、原文のまま掲載したことをお断りいたします。なお、収録にあたり、振り仮名を増やしています。

ＰＨＰ文芸文庫　鎌倉燃ゆ
歴史小説傑作選

2021年９月21日　第１版第１刷

著　者　谷津矢車　秋山香乃　滝口康彦　吉川永青　髙橋直樹　矢野　隆　安部龍太郎
編　者　細谷正充
発行者　後藤淳一
発行所　株式会社ＰＨＰ研究所
東京本部　〒135-8137 江東区豊洲5-6-52
第三制作部　☎03-3520-9620（編集）
普及部　☎03-3520-9630（販売）
京都本部　〒601-8411 京都市南区西九条北ノ内町11

PHP INTERFACE　https://www.php.co.jp/

組　版　朝日メディアインターナショナル株式会社
印刷所　図書印刷株式会社
製本所　東京美術紙工協業組合

ISBN978-4-569-90152-7

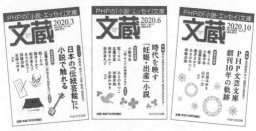